知更鸟
系列

SELFISH SHALLOW

最好的决定

SIXTEEN WRITERS ON THE DECISION NOT TO HAVE KIDS

AND SELF-ABSORBED

EDITED BY MEGHAN DAUM

[美] 梅根·多姆 编　　于是 译

人民文学出版社
PEOPLE'S LITERATURE PUBLISHING HOUSE

著作权合同登记号　图字 01-2018-5423

图书在版编目(CIP)数据

最好的决定/(美)梅根・多姆编;于是译.—北京:人民文学出版社,2021(2021.11 重印)
(知更鸟系列)
ISBN 978-7-02-014839-4

Ⅰ.①最…　Ⅱ.①梅…②于…　Ⅲ.①散文集-美国-现代　Ⅳ.①I712.65

中国版本图书馆 CIP 数据核字(2019)第 014665 号

责任编辑　**卜艳冰　潘爱娟　邰莉莉**
装帧设计　**周安迪**

出版发行　**人民文学出版社**
社　　址　**北京市朝内大街 166 号**
邮政编码　**100705**

印　　制　**凸版艺彩(东莞)印刷有限公司**
经　　销　**全国新华书店等**
字　　数　**250 千字**
开　　本　**787 毫米×1092 毫米　1/32**
印　　张　**10.75**
版　　次　**2021 年 5 月第 1 版**
印　　次　**2021 年 11 月第 3 次印刷**
书　　号　**978-7-02-014839-4**
定　　价　**65.00 元**

目　录

前　言

编这本书时，我时常想起托尔斯泰的《安娜·卡列尼娜》开篇那句“幸福家庭”的名言，还想杜撰出一个翻版：所有想要孩子的人都一样。所有不想要孩子的人各有各的道理。

当然，托尔斯泰的原版也未必属实，因为幸福的家庭各式各样，不幸的家庭也可能因由各种不难想见，但都让人头脑发胀的原因而不幸。不管是出于主动选择、环境影响或这两者皆有的因素，大部分人最终都会为人父母，我的改写版本也未必无懈可击。不过，过去的数年间，我一直在思考这个议题，并越来越怀疑大部分人生养的原因：屈指可数的那几点理由大多是和传统意义上的生物规则有关，但或许都不能算是生养的真正动因。

我们这些选择不当父母的人多少有点儿像一神论者，或是移居到加州的外地人；我们倾向于走蜿蜒往复甚至常会带来痛苦的道路向自己认定的终点进发。这是我编辑这本合集的原因之一。和很多文化推断截然相反的是：主动退出父母阵营的人并不是一个整体（再次重申：这本书讨论的是**主观决定**不生养，而非想生的时候生不了——那是完全不同的议题）。我们既不是享乐主义者，也不是苦行者。和大多数有孩子的人相比，我们背负的惨痛的成长期心理创伤并没更多。我们不讨厌孩子（这一点竟然没人信，至今都让我震惊）。事实上，我们中的很多人都为别人的子女付出过大量时间和精力，让那些孩子的生活更丰盛，反过来也丰富了我们的生命。有据可查：和那些被幼童们围绕的父母相比，我们更乐于回馈社会——不仅仅因为我们有时间，还因为我们义务奉献一天后总得把孩子送“回”他们的父母身边。

通读这本书里的文章，你会发现：从很多方面说，这些文章的共同主题就是没有共同性。放弃为人父母的决定让每一位作者心满意足——有些人甚至不只是满意，而是近乎狂喜，但没有一个人做出这个决定的过程与思路和另一个人完全相同。有些人在多年犹疑不决后意识到充分了解自己的必要性。还有些人自出生后就缺乏生养孩子的欲望，这种愿望的匮乏就像性倾向或性别意识一样生而有之且终生不改。还有少数人也曾热切向往生儿育女，但渐渐领悟到他们在追一个并不属于自己的梦，这个梦实际上属于他们的伴侣、家人、世俗意义上的家族文化。就如珍妮·赛佛一针见血指出的那样：她并不是真的想生孩子；

她想要的是想要生养的欲望。

读到这句话，我激动得屏住了呼吸。曾几何时，我还没有悟出这一点，但现在我可以说（也写在珍妮的原稿的边缘空白处了）："这正是我曾有的感受！"得到这番洞见之前，我也曾非常努力地劝说自己想要什么，哪怕内心一直都很清楚那并不适合我。不过，就算相劝多年的结果是一个婴孩，也未必会有什么不妥。我有过乐于扶持我的丈夫，还有很多支持爱护我的朋友。如果我有了孩子，我肯定会很爱他 / 她，那是毫无疑问的，而且那种爱是我不当母亲就无法了解的。但当我扪心自问，用当下的流行语来说就是为最深处的自我本能"打 call"，我终于意识到我最想要的是探讨——找到一些不同的途径，来探讨不要孩子的抉择。我想提升这种讨论，从夸夸其谈的陈词滥调里把这个议题拽出来，因为那种泛泛而谈常常会把当父母的人和不想当父母的人置于对立面，认定前者愿意自我牺牲、更成熟，而后者始终没走出青春期、过着今朝有酒今朝醉的人生。我想让大家看到：没孩子的人和有孩子的人一样，有各种各样的形态。你可以用懒惰的或是造福自我的，或是大度的，或是富有想象力的处理方式。你可以表现得冷静从容，也可以像个混蛋。

说真的，背负混蛋恶名的始终都是不当父母的人。有些恶名是我们自找的。2013 年，《时代》周刊夏季刊做了一组专题报道，封面上画着一对自得其乐的男女躺在沙滩上，上方的标题是“此生无子女：拥有一切，意味着没有孩子”，强调了一种最普遍的误解：有些人不要孩子只是因为更想要昂贵的玩具、奢侈的度假。在互联网搜索引擎上输入“无子”，你会发现无穷无尽的网页长篇累牍地炮轰“繁殖者”，还有一些自以为是的文章列表，都有“我宁可把钱花在伯拉尼克高跟鞋上”“我不要孩子的理由：请看我家车库里的保时捷”这类观点。就连“无子”这个单词①都有问题，没有孩子的人炮制出这个词是为了区分故意不要孩子的人和那些不情不愿或并非出于主观意愿而没有孩子的人，但这个词走偏了，因而触怒了一些人——毕竟，通常放在 -free 前面的名词都是带有负面贬义色彩的，凭什么要把孩子和香烟、会引发过敏的麸质归入一类呢？

《时代》的特辑文章刊出时（我要特别指出：和潜台词走偏的封面相比，内文文章本身更沉稳、更客观），我刚好开始为这本书寻找作者。时间点简直太好了。媒体在热议这个话题，但很显然，论争还有一段长路要走。有线电视台的主持人们得知有些人不想要孩子时会表示“震

① childfree（无子）是一个合成词，与上文 breeders（繁殖者）对立。

惊”（更圆滑的主持人会飞快地补充一句，“这倒不是说我在评断好坏”）。在网上，有成千上万、心安理得的不要孩子的人因为这个话题终于得到热议而表达了感恩之情，但“自私”“浅薄”之类的伤人评语仍在评论页面屡见不鲜。有天晚上，我偶尔听到公共电台的广播节目，有个听众打进电话，说不生养是完全合法、值得赞赏的选择，但凭他的亲身感受所见，在当上父亲之前，他从未觉得生活如此充实，所以他真心觉得不当父母的人的生命是不完整的、极其悲哀的。

如果说这本书要传递的最重要的信息是生儿育女不见得适合，也不应该适合每一个人，那么，编辑这本书也让我学到了一点：不是每个人都能书写自己如何决定不为人父母的。我向很多作家发出了邀请（他们都曾在作品或访谈中表示或至少暗示过他们没有把生养之事列入重点考虑的范畴），但只有极少数人早已考虑过这个议题，并愿意立刻提笔。有些人回复说，是的，他们没有孩子是经过刻意安排的，但对此没有太多思考，所以没什么有趣的观点可以写。还有些人告诉我，他们有很多话想说，但不能不担忧这样的文章可能会伤害某些家庭成员的感受。还有一位知名的小说家，众所周知他曾声称自己永远不要孩子，但他给我的回复竟是一张婴儿的照片：他刚刚有了一个儿子。

这就是为什么这本书里的十六篇文章都来之不易，堪称宝贵：它们勇敢，有思想深度，带着毫无保留的坦诚，称颂生活中的挑战，这样的人生因其不同寻常而常被称为“不忘初心”（这个说法常常会显得不够充分，但也没有更恰当的表述了）。大多数文章都很幽默，但不乏哀伤，偶尔会有点儿政治色彩，但都有个人特色；这些散文充分展示了一点：在这个世上，做一个负责任、有贡献甚而幸福快乐的成年人，并非只有一种途径。

这些散文的作者来自不同代际、不同地域、不同种族和文化背景。虽然彼此间存在诸多不同，他们却在一件事上完全一致：他们都是专业写作者。有些作者会说（杰夫·戴尔在他那篇文章中倨傲无礼地暗示过了），在有意选择不生养的广大人群中，一群作家并不那么有代表性。毕竟，艺术家——尤其是作家——比常人更需要独处的时间。作家最渴望无人打扰，而那偏偏是很多人惧怕的。作家们甘愿接受没有固定收入的生活，而财务不稳定恰恰是大多数人尽可能避免的状况。更重要的是，如果艺术家很幸运，其作品可以变成遗产流芳百世，从理论上说，作品多少可以替代孩子，也多少减轻了艺术家必须养育孩子的压力。

我明白这一点。但事实上，作家就是以写作为职业的人，尽管有些作家可能很乖僻。他们负责用通俗易懂的文辞展现世界的复杂和矛盾。这本书的很多作者都在回顾自己对为人父母之事的感想时谈及自己的写作生活，但我认为没有哪位作者把“写作”和“孩子”对立起来：把不生养的原因归咎于写作——如果事情真的如此简单，他们也不用费神大书特书了。此外，大部分写作者和大部分非写作者一样，都想有孩子，也都生养了。有关“无子女更自由”的讨论引发了轩然大波，其讨论的重点在于，让整个社会别再假设每个人都应该生儿育女，尽管如此，想要孩子的人终究会远远多于不想要孩子的人。对此，除了那些最会小题大作的人口过剩论激进分子，所有人都会说谢天谢地。

还有一点特别明显：本书的女性作者远远多于男性作者，确切的数字是13∶3。在我看来，这个比例多少说明：和女性相比，男性在生儿育女之事上（至少在孩子出生之前）鲜有严肃思考，而女性自打出生就要面临这个问题，耳濡目染之下，一辈子都会对这件事有所思量。但我认为在这本合集中收入男性的意见是很重要的。生养之事太过频繁地被框定成一种女性的议题。但拒绝为人父的男人们必须正视自己的各种偏见，比方说，他们认定自己无法对一个伴侣忠诚到底，或是希望无限期地延长自己的青春期，或是遇到合适的另一半后就会在爱的感召下（充满感恩地）成为居家男，哪怕会有点儿难以调教。

本书的三位男性作者拥有截然不同的人生历练。杰夫·戴尔是已婚直男，说起孩子和家庭生活就没好气。蒂姆·科瑞德是单身直男，始终在寻找不用当父亲就能停泊的港湾。保罗·利斯基是同性恋，曾有过一段长期关系，但现在又回到单身了，在那篇苦乐参半的散文中，他坦承没有当上父亲既是注定之事，又是自发的选择："我也许会同意——如果我和某个想为人父母的人进入了情感关系……但这也许和我说'我当然会搬去东京啦'一样，属于同一种类型的承诺。"

女作家们的文章可以说划遍了每一个重点。有些人态度坚决，毫无悔意：劳拉·吉普尼斯声讨被过度感性化的母性概念，莱昂内尔·施赖弗言之凿凿，确实，西方国家的人口总数在减少，但依然没有理由去生个孩子。有些人回首自己并不甜美的童年：米歇尔·休内芬描写了那种可以眨眼间变得冷漠无情、令人难以忍受的父母；丹妮尔·亨德森回忆了母亲遗弃了十岁的她，将其永远留给亲戚照顾，探讨了此事给她带来的心理阴影；从小生活在城郊住宅计划区的西格莉德·努涅斯追忆了那里的育儿方式，再追溯到后来的写作生活如何拯救了她，让她永远不用去当那种非当不可的妈。在女作家谱系的另一端，安娜·霍尔姆斯把自己的犹豫归咎于父母：他们树立的榜样实在太完美了。“我怀疑自己将信誓旦旦、热情洋溢地全身心投入生儿育女，这件事将成为重中之重，乃至我生命中的所有其他事件都将退而成其次……”她这样写道，“简而言之，我害怕的是我自己足以胜任母亲的能力。”

对一本讨论不要孩子的书来说，这些文章里还出现了很多真实的怀孕事件，多到令人惊讶，本该诞下婴儿的妊娠却以自愿的堕胎、意外流产而告终，也有人恍然意识到自己从一开始想怀孕的心意就是错的。罗斯玛丽·马奥尼因为害怕未来会有遗憾，曾以单身女性的身份购买捐精者的精子并进行人工授精。凯特·克里斯滕森有过一段艰难的婚姻，也曾渴望有个孩子，但她最终是在婚姻和生养的藩篱之外找到了幸福。艾利奥特·霍尔特写到自己一度很渴望生养，但随后得了严重的抑郁症；她不得不历数自己的精神病史，最终领悟：当个尽心尽力、痴迷于姐妹的孩子们的好阿姨，远远好过自己冒险生子，当一个精神不稳定的母亲。

大概不会有哪个姑妈比考特尼·侯德尔更痴心、更尽心了，她用优雅的文笔记述了她的同性恋哥哥成为父亲的经过，也讲述了她必须面对的改变：兄妹俩非同寻常的亲密关系将因此永远改变。帕姆·休斯顿从“拥有一切”这句霸道洗脑的流行语说起，论及美国女性解放的倒退，对她来说，是可爱的继女满足了她的母性本能。对精神分析专家珍妮·赛佛来说，指引患者获得清晰的真知灼见的过程就像是另一种形式的养育经历。M.G. 罗德用犀利的笔调讲述了一场童年悲剧会在几十年后发挥怎样的威力，当时，她的伴侣决意领养一个有可能受到母亲毒瘾影响的婴儿。

毋庸置疑的是，这本书里的某些文章会触怒某些读者。有些片段就曾让我生气，但我全盘接受，视其为应该得到披露的理由。读完每一篇文章后，我都会觉得有点儿爱上那个作者了，无一例外——不仅是因为他们披露了肺腑之言，有的文辞还会让我落泪。我爱这些作者，因为他们激起了我内心的种种感受和想法，而且，在我脑海中翻腾得最厉害的念头就是：*是时候了！* 是时候让那些思维已经跳出车库里的保时捷、衣帽间的马洛诺斯高跟鞋的人公开接受“选择不当父母的人生”这一禁忌之选了。是时候让我们别再把自我认知误判为自我迷恋了，我们也应该意识到：所有人都是自私的。

好，请允许我荣幸地献上这十六篇杰作。愿你和我一样，觉得这些文章迷死人又气死人，让人愉快又给人启迪。

梅根·多姆

森林里的孩子们

考特尼·侯德尔

神话是悲观的，童话是乐观的，
哪怕童话故事中的某些细节严肃得吓人。
——布鲁诺·贝特尔海姆《童话的魅力》①

六岁生日，我得到的礼物是迷死人的儿童版绿色小拖把和小水桶，还有一个洋娃娃。拖把很吸引我。把扭结起来的布条甩在地板上，很好玩，名义上是为了把地板弄干净，但我能抓到这项工作的重点：开始，结束，你感到骄傲。洋娃娃却让我费解。四肢生硬僵直，双眼一动不动瞪着你。我无法想象它像别的填充动物玩具——兔子、豹海豹、树袋熊——那样英勇无畏地出演历险故事；也不方便在到处走动或做事情的时候把它夹在胳肢窝下，就算夹紧了，它也不会叫。

我用怀疑的眼光看待这个娃娃，想看出它有某种不太

① 布鲁诺·贝特尔海姆（Bruno Bettelheim，1903—1990），奥地利裔美国儿童心理学家，其所著《童话的魅力》曾获1977年美国国家图书奖、美国国家书评人协会奖。

可靠的热情，也许能引发汤姆·索亚式的冒险故事，其中的魔力与拖把和水桶这些东西不可同日而语。这不是一个沉湎于当父母的时代。像我父母那样的孩子，一结婚就开始生小孩，甚至还不知道自己放弃了什么就当了父母。我妈妈到处忙，但处处不上心，日夜无休，分身无术，但忙的都是鸡毛蒜皮的琐事，所以对每件事的关照都像盐粒溶于水般被稀释了。很难看出那有什么乐趣可言。

精神分析学家亚当·菲利普斯①曾写道，母亲会“憎恶婴孩，因为孩子无情地向她索取一切”。妈妈的身体和我的身体是无法区别对待的——至少对我来说是这样。我拥有她的身体。无聊地坐在教堂靠背长椅里的时候，我会用手指头戳戳点点她手臂上密密麻麻的雀斑；走在杂货店的货架过道中间时，我会拽着她的手，前后摇摆，哥哥和我势均力敌，拖着她的另一只手。她会焦躁、绝望地说：“你们别拽着我不放啊。”我俩就会张大嘴巴，她竟然不认为我们像一排小杨树那样是一个整体，这让我们非常惊讶。然后，我们会继续拖着她走，不放手。

睡前，她给我们唱的歌常常是《森林里的孩子们》，

---

① 亚当·菲利普斯（Adam Phillips，1954— ），英国精神分析学家、作家，自2003年起负责企鹅现代经典系列中弗洛伊德作品系列的编辑工作。

唱的是两个被拐走的小孩在森林里迷路了。旋律很轻快，我们总是听不够："他们又哭泣又叹气，/他们哭得好惨，可怜的小孩啊，他们躺在地上，都死了。"唱到这儿，我俩已在她怀里并排躺好，盖好被子，尽情回味那两个孩子的悲惨命运。"当他们死去，红艳艳的知更鸟，/衔来片片草莓叶，撒在他们身上。"

毫无疑问，她的母亲也给她唱过这首歌，后来就由她自己唱。我外婆排行老九，是移民到美国的德国农民的孩子，对那种人家来说，把活鸡扔来扔去就算是很好玩的游戏了。在我的想象里，他们不读童话书，但他们的生活本身就像是悲喜不惊的格林童话，充满了机敏而又决绝的复仇，也包括了父母和孩子之间理所应当的分歧。这首儿歌很适合我们，虽然我当时没有明确意识到，很可能，我妈妈也期待我们走失，不想让我们在她身边。

我哥哥叫克里斯汀，是个仁善的独裁者，只比我大十一个月；我们就是俗话说的"爱尔兰双胞胎"——同年生的亲兄妹。从很早的时候开始，我们就觉得彼此照料是非常合情合理的，兄妹俩就像硬币的正反面——甚至在我俩还没学会讲话前，这就成了某种个人的神话，在很大程度上，我们是基于这个信念塑造了我们的生活。前不久，我找到一张快照，照片上我和哥哥手拉手，一起走路去幼儿园。照片拍的是背影，我们不知道有人在后面观望我们。雪白的膝袜拉得很高。照片是谁拍的呢？我妈还是我爸？让我们单独去幼儿园，他们到底是怎么想的？

那些野草莓，俨如标示危险的吓人的路标，警告世人切记世上是有魔法的。我们在图书馆里查到了：在恩格尔贝特·洪佩尔丁克①（他大名确实叫这个！）创作的歌剧《糖果屋》中，格雷特央求“哥哥，来陪我跳舞吧”。她和汉塞尔打破了牛奶罐，可怜巴巴的晚餐撒了一地，怒不可遏的继母就让他俩去森林里采草莓，哪怕暮色已降临。后面发生了什么事，你一定知道。巫婆像祭品一样死于大锅里的沸水，继母后悔莫及。儿童心理学家贝特尔海姆指出：对孩子们来说，巫婆和继母其实就是同一个人，“只有父母被打败了之后，孩子才能拥有真正的自我”。

彼此照顾后没多久，我们就去照顾别的小孩了。邻居家的父母硬是要我们帮忙，我注意到他们是多么迫切地想要离开，拿着叮当作响的车钥匙的手是多么潦草地飞快写下应急电话号码。我们是很糟糕的临时保姆，没耐心，瞎糊弄。孩子们都知道。有个小孩每天放学回家后都用责难

---

① 恩格尔贝特·洪佩尔丁克（Engelbert Humperdinck，1854—1921），德国作曲家，《糖果屋》（*Hansel and Gretel*）是其最著名的歌剧作品，改编自格林童话。

的口吻问我们："你们这些蠢货在这里干什么?"我年龄一满、刚得到工作许可证就辞掉保姆的活儿，去餐馆收盘子——每小时挣两块钱，外加小费。

大概就在那时，我在一家唱片店的储藏室里找到了一张20世纪20年代的电影海报：两个胖乎乎的小孩睡得正香，棕色落叶像毯子一样盖在他们身上。海报上写着：《森林里的孩子们》，魔法和冒险，精彩故事，老少皆宜！这样概括剧情还挺乐观的。好莱坞版本里的兄妹俩也死了吗？也有知更鸟来哀悼吗？我把这张海报贴在了卧室墙壁上。十六岁时，我已准备好缅怀我们的童年，缅怀只有我俩一起共度的时光，那是我们主动选择的相伴方式，而非社会法令所决定的，哪怕我哥哥就在一墙之隔的房间里，忧思重重。我没能帮上什么。

克里斯汀的鉴赏力和仪式感是与生俱来的：小学时，他就无视同学们的嘲讽，把花生酱和果冻夹进去掉硬皮的面包里，做成小三明治，还在我们的午餐盒里放进带凹槽的纸托盘。到了青春期，这种美学意识更深一层，表现为华丽丽的挑衅，在1983年的新英格兰，这样做需要非比寻常的勇气——有时也表现在身体上。高中食堂就是殉难地。有些人欺负他——布拉德·克劳利竟然向我俊俏、百里挑一的哥哥扔苏西牌夹心饼干！——这种不正义的做法气得我满脸涨红，七窍生烟。但我没有什么高招能救他于水火之间。我也要应对和周遭格格不入的问题，我忧郁、孤僻，默默地独来独往，不像他那样惹人瞩目。他去上大学后，家里安静得吓人。我洗碗的时候不再有人一边甩着擦盘子的抹布，一边唱着《理发师陶德》围着我跳舞。

但没过多久，我俩又能一起上学了。那是我第一次坐在 1974 年产的雪佛兰羚羊车后座，捧着装满炸鸡块的泡沫保温箱，后来我们常常这样驱车千里共同旅行。我不用费心想，只要报考他所在的大学就好了。凭他那种飞扬跋扈的自信心，是不是早就预料到我会追随他进同一所大学？那所大学很棒，有很多让我感兴趣的东西，但那好像只是一种幸运的巧合。要我们天各一方是难以想象的事，但我很遗憾他选的地方气候太恶劣了——密歇根湖冻成了一块无边无际、混乱交叠的厚冰板。

进了大学，我很高兴、很宽慰地发现他是有人爱的。他那荒诞非凡的智慧、自带光环的迷人风格就像清冽的寒冬气息尾随在他身边，嗑迷幻药的瘾君子们、女生联谊会里的姑娘们、高傲的教授们，还有预备军官训练团的军校生们都被他迷得神魂颠倒。克里斯汀将我介绍给所有的社交团体，几乎带着一种好斗的自信，坚信我也会受到欢迎。他教我如何老练地用水烟壶，如何鼓起勇气加入众人的谈话，如何选对课程——也就是说，选那些最没有实用性的课：艺术歌曲简介、奥古斯都时代的罗马七山、《玫瑰的名字》中的符号隐喻笑话讨论研习班。正如奇想乐队唱的那样："来呀，妹妹，快活起来！"我第一次听到这首歌时正窝在一张特别软的沙发里，和他的新朋友们一起爽到飞。"来跳舞，别害怕，这只是自然而然的事。"

在老家，我们过去常在一块儿的一伙另类少年，其中一个女孩在我读大学的第一年里怀孕了。十几岁就当妈，意味着人生希望过早破灭，我们对此都有严正的觉悟，但她一向很酷，敢做我们不敢或不愿做的事，在她那儿，大学似乎是一种让人无望的小资产阶级的选择。她得到一份灌录唱片的合约，她四处旅行，现在则把电吉他横搁在隆起的大肚子上演奏。我曾想过，但凡有人能够创造出一套全新的生养、当妈的姿态，那就一定是她。可当我回乡探望她时，宝宝一直哭一直哭一直哭，哭得震耳欲聋，哭出一种巨大的压力，足以让人把一切思绪推到门外。我安静地站起来，打算告辞——那几乎是让人无法直视的失礼之举。那个不屈不挠的女孩背对着我，紧抓着水槽里待洗的瓷制餐具，阴郁而又呆板地说道："请你不要走。"似乎，连她素来欢快的头脑都一蹶不振了。这吓到我了——她的勇敢，以及这种蛮勇的无穷无尽。

至今我仍能感受到驾车离开那栋小屋、在海滨公路上飞驰时近似狂喜的舒畅感，仅仅因为我可以尽情拨动广播旋钮，找到一首好听的午夜歌曲就能驱走漫漫长路的枯燥。在之后的很长时间里，只要想到生孩子的问题，我就会想到那一段路，反倒不太去想如何避免意外怀孕。我会时不时眯起眼睛去幻想，自己什么时候开始想要生孩子呢：假设是三十岁，那就三十二岁生；如果三十二岁时想生，那就三十六岁再生；如此推延。我好像被勾在芝诺的飞矢上，飞速前往一个我永远到不了的目的地。我猜想，男朋友们会对此感恩不尽，因为不会有“我们的关系要走到哪一步？”之类的对质。

图书编辑的工作把我带到了伦敦，克里斯汀的工作是当戏剧经理人，相隔十几年后，我俩再一次靠近彼此，住得很近。如果有点孤单，我尽可以在睡袍外面披上大衣，走过整夜狂欢、乌烟瘴气的康普顿老街，根本不会有人注意到我，然后走进他和当时的男朋友米奇共享的公寓，和他们玩一会儿；后来，英格兰允许民事结合①了，米奇就

① 民事结合（civil union，又称公民结合或民众结合），是用于表达类似婚姻这种民事状态的术语，为同性恋伴侣提供与异性恋伴侣相同的权利。它也可以用来表示不希望进入法定婚姻，而更希望处于一种类似于普通法婚姻（common-law marriage）的结合的异性恋者结合。

成了他的合法伴侣。在各自的职业生涯中，我和克里斯汀都时常要照料一些陷入情绪状况的人。做创意人士是很不容易的，时常爆发的坏脾气、暴露无遗的脆弱不堪都需要弥合、疗愈，这个过程很可能让人精疲力竭，和这样的人打交道也会让人紧张焦躁。这有点像照顾小孩，但没那么可爱、不用想太多。“这个世界，”那段时间里，他在某个夜晚阴沉地对我说，“已经有足够多的人了。你和我没必要再为这个世界添加人口。”我很乐于签署这份旨在彼此扶持、共同防守的最新条约。

科学家们说，我们的目光落在自己感兴趣的东西时，瞳孔会放大，绽放出更亮的光芒。对女人而言，能让瞳孔放大的第一选项就是婴儿（其次是色情画面）。但我的瞳孔和下丘脑——我们的欲望中枢——之间好像没有信息沟通。没有关于生孩子的渴望，至少，没在那个现成的位置出现，哪怕其他所有的欲望都在那里大声疾呼、渴望得到我的重视。与此同时，生儿育女才是正经事——这种观念却在整个社会上形成一股回潮。专栏作家们一本正经地写起生物钟带来的苦恼——我都开始痛恨“生物钟”这个词了。超过三十七岁、具体人数不明的女性接受臀部注射催产针，其结果就是：可以让双胞胎并排躺的婴儿车像收割机那么宽大，霸道地占领了人行道。新一代明星挺着桃红色孕肚拍出温润性感的照片，这仿佛在一夜之间成为符合社交礼仪的时髦之举。我身边没有孩子的朋友们越来越少，但他们都坦承——真的非常低调——并不确定自己想要孩子，不仅是眼下，未来也一样。我们俨如一群异端分子在中世纪偷偷探讨不可知论——明知在那个时代，这种话题会引火上身，搞不好会被绑在火刑柱上，还获赠几根火柴。

你能找到的所有人类文化产物似乎都在让我们坚持生养，如果你是女人，你要做的正经事就是生孩子，如果你不生，那就有问题——要么是你的身体有问题：不能受孕；要么是你的脑袋有问题：没有受孕的念头。所以，我这种欲望的丧失也许真的是病态。我很尽本分地把这一条加进我和我的心理医生的讨论清单里。在价格不菲的诊疗时段里，我尽可轻轻松松和她聊聊自己对于这件事、那件事的复杂想法——但我发现，在这个问题上，我做不到。她的小房间墙壁上贴了些绝不会招惹到任何人的博物馆招贴画，我审视过那些画后，就只能看着她的双手安静地叠放在膝头，随时待命。我觉得，我和她都挺希望我有更多话好讲。

我常想，她希望我怎么做呢？我觉察到她希望我更有勇气，敢于迈出原有的自我。但是，身为无可指摘的弗洛伊德派心理医生，她缄口不谈自己的意见。别人就不管不顾了。这一辈子，除了把你送进戒毒所之外，还有哪种情况会让别人无所顾忌地告诉你该怎么做？“只要你打算怀，我就能让你怀上，”妇科医生这样说，像内窥器一样，“宜早不宜迟。”可我想不起来什么时候征询过她的意见。还有那位文学经纪人——她的孩子们足够凑成一个四重奏弦乐队——在午餐时对我说，这个决定早晚会让我后悔的，但到那时候就来不及了，说完还把手掌拍在桌面上，把我俩杯里的水都震溅出来了。（什么决定？我什么时候决定了什么事？）还有个女人紧紧握住我的双手，双眼盯住我的双眼，对我说，生儿育女对她而言好比是在黑暗的房间里点亮了明灯。我在心里暗自反驳：但年纪越大，我越像一盏幽暗的灯。到了四十岁灯枯油尽就太平了。

那时候，克里斯汀和我也一度撺掇对方。

你生。

不要，你生。

我们就笑作一团。

既然是成年人，就该自己处理欲望，或抑制欲望。欲望，包括对食物、饮酒、性爱和欢乐的渴望和执念；如果你是女性，我还要强调：野心也是一种欲望。你不该想要太多。虽然这么说有点奇怪，因为在这个年代，社会需要你对一些事情保有欲望。但我偏偏是个稀罕的活标本，对这件事毫无渴求，但整个世界好像在说：“你必须想要做这件事，只有你想要，我们才能助你一臂之力，消除你不想做的想法！”

于是，我打算试一下。就像打算鼓足勇气做一桌感恩节大餐，然后独自坐下来寡然无味地把整只火鸡嚼烂吞下，就是这种所谓的热情高涨。

在此，我可以告诉你：我很爱小孩，你尽可满腹狐疑地审视我。但我确实爱。我爱他们，因为他们擅长狂野的语言实验；因为他们不具备装模作样的能力，没办法对不吸引他们的事物假装有兴趣；因为他们玩乐、游戏的时候非常较真，全身心投入。

但谈起不想生小孩的时候，听上去总像在自我辩解——简直是不可避免的——好像你想证明过于整饬但很自私的存在方式是美好的，哪怕那种美好很值得怀疑，哪怕这种论证未必让人信服。这很难讲得一清二楚，只会给人留下不堪一击、僵化、有掌控欲、反生命的印象。无论如何，就因为身旁有陌生人无礼地问了一个与他无关的问题，我就必须敞开心扉，解释自己的所思所想，这事实在让我厌烦透顶。

我有一个作家朋友，她辩护自己不要孩子的决定时会说："厌恶孩子是有用的。厌恶成年人却毫无用处。"我也有同感，有些朋友的短线思维会让我震惊，她们的小孩常会在故事开始时苦苦央求，甚至大喊大叫地强烈要求，以至于她们把开头讲了一遍又一遍，故事永远讲不完；而我呢，我早就把自己宠坏了，可以不受干扰地做几个钟头的白日梦。（有一个问题让人挠头：做母亲的女人没有自由自在的时间，那我必须展示自己闲暇时做了什么呢？）这些女友的转变让我十分错愕，但这也是事实。她们无私奉献，无比耐心（在孩子出生前，我在她们身上并没有常常看到这种闪光点）。她们不是在炫耀，也不是作秀给我看。没有哪条法令规定她们必须如此彻底地奉献自我。她们要给孩子洗脸，擦屁股，喂奶，洗澡，哄睡，一字一句地教孩子识字，手把手地教孩子做事，念书给孩子听，收拾玩具，购买小衣服小裤子，六个月后再买稍微大一点儿的小衣服小裤子，为了上学的事焦虑，等等。关心和担忧没完没了，操不完的心至死方休。我不确定自己有这种本事。也许，我是某种人形的水晶洞：晶晶闪亮，但空空如也。

不过，我放手一试了。至少有过一次过山车般的惊险体验，虽然我紧抓安全栏杆，还是吓得半死，我实在不想坦白——真不情愿有那种感受。回想二十多岁时，如果率“性”而为，之后就要紧张好多天，等待例假按时到来——经历过那些紧急状态后，现在想怀孕却比登天还难，这简直像是天大的笑话。我没怀上。我没有如释重负，但也没感到遗憾。我多少有点儿满意，因为我的身体体面地回答了一个长久萦绕我们整个家族的问题：侯德尔家会有后人吗？我尽责了，现在，我们都死心塌地、可以安安心心地继续生活了。

雪白膝袜拉得高高的两个孩子已是如假包换的中年人了。有一天下午，克里斯汀给我发了封电邮，说他和米奇有重要的事，想和我谈谈。他所谓的“重要的事”是很难预估的，有时会很吓人：**为什么他不是你男友的正确人选！你的工作好比是下了毒的圣杯！那个口红色号不招人待见！**（我们都很害怕那种熟悉的开场白：“我要满怀爱意地对你说……”）我们通了网络电话；我练过表情，可以让屏幕上的脸孔显得很有倾听力。

但这一次，完全不关我的事。多有喜剧性！家里人暗中观察我的生活走向，揣测我大概何时结婚，但就在这期间，我的同性恋哥哥早就一步到位了。如今，家里人在第三代问题上保持有礼貌的吞吞吐吐，但我哥哥已去过康涅狄格州的一家诊所，翻完了好几本贴满生母照片的活页文件夹。他和米奇紧挨着，同时挤进我的电脑屏幕，告诉我：他们选中了一位捐卵者的卵子，从资料上看条件很匹配，再付十万美元，再加点儿运气，不出一年，他俩就能当上父母。我之前甚至不知道他们考虑过要孩子的问题。不过，我觉得米奇想要孩子是不让人意外的。他的身边总有一种沉静的气氛，就像帽子般的白云盖在青翠的山顶。需要抚慰的人都会想到他：无论焦躁或腼腆的人，无论小孩或老人。这个世上隐藏了很多功力强大的抚慰者、养育者，米奇就是其中之一。

这倒不是说克里斯汀没有为人父母的天赋。有一次，我走过一家店的橱窗，看到一座黄铜小雕像就挪不动步了：那是一只用后腿站得笔直的猫鼬，在等待伙伴们到来时，预先侦察附近有没有危险。我想也没想就买下了它，因为它看起来活脱脱就是克里斯汀。但我们有过约定啊！他不是说已经有太多人了嘛！我忘了，自己也差一点儿打破那个约定。

他们找到了代孕母亲：高尚而神圣的夏拉，远在堪萨斯州的威奇托。康涅狄格州的诊所全力促动。米奇和克里斯汀都尽了一份力——我没问细节，但想象得出来，那个流程必定也包括厕所里的特殊杂志——然后用针管输入当天从捐赠者那儿取得、储藏在真空容器里的卵子。捐赠者和他们匆匆一见，几分钟后就被推进取卵室，他们都忘了拍一张她的照片，可以留给后代看。“我们冻了十五颗受精卵，”克里斯汀慷慨地向我汇报，“只要你想，可以用一颗米奇的。”

他们安排夏拉坐飞机到诊所，植入两颗受精卵——分别来自他们俩人的精子。克里斯汀得知已能听到第一声强健的胎儿心跳时，我正好去伦敦看他，他坐在那间玻璃隔断的办公室里，看着他的雇员们围拢过来，鼓掌喝彩。他接受他们的祝贺，然后我俩紧紧拥抱，像脊柱推拿师那样使足了劲儿，简直能压断对方的肋骨。但当他关上门，眼里就涌现出晶莹的泪花。“我在意的是，没有两种胎音。”

很快，夏拉用电子邮件寄来了超声照：一颗小豆荚般的胎儿，一会儿看得见，一会儿又看不见了，墨水印般模模糊糊的，像一幅古旧的铜版画。克里斯汀和米奇一连几个钟头讨论给宝宝起什么名字。“现在我们来试试珠宝系列！红宝石——露比。珍珠——佩尔？玉——杰德？”很快改成了地名系列：卢西塔尼亚、滑铁卢、威奇塔。

最后胜出的是艾尔莎，所以，她叫艾尔莎。她出生那天我飞到堪萨斯，给他们当管家，让他们慢慢琢磨怎么当爹。克里斯汀是爸爸，米奇是爹地。但她出生几分钟后采到的血样证明了她的亲生父亲是克里斯汀。是我的，他用不可思议的口吻轻轻说道。艾尔莎的身份文件要一个月才能准备好，为了办完手续，他们就在近似贫民区的地方租下一套贴满壁纸的公寓，暂时过渡。夏拉使出吃奶的劲儿，挤出了足够多的奶水。冰箱里，我们的食材中间排起一瓶又一瓶略微浑浊的淡黄色母乳。这位和我们非亲非故的慷慨的陌生人和艾尔莎的身体关联最密切、最持久，远胜于我们仨人中的任何一个。她孕育了她——或者说，她允许艾尔莎在她体内自我成长，从我哥哥和一位棕色眼眸、漂亮的法学院女学生的基因素材起步，慢慢舒展出小小的身体。那位女大学生来自罗得岛，祖籍匈牙利，我们再也没有见过她。

不是每个人都会一眼爱上新生儿的。这是姑妈的小秘密。艾尔莎像来自外星球的访客，红通通的，瘦巴巴又皱巴巴，左右脸有点儿不平衡，不透明的眼眸是矿石般的蓝色，不管谁拿着奶瓶俯身凑近，她的目光都会细细爬梳，小嘴巴会不断翕张，搜寻吸吮的对象。事情显然在此发生，但谁能说出来：到底是什么事？她间歇不断地哭，声音微弱，浑身震颤，好像她的小身骨还不够强健，不足以抵挡阵阵袭来的渴求。克里斯汀觉得她哭起来的样子特别搞笑。听她哭得那么悲伤，我也快哭了，他却冷不丁问道：“你醉了吗？”他一把举高艾尔莎——她被裹在襁褓中，活像法式鱼子酱小面包——穿着袜子在起居室里假装溜冰，一边还唱着圣诞颂歌。艾尔莎目不转睛地瞪着他，一动不动地依靠在他的臂弯里。他轻快地从我身边掠过。“这是考特尼姑妈！”

这才是让人震惊的！他有当爹的天分：轻松、自信、无畏。谁允许他和我如此不同的？

威奇塔好像处处都是大商场，我们租了一辆很大的SUV，在商场之间来回穿梭，买下各式各样的庞然大物——都是七天大的小宝宝所需要的。克里斯汀解说她的人生走向：“她要会滑雪，会讲法语，会打网球，会弹钢琴。别的事情就让她自己挑好了。”

车里的气氛有些许变化；我感觉得到他在酝酿什么事。我瞥一眼他的侧脸，背景上有堪萨斯州的横幅彩带。他的发型本来像拜伦，现在剪得像恺撒那么短。但他的鼻子很挺，很帅，我认为他看起来非常高贵，一点儿不像坐在房车的方向盘后面。

“跟我讲一讲……关于……妹妹①的事。”他无法讲出那个词。

---

① 克里斯汀在这里用的是美式英语中关于阴道的俚语coochie，该词的流行据考证有说来自威利·迪克森（Willie Dixon）于1954年创作的布鲁斯风格歌曲《我是你们的魔法猛男》（*Hoochie Coochie Man*），Hoochie Coochie是一种在1893年风靡美国芝加哥的异性之间相互挑逗的贴身舞。

“你是说，阴道？”我忍住没笑出来。说真的，我有点儿受宠若惊，终于有人问了一个我好歹有所了解的课题。“首先，你可以把它想象成一台具有自我清洁功能的烤箱。你不需要拿着肥皂之类的玩意儿钻进去打扫。只要你保持外部清洁，它就可以照料自己，还有……”我就这样往下说了。

过了一会儿，他攥紧了方向盘上的指关节。“好，太好了。我认为眼下我听不进更多内容了。”他好像只能用嘴巴呼吸了，“但很感谢你。非常有帮助。”

可怜的男孩。我意识到自己并不知道他此生有没有近距离地看过女人的下体，可现在他要负起责任，让一个女孩的下体感到舒适自如。我们拐进了甜甜圈店外的停车取餐车道，标有“新出炉”字样的灯亮起来，让人倍感欣慰。我有种预感，下一次他向我咨询应该是十几年后的事了，也就是可怕的月经出现的时候。

艾尔莎的身体还没我的前臂长，但前途漫漫，震荡不断。女孩一出生就携带了此生拥有的所有卵子，足够养育出一个小城镇的人口。但这些卵子一出生就开始相继死去，只有几百颗能幸运地穿过输卵管，得到继续成长发育的机会。如果我来算，我会说女性有二十多年真正意义上的、迅速发展的生育期。一年有十二次月经，无需专家应援，也无需中头彩，就有二百四十次机会可以妥妥地造出宝宝。为什么我已经开始想这事了？她出生才几星期。这就是人类的艰难历程——你可以从头看到尾。所有随处可见的疯狂之举——参加派对，坠入爱河，购买房子，努力工作，诸如此类——都可能像一只可乐罐那样被一个简单的事实压扁：我们生孩子，孩子才能再生孩子，一代一代生下去。想到这儿，我头晕目眩，恍如你低头去看池塘，只看到星星消失在你脑后。

艾尔莎得到了她的护照，夏拉没有奶水了，我们精疲力竭，各奔东西：米奇和克里斯汀迈向和过去截然不同的生活，不知道度过了多少惊恐和极乐的时光；我回到我的家，地毯中央有一只袜子，水槽里有一只空杯子。

我不用脸书，但我开始每天查看他们在 3500 英里之外发布到网络上的照片。有天早上，克里斯汀发了一篇：陪产假的最后一天。很伤心。今天，我的小天使五周大了。从此往后，我所做的一切都为她，和她完美的爹地。

瞧：我已被踢出了我们的纳尼亚魔法小王国。衣橱里只有大衣了。我很难过，但他写的是事实。在布鲁斯·查特文①的小说《在黑山上》里有一段关于双胞胎成年后的

① 布鲁斯·查特文（Bruce Chatwin，1940—1989），英国旅行作家、小说家、记者。代表作有《巴塔哥尼亚高原上》（1977）、《歌之版图》（1987）、《乌兹》（1988）等。

描写："因为他们知道对方的想法，甚至不用讲话就能吵架。"现在，我哥哥的所思所想是我永远无法拥有的了。在大学里，他教过我如何讲话，但这一次我无论如何也开不了口，大声说一句：别把我丢下。

只有一个解决办法：爱这个小小人，生平第一次，我要用地道的成年人的方式去爱一个人。不指望对方回报同等的爱。虚荣心受伤也不要紧。对即将出现的厌倦、烦恼、愤怒做好心理准备，哪怕我没办法处理好。有时候会被她看成可笑的家伙，我对此心知肚明。我也知道我没有权利自诩为父母，不能对她有过多要求，顶多像别的成年人那样对小孩说：拉住我的手，我们要过马路了。

事实证明，重点并不在于无情——我知道自己还是个孩子时就有的那种无情无义，那曾让我害怕。身为父母，有的是享受被掏空的时刻。

内森——他当我男朋友有五年了——第一次抱起艾尔莎时就热泪盈眶——大颗泪花闪动，被下睫毛托住，没有坠下来。"不是因为伤心，"他说，"只是一言难尽。"决心已定。但这个决定还没有成为过去式。不管结果如何——我会拖延、怠惰、焦虑，还是专注于自我？——我们每天都会带着这个决定生活，承担其后果。内森比我年轻，在他这个年纪就考虑将来有没有自己的孩子似乎有点儿奇怪。但只要他选择和我在一起，结果就将是没有。我想让他留在我身边，但就像大家说的，很难。

我从灵长类动物专家萨拉·赫尔迪①的专著中得知，在自然环境里也有姑妈和阿姨。当然，从生物学的角度说，这两个角色无所不在，但其中有些（狨猴和叶猴，我在说你们呢）姑妈和阿姨的表现恰恰就是我希望自己拥有，并已身体力行的那种行为方式，学术用语叫作“拟母亲行为”②，指的是母猴允许其他母猴照顾子猴。它们会喂养、清洁、拥抱、携抱不属于自己的孩子。所以，我——以及所有在遗传谱系上走到死胡同的姐妹们——现在的做法是有专门用语的。不管我此生学到了什么，都不会因我消失而消失，我会传授给艾尔莎。

从感觉出发，我们转向思考，继而付诸行动。“如果我们有一种善良的本能，”亚当·菲利普斯写道，“那就必须把矛盾的复杂性纳入人类关系中。能容忍自身的冲突，以及他人的冲突，就是善；能为了现实而放弃魔法和

---

① 萨拉·赫尔迪（Sarah Hrdy，1946—），美国人类学家、灵长类动物学家，20 世纪 90 年代提出协作繁殖的假说，是动物行为研究领域的权威。

② “拟母亲行为”原文是 allomothering。

多愁善感，不仅对自己，也对他人如此，就是善。”当夜色降临森林，汉塞尔让格雷特戴上森林女王的花冠，对她唱道：“我把草莓给你，但别把它们都吃光。”真的很难放手，让你一生信奉的故事告以终结。再见，哥哥；你好，爸爸。如同在童话中，在洗礼仪式上必有信物可供赠予，我也将献给她一份礼物：野草莓将永远是甜美的草莓。“Fraises des bois①，我亲爱的艾尔莎，”我哥哥会说，“来尝一颗。”

---

① 法语，意为野生草莓。

母　性

劳拉·吉普尼斯

“就像拉出一只大南瓜”，这就是激进的女权主义者舒拉米斯·费尔斯通[①]对生孩子的描述，这段话非常有名，但其实不是来自她的亲身体验，而是某个朋友喜得贵子后向她描述的感觉。但这刚好确证了费尔斯通的观点：生孩子是原始而又野蛮的，怀孕应当被废止。她的立论并不囿于个体所受到的折磨，意旨相当宏远——除非人类能发明、运用某种科技手段，否则，女性永远得不到平等的社会权益，因为两性间必须承担生养痛苦的一方，只能是我们女性。很显然，如果强迫男性接受此等折磨和考验，那传说中的科技手段恐怕早就被发明出来了。

费尔斯通必定不是“自然”的脑残粉，我也不是。每

① 舒拉米斯·费尔斯通（Shulamith Firestone，1945—2012），出生于加拿大，早期激进女权主义者，在纽约组建了激进派女权组织，1970年出版《性的辩证：女性革命》。她反对生理母亲的身份，认为男女不平等的根源在于生殖功能的不同，所以提出变通法，即体外人工生育，一方面依靠避孕技术，另一方面依靠子宫外生育。女性可以这样避开“野蛮”的怀孕，男人也可以生养，不再让生理决定性别分工，只有让社会分摊养育的职责，女性解放才能完成。

当听到别人，尤其是女人鼓吹母性本能、母子纽带是所谓的“自然”现象时，我就会有抵触感。倒不是说我否认这类现象，它们显然存在。作为成年女性的社会惯例而存在——在人类历史的这个阶段，是由女性负责生养——但这种情况未必永恒不变，因为社会性本身就具有可变性。

但随“自然”而来的这一切感情用事，甚至膜拜自然，又算怎么回事呢？好像只要追随“自然”的物事，你就能自带光环，拥有某种道德力量？对女性，自然根本算不上什么朋友，相反，会以随机概率任由某些女人死于生养之类的事。大自然发威时，谁都无法笑对那种暴虐。我们当然喜欢万里无云、金沙碧浪那样的大自然；但当海啸害得家破人亡，鲨鱼一口咬断你的胳膊时，谁都爱不起来了。如果让大自然来决定的话，女性就该为人类繁衍奉献自我，顺从而被动地担当生养的工具，无怨无悔地满足所有社会需求。在改写自然的过程里，现代科技的角色举足轻重——降低孕产妇死亡率，推行合情合理的避孕方式——总算赋予了女性一点自主选择权。如果要归结于一个选择，我会把票投给科技现代化，其解放女性的程度远比争取女性投票权、女性权益法案（想当年，这些也是相当重要的进步）要高得多，能将我们从自然的钳制中解脱出来。

虽然我对母性本能之说持有异见，但这并不是我没生孩子的原因。我从来都不反对生儿育女——谁都不能说我不爱小孩！那就好比志愿参加和平队[①]，也意味着令人好奇的、未来的可能性。生孩子也好，和平队也好，我都没有付诸行动，但我自认已尽到了一份力，确保人类的未来有希望。谁都不能否认：在挚爱的外甥们（一女两男）的成长岁月里，我花了将近一年大学学费的巨资，定期拽上他们去看电影，用一桶又一桶价值不菲的爆米花、数以加仑计的汽水贿赂他们，只求他们乖一点。谁都不能否认：我倾尽全力感化他们，把自己的价值观（最重要的一点：要有社会性反抗意识）灌输给他们，潜移默化地塑造他们，这项伟业持续至今——每逢假期，我就塞给他们几百美元的现钞，但看不到富兰克林的头像，因为我用胶带粘上了本人的照片。在他们父母听不到的地方，我连哄带骗："所有大人里面，你们最喜欢谁呀？"在我的精心调教下，他们已进化成语速飞快、能嘲会讽的小混球，说出的话能让你笑个半死；他们一边容忍并讥讽我的改良运动，一边把现金揣进口袋，假装记下我列出的阅读书目和人生教义。我认为我们很有默契。

① Peace Corps，美国和平工作团队，由志愿者组成，参与协助发展中国家的各种项目。

不，尽管我的教育天分已得到证实，我仍不相信所谓的母性的本能，因为任何精读女性主题文学作品的人都知道，那是一个虚构的概念，出现于特定历史时期（这里我指的是西方历史）——大约是在工业革命时期成了约定俗成的设定：新工业时代的劳工分类依据性别而定，男性去工作，女性在家养育子女（在此之前，几乎所有人都在家工作）；由此出现了新的论断：这样的安排是遵循自然规律的。专攻家庭主题的历史学家告诉我们，这也是将儿童浪漫化的开端——讽刺的是，只有当孩童的实用经济价值降低，也就是说，他们不再被当作辅助劳动力，孩童的罗曼史才能拉开序幕，他们摇身一变，成为今天我们眼中的无价之宝。养孩子花的钱比孩子为家庭经济做出的贡献更多，这时候，生儿育女才需要某些正当理由，于是，人们才开始接受这种说法：生育后代是圆满人生的大事件，能带来情感上的巨大满足。

婴儿死亡率的降低也让母亲们开始认同：生养是件有爱的事。婴儿死亡率高居不下的年代里（在十八世纪的英国，不足周岁的婴儿死亡率在 15% ～ 30%），母亲对新生儿的依恋程度也比较低，这不难理解。正如历史学家劳伦斯·斯通指出的：用已故兄弟姐妹的名字为新生儿命名是很普遍的现象；换言之，几乎不太有人把新生儿视为与众不同的个体。同样普遍的现象是：孩子刚出生，就会被送到乳母那儿喂养，亲生母子之间的纽带仅限于生养过程；在经济不景气的时候，新生儿甚至会被直接送到孤儿院或济贫所（用斯通的话来说，“简直是执照运营的死亡集中营”）。但在那个年代，根本不存在童年之说，至少，“童年”不是一个公认的概念，正如历史学家菲利普·阿利埃斯①论述的：童年，也是一种社会发明的产物。以前，孩童被视作小小的成年人，五岁就能离家干活，去当学徒。进入19世纪后，人口出生率急剧降低，家庭规模变小，在这种前提下，每一个孩子具有的情感价值才会上升。这就是我们时下关于母性满足感的大部分观点的源头。

我要说的是：我们所谓的生物本能其实是历史性的人工产物——特定的文化发展产物，而非切实的自然属性。虽是虚构的，却可以带出逼真的体验（我敢肯定：那种感觉是深入骨血的），但在过于情绪化之前，请别忘记：在漫长的人类岁月中，母性也有其错综复杂的表现，历史上有过的杀婴、弃婴、虐婴等残酷的民俗都要算在内。

不过，我反对用浪漫的态度对待母性的真正原因在

① 菲利普·阿利埃斯（Philippe Ariès，1914—1984），法国中世纪史、社会史专家，以对儿童史、家庭史和死亡观念史的研究享誉于世。代表作有《旧制度下的儿童和家庭生活》、《私人生活史》（合编）等。

于：在效忠自然的过程里缺失了重要的一点——既然大自然从来都不善待女性，要我说，我们也不用对大自然的馈赠感恩戴德。如果确如波伏瓦（她也不是母性的脑残粉）所言，女人曾“被自然诱捕”，生物特性决定了由女性担任生儿育女的责任，那就该有许多社会性的补偿来平衡这种不公正，但如今的社会给予女性的补偿远远不够多。为什么这方面的进步如此缓慢？因为女人们总会忘记去声张，去索求补偿，因为女人们过于确信：这种社会安排是符合“自然”规律的。心甘情愿地把不公正称作“自然”现象，我们就这样把自己送进了当今社会的傻瓜专用通道。

我从没把生育排斥在人生计划之外，但也没有打骨子里认定自己会当妈，也就是说，我在控制怀孕这方面挺随性的，对自身生物性有完整意识的女性大概都会比我谨慎。我从不认为性和生育有必然的联系——反正，我不会用那些你要左思右想才会去用的避孕方法，比如宫内节育器——所以，这些年来也怀过几次孕，每一次都是在我改用避孕方式的那一两个月。怀孕是很有效的检验标准，能帮你确证生活中每件事的轻重缓急；也会在你决定要不要签署长期合约时，向你澄清为人母所需要的各种世俗条件。

上上一次怀孕那会儿，我处在一段长期的感情关系中，因而也切实考虑过要不要顺水推舟生个孩子。那时候，我和男友已同居五年——我们很可能再同居十二年，甚至一起买套房子——换言之，我们的情感足够稳定，经济上也毫无压力。只不过，他在一个很有名的爵士乐队当低音贝斯手，每年巡演在路上的时间就将近半年；而我呢，刚刚拿到密歇根大学为期三年的奖学金，打算以后搭火车来往于安娜堡①和芝加哥——只要我男友回来，我就可以去（当然，他也承诺说周末会尽量来看我）。验孕结果出来后，我不得不去幻想自己推着婴儿车，背着大电脑（那时候的笔记本电脑可笨重呢），揣着一摞书，再挎上一大包婴儿随身用品去坐火车是什么模样，想来想去都觉得：我真的没法带那么多上路。我也想过索性放弃奖学金（想了大约一毫秒），但那似乎不是最明智的人生抉择，要知道，我拿到这份奖学金时都不敢相信自己有那么好运。我男友呢，也有他的梦想——他不打算半途而废。（就算他想放弃，那接下来以何为生呢？难不成去给犹太成人礼当伴奏吗？）得出结论的过程顶多十秒钟——比我打出这个段落的时间短得多：当时生孩子是不切实际的，说得

---

① 安娜堡，密歇根州的一个城市，设有密歇根大学安娜堡分校。

再准确一点：在当时孤立无援的状况下生孩子是不切实际的。我做了人工流产。

回首当年，我意识到，拖着大包小包和婴儿车在火车上艰难前进的画面恰恰浓缩了我心目中为人母的感受：沉重而拖累，被锚定在孩子身边；我心里的矛盾显然和“母亲”的社会形象有关，也和纸尿片有关。（我本可以买辆车代步，那就免受大包小包挤火车的罪了——后来我确实买了车。）然而，和一个爵士乐手共同生活的乐趣之一就是说走就走：身为乐师女友，接到通知就收拾行李，冲向漫长旅途，跟着乐队飞日本或欧洲，哪怕去美国的奥马哈短途旅行也不错。我已经习惯了轻装出行，航班晚点时也不会叽叽歪歪。（也学会了在出海关时和乐团分开走，否则我的盥洗包会被翻个底朝天，每一样东西都会被望闻问切。）我喜欢那种生活，不可能预先知道接下去会发生什么；而身为母亲的生活与之截然相反，反正，我是这样想的。

有些人会觉得，既然我怀孕（好几次）了，说明我说不想生只是装模作样，骨子里其实挺想当妈的。有可能，但我不认同——倒不是说堕胎会让我深陷痛苦，日后还会懊恼。我很乐意严肃考虑生养问题，但如果我足够诚实就该承认：与其他不生孩子的理由相比，最让我犯怵的是因此被召入妈妈军团——在儿童游乐场和日托班里、在当今中上流阶层的父母中被奉为圭臬但也没完没了的亲子活动和课程中进行“妈际社交”。这事把我吓到了。一来，我从来就不擅长八卦闲聊，而那就是女性的社交传统。其次，我遇到过的妈妈们都像是奇怪的物种，让人羡慕不起来：她们个个心烦意乱、阻碍重重、满腹怨怼。我不想一不小心就变成她们中的一员。我当然知道，孩子会带来无与伦比的幸福感——对另一个生物的深厚的爱，与更伟大的人类宏旨有深刻的关联。但也有日复一日的世俗生活。让我们面对这个现实：孩童最美妙的特点并不在于他们的智力、睿智的谈吐。育儿班的日常状况，更多的是单调和乏味，是智力的萎缩。这些年来，只要我拉住挚爱的外甥和外甥女去游乐园里玩各式各样的玩具，或拽着他们一路小跑去儿童博物馆的时候，我总能在围绕秋千架的那些女人脸上清清楚楚看到这一点。更不用说（到底怎么说才显得有礼貌呢？）在这个时代，不管有多少人假惺惺地强调带孩子出行有多么重要，你终究无法把这件事称作有价值的社交活动，你为此劳神费力，还会忍不住生气——偷偷地在心里气：就因为带了个孩子，社会地位瞬间被拉下几十级！你肯定会想：大部分的育儿工作都依赖女性，这样真的好吗？女性显然更容易含冤受苦：情感需求最容易被社会轻视，劳动和付出最可能被低估，其结果就是：她们很敏感，也更容易崩溃。

最近，我听几个没孩子的女性朋友说起过：她们意识到妈妈社团会用异样的眼光看她们，好像她们没孩子就等于背叛了为整个女性团体忍辱负重、养儿育女的妈妈们。我好像没有这方面的亲身体验（可能我神经大条，毫无觉察力），家里也没人催我生，但这种压力显然会很强大。（我前不久问过我母亲："你怎么从不催我生孩子呢？"她翻了个白眼说道："催有什么用？"）不过，反过来说，你也会听到有孩子的朋友抱怨说，别的妈妈，会对她们说三道四，只因她们没把有机婴儿食品打成糊，或是没有达到别的高标准——这些标准都是那些曾经觊觎名利、现在变成全职妈妈的野心家们制定的。

很显然，社会越"进步"，推崇"自然"养育的力度就越强——自然和女性再一次被锁定在某种主奴关系中。我倾听，我沉思，在我内心最阴暗的角落里，我认为当今母亲的状况和 20 世纪 60 年代贝蒂·弗里丹①描述的孕产

① 贝蒂·弗里丹（Betty Friedan，1921—2006），20 世纪美国著名女权运动家和社会改革家，自由主义女性主义思想代表人物之一，推动了美国第二次女权主义运动的发展。1966 年她在美国创立并领导了"美国全国妇女组织（NOW）"，1970 年又协助组织了"全国妇女政治会议（NWPC）"。代表作为《女性的奥秘》（1963）。

妇不适症并没有太大差别；只不过，我们的是升级版。现在的女性和弗里丹那会儿的女性一样，都感到自己被欺骗、被低估了，她们依然很愤怒，但没把孩子晾在一边不管，整天借酒浇愁，而是化愤怒为动力，调至超速运转育儿模式：做母亲，几乎就是一项竞技运动项目。

再来说说女性和自然。为了阐明一点，请允许我说一句可能违背传统的话。谈及生理特征，人们言之必谈女性背负了极其痛苦、摆脱不掉的生育重任。（抱歉，应该说“特权”，一种可以置你于死地的特权，谢谢！）但还有更糟的呢。大自然在塑造女性的时候开了一个小玩笑：女性性快感的首选落脚点——阴蒂——和阴道稍隔一点儿距离，而阴道才是人类性行为的首选发生地。虽说这一点只涉及了和男性发生性关系的女性，但终究是涉及了大部分女性。很多男性显然无法从自身出发理解复杂的女性生理特征，研究者们也能佐证这一点，他们搜集到了女性性高潮和男性性高潮的对比数据——至于比分嘛，女性输了一大截。（我知道，性高潮并非性快感的唯一指标，但显然不容小觑。）

现在，我们可以这样解释两性性高潮的差异：与生俱来的生理结构决定了女性在某些部位得不到完整的性快感，且只能听之任之。但我们大多数情况下不会挑明，就算你可以用生理学知识精准地证明这一点，但在当今的社交场合，这无论如何都不算讨喜的话题。人们爱听的是女性和男性一样拥有了性平等；女人和男人一样有权得到性快感——就连男性时尚杂志都这样说！事实上，这种观念横行天下，就连网红电视剧都拿这种事开玩笑。现如今，每个人都知道：只需一丁点儿自我再教育、一丁点儿耐心的沟通，就可以把男人调教成更好的情人。很多男人现在也乐于培养这类技巧，那会让他们倍感自豪——我亲眼见过好多T恤衫的印花字在强调这一点。

我想强调的是，相比于对母性形式革命的渴求，女性在渴求性快感方面一直更有创造性。涉及性快感的时候，不管自然强加给两性的硬件多么不平等，女性都能克服困难——换言之，文化颠覆了生理。但涉及生育时，不知为什么，每个人都变成了激进的生物决定论者。而且，女性不只是大自然指定的怀孕者、生养者，绝大多数情况下，还会直接引申出另一个社会角色：她们注定也是养育者。诚然，对照过往，男性已经分担了越来越多的养育工作，但大部分女性还是要面对经典的两难选择：当妈，还是当职业女性？但这并不是两难选择，而是伪装成自然性的社会性选择，是社会组织的产物。但凡我们发动创意——就像我们争取性快感的平等权时那样——就可以有各种各样合理组织社会生育繁殖的办法，不再滋生错误的选择；但为了达到这一点，必须有政治上的意愿。总得有个正确的发展方向。

必须承认的是：女性自身在这件事上没起到推波助澜的作用，至少，那些到处忽悠的人压根儿没有做出贡献，她们只知道夸大我们和自然的神秘关联——什么母性是天性，什么母子灵犀相通，诸如此类。根据戴安·艾尔①在《母婴纽带》一书中的阐述，所谓灵犀相通这种“纽带”毫无生物学论据，根本就是“科幻式虚构”。艾尔写道：大部分科学机构都取消了对母婴纽带的研究，因为那与其说是科学上的预设，不如说是某种意识形态的预设，是由关于自然受孕生养以及女人在家庭中的地位的传统观念所决定的。在工业化时代兴盛之前，也就是女性也能被受雇之前，根本没人谈论这种纽带。请注意：纽带之说是在 20 世纪 70 年代初期开始涌现的，备受儿童成长专家们的推崇；那时候，女性正在涌入劳动力市场（打破关于女性自然而然应该生养、持家的传统观念），而诸如儿科医生 T. 贝瑞·布雷泽尔顿之流的专家却断言：母亲在婴儿初生那年不在家维系母婴纽带，就等于放任流氓和恐怖分子

① 戴安·艾尔（Diane Eyer，1944—），美国教育心理学家，曾任教于宾西法尼亚大学，著有《母婴纽带》《母亲的内疚》等。

慢慢长大。

所以，问题变成了：关于女性生物机制和自然，采纳哪种观念才是最有利的？如果我们对某人不断重申：自然是用子宫到大脑的直线通路蛊惑女性的，你猜会怎样？这必然会让那些理应担当养育孩子的社会职责的人在各种前提条件下推卸责任。男人将没有更多理由主动要求养育平等权（假设我们把男人考虑进去），日托所将永远不会成为义务教育那样的社会福利，如何兼顾孩子和职业也将继续成为每一个孤单女人要独自解决的两难困境——当今大多数母亲都处在这种状况里，出于经济考量，必须保有工作，但困境依然存在。过了三十五岁后，我想过要不要独自抚养一个孩子。那时我已和乐师男友分道扬镳了。他的继任和我偶尔会空想一下，要是有个孩子会怎样——有一次，我们在浪漫的泛舟旅行途中如此遐想，他还求婚了呢——尽管我们在一起好几年，但并不能维持足够长，可以确保婚姻和生养的情感关系。我们分手后，有一阵子算是空窗期，虽有一个男伴，时不时约一下，但我没有和任何人谈一场正经的恋爱。我告诉他，我在考虑生个孩子，他说他很愿意帮我怀上，只要我愿意，但他不想参与养育孩子的部分。好歹，这算是个可行的计划。我去找我姐姐，也就是我那可爱的外甥和外甥女的亲妈。我问她，假如我有一个孩子，万一我要去工作或出差，能不能让孩子住她家？她的膝下已有好几个儿女承欢，多一个也没人注意吧。我很抱歉地告诉大家，她当场大笑一通（善意的，她嘱咐我特此注明）。笑完了，她解释说，有一个众所周知的事实：没有哪个保姆愿意在四个孩子满屋跑的家里干活，三个是极限。我再动之以情，但她不吃这套。没过多久，当个单身妈妈的主意就烟消云散了。

每当我听到专家们探讨持续下降的生育率、人口老龄化时，都会觉得那是我的错。要是你不知道，请允许我补充一下：工业化社会的生育率在避孕药发明后直线下降。（在发展中国家的人口危机爆发的同时，欧美国家则呈现人口不足的现象。）当然，这也不能都怪避孕药：进入高等学府深造的女性数量增多，劳动市场对所有人敞开怀抱（若也能敞开金库就好了），这之后，生育率就下滑得更厉害了。很多女人在谈论母性本能，但说干就干的女人比以往任何一个年代都少：现在，四十岁之前要么无子、要么只有一个孩子的女性数量增长最快。人口学家预测，未来必然出现的状况将是灾难性的：一个无法维系自体经济的老年社会。

虽然没人直白地这么说，但女性确实是在用自己的子宫投票，理由也很简单。社会援助太少了，尤其要考虑到大多数女性目前不仅要当妈，还是在职的妈妈。然而，没有任何一项社会政策是对应这种状况的。有趣的是，受教育程度越高的女性生养的孩子越少，而在发展中国家，甚至是基本的读写能力都和生育率呈反比——文化程度越高，生育率越低。换言之，当女人掌握了重要的技能，开始权衡人生了，她们就能很快看透：她们不会因为生孩子而得到足够的补偿。用商界术语来说就是“生产减速”，但对于像日本这样生育率剧烈下降的国家来说，用“减速”仍无法形容，简直该称作“全面罢工”。那些国家会痛定思痛，鼓励生育，设立专门机构，甚至讨论一些闻所未闻的战略决策：把更多社会福利资金用在母亲和孩童身上。

那我们这儿呢？延续人类种族繁衍显然是与美利坚合众国休戚相关的大事。但是，除非女性能获得更优渥的社会福利——这不只是说让爸爸们分担更多养育子女的工作，还要有更广泛的社会资源直接被投入这一领域，包括：可以随时协助育儿的高薪酬专业团队（而非把自己的小孩留在家里，却来给你看孩子的低酬劳保姆）——否则，生育率必将继续狂跌。

回首往事，我真心觉得，不生孩子就像是躲过了一劫。我总觉得那种生活方式太束手束脚，太按部就班，哪怕我也见过有些辣妈一边带孩子一边维持优雅时髦（通常来讲，这些妈妈都有大把的育儿资源可用）。不管怎样，我要坦白：躲开自然的陷阱，吼一声“滚蛋”，让我有种不得体的小快感，哪怕到最后，自然还是会收服我们所有人，无一例外。我也要冲这个社会吼一声“滚蛋”，因为它表面上对儿童柔情呵护，却不肯分配足够的资源给下一代，当今世界有百分之二十二的儿童处于贫困线以下，而它也不肯伸出援手，让他们起码活得体面一点儿。

如果“母性本能”即意味着，你想为某事奉献一生，或一心一意只为某人而非自己，那也很酷，没问题。但这个概念从一开始就是子虚乌有的，换言之，在别的语境下——包括在男人的语境中——也能生造出同样的概念。到目前为止，男性也许还没有怀胎生子的生物机能（费尔斯通的试管婴儿之梦还要过多久才能成真呢？），但当生养不再和女性有必然且唯一的关联时，毫无疑问，养育下一代将成为更有社会价值的专门事业，在那种状况下，大家都会比现在更幸福。

你会说，但那感觉不太“自然”，是不是？反正我已经坦白了，不如再抖出一句不得不说的真心话：每当我听到有人在谈及女性和母性的时候动用“自然”这个词汇，我就想把他们活生生地大卸八块。这样的“自然”反应怎么样？我会这么问你。自然就是那样——残暴、痛苦、任性。所以，闭上嘴吧，别再扯什么自然了。

别的事，成百上千

凯特·克里斯滕森

我没有孩子，也庆幸自己没有，哪怕曾有一度无比期盼如云霓之望。

最近，我住在缅因州波特兰市郊沿海一栋19世纪的砖墙老宅里，虽有风沙，但小镇生活无比悠闲，景色宜人。我和男友布兰登同住，还有一条温柔的老狗丁戈。布兰登三十二岁，我快五十二岁了。尽管年纪相差不小——也可能正因为这一点——我们过得很幸福，很美满，就像彼此最要好的朋友，形影不离，还能保持不可遏制的互相吸引。

我不曾想过自己会有这样的生活，特别是十年、十五年前压根儿想不到现在会是这样。那时候，我以为我永远不会离开纽约；习惯了多年的婚姻生活，我早已认定生命中不再会有剧烈的变故。

要说我学到了什么，那就是：没什么是永恒不变的。每一件事都可能出现意料之外的改变，因而，千万别把事情预设得太满。我的童年就充满了变故和失落，青春期也一样；在我和妹妹们很小的时候，爸爸就抛弃了我们，我们只能过一种居无定所的日子，每一两年就和朋友们道别，然后去新学校，搬到新社区，结识新邻居和新同学。我成年后也一直漂泊不定，这似乎是我生活中的一个重要主题。布兰登和我一样，也是作家，所以我俩的收入很不固定。有时候没钱，有时候钱用不完，但大多数时候是在这两种极端状态中间。我们无需在经济上资助某人，只需要养活自己，我们对此深感欣慰。我们照料对方，还有丁戈，就此挥霍掉所有精力，除此之外别无他求。

布兰登从没想过要孩子，我相信他以后也不会，他太了解自己了。他没有一丝一毫当父亲的渴望，也没兴趣组建家庭。不管别人家的孩子有多可爱，看到他们，只会让他越发肯定：他不想要那种生活。事到如今，要说为什么我也不想要孩子，似乎说了也白说，反正我年纪也大了，不太可能生育了。但也说不准。所以我们一直很小心。

很多年前，我和前夫新婚两年，三十多岁，但我觉得四十岁就在眼前。前几年同居的生活风风雨雨，我们熬过来了，终于感到踏实、稳定了。四年的交往和结婚的头几年，我们过的是疯狂、随性、颓废的日子，但随着我们岁数见长，觉得是时候安定下来了，至少我有这种感觉。更何况，最好的闺蜜和我妹妹都怀孕了。

突如其来地，我有了母性的冲动：一种我从未感受过的、令人震惊的动物性的渴望，深切而又原始。就像磕了某种古怪、够劲的新型毒品。我可以感受到宝宝就在我的怀里；在我的幻想中，那是个女孩。我可以看到自己变成了母亲。我也渴望怀孕、生养将带来的结构性的剧变。甚至去想象我如何喂她吃奶，如何哄她睡觉，夜里她哭闹时我如何跳下床。我渴盼一种重大而完整的感悟，将热切的关注投射在我自己之外的某个人、某件事上。我这辈子始终认为自己会有孩子，现在时候到了：我准备好了。

然而，我前夫完全没有这种想法，他的身心无法体会我的兴奋：我想安定下来，成熟起来，改变我们的生活。来自他那方面的事实让我大吃一惊，但没有打消我想做母亲的念头。坦白地说，这事儿好像该由我来决定，作为妻子，单方面决定。难道不是这样吗——总是由妻子们告知丈夫们：是时候了？历来如此，不是吗？丈夫们总是不情不愿，最终妥协，然后疯狂地爱上自己的小孩，晋级为父亲后，上刀山下火海都在所不辞，不是吗？

但有一个例外：我爸爸。把一对双胞胎女儿扔在明尼苏达后，他搬到了加利福尼亚，和我妈妈结了婚，我妈妈比他小很多，他们生了三个女儿，但她们显然都不是他想要的。据我妈妈猜测，但凡我们中间有一个儿子，这个故事——他和我们的关系——很可能会大不一样，但这种假设说了也白说。作为父亲，他很粗心，很冷淡，有时候很暴力，又常常很迷人，迷人得让人心碎；我们尚年幼时，他就一走了之，同样消失的还有他该给的赡养费。我们十几岁时，他曾告诉我妹妹：“你小时候会大喊大叫‘爸爸，爸爸’，我就左右张望，想看看你叫的是谁，然后才反应过来，那就是我呀。我从头到尾都觉得那家伙不是我。”

我嫁给前夫，有一部分原因是我知道他可以也将会是个好父亲，甚至是绝世好爸。第三次约会，我就见过他抱起朋友的小孩，手托着小小的脑袋，有节奏地轻轻摇晃，哪怕始终在和我们交谈，也没落下一拍。他天生就是这块料儿。我当时就想，倒是可以嫁给这个男人呢。也就是说，我觉得可以和这个男人生孩子。

可是，人算不如天算，我的设想完全落空了。不管我怎么求他，晓之以理动之以情，也不管我发火或飙泪，折腾了足有一年多，他就是死不改口，坚决反对生孩子。他还不打算放弃后青春期，放弃我们当时拥有的快乐，放弃他的自由——可以在工作室里磨蹭一天，晚上回家吃饭，夜里和我独处，想去哪儿就去哪儿旅行，墨西哥、新奥尔良、阿姆斯特丹……

他是音乐人、摄影师、画家。我是写小说的。当时，我终于卖出了第一部长篇小说，正在写第二部。但他千辛万苦只想做场演出，好把他和乐队打造的专辑发行上市。我们的事业在不同的阶段。我猜想，如果我们的事业发展进程是同步的，他或许会同意生孩子——在我准备好的时候，但和我爸爸那事儿一样，这种假设说了也白说。

过了几年，他终于下定决心，认为自己做好了当父亲的准备。可那时候我已经四十岁了。在婚姻生活中，我感觉不快乐，不再有很多乐观的憧憬：一来是因为他先前坚决拒绝和我生养孩子，让我很受伤，那是不可挽回的；二来，我的母性冲动渐渐退淡，对前夫的渴望也随之退淡，这让我左右为难。不过，我还是愿意的，而他也做好了准备。我早说了，我想要个孩子——实话说，两个更好——也仍然相信早年的渴望是真实不虚的。我相信，只要怀里有宝宝了，只要我做了母亲，我就能彻底地拥抱新生活，再也不去想以前的别扭。

于是，我们进入备孕阶段。我戒了酒，开始服用孕前维他命。我的例假这辈子都没延迟过，那时却晚到了几天，然后是一星期，然后是整整十天。我的乳房变得非常酸痛，难以忍受。我觉得自己有些异样——肿胀，缄默，压抑。我预约了妇科医生，再去药房买了验孕试纸。结果是阴性的，但也许现在测试还太早吧。

意识到我可能怀上了，前夫显得很镇定，甚至有点儿小兴奋，挺欢欣的。看起来他已在待命状态，我毫不怀疑他的能力和言出必行的魄力。我知道，他绝不可能抛弃我们的孩子，不管是只有一个还是几个。我也知道，他会竭尽全力让孩子们生活在有爱的家庭里，让他们安全无虞，衣食无忧，接受良好教育，得到悉心的照料。他将是我孩提时代不曾拥有的好爸爸。我选定他，至少，是为了我的孩子考虑。

不过，这孩子会有怎样的妈妈呢？

后来我才意识到，我已经出现类似精神崩溃的状况，并且，这种状况会一直持续到四十多岁，直到后来我离开前夫，彻底搬出那个家，情况才有所好转。在那次妊娠——且不管它到底算什么——之前，我一直在忍受绝望的情绪，近乎失控，有时终日赖在床上，有时却躁狂，不合时宜地与人调情，酗酒，通宵不睡，痴迷于在线拼字游戏，也痴迷于生老病死的话题。

讽刺的是，当时的我依然没有失去打骨子里想拥有新生活的意念。

我妈妈也这样，在四十多岁时经历了长期的情绪失控。我深知，身为母亲只会让她的状态更难熬。事实上，因为精神上的失控，她一直无法为青春期的女儿们提供强大的保护力，因为缺乏坚定的意志力，即便她想尽心尽力地关怀我们，她也做不到专注一心。她的头脑里似乎总有风暴在肆虐，无论她怎么躲也躲不掉，相比之下，我当时还可以主动转移注意力。我很担心，如果有了宝宝，我会不自觉地把这种压力转嫁于她。不管在哪个方面，我都可以尽力当好妈妈，但注定会是个困扰重重的妈妈。

我听过别的妈妈用狂喜的口吻讲述自己怀孕时种种魔法般的体验，整个人闪闪发光，充满喜悦和期待。曾几何时，我也渴望那种圆满而充实的感觉，完成我的身体生来被赋予的使命，那会带来何其浪漫而战栗的快感啊。我感受到了，那种欲望即将爆发，但内心的矛盾始终不曾减退。而且，我有点儿怕，无所适从。我每天都小心翼翼地与恐惧同行，紧张，焦虑，困惑，神经质，卡车经过时就屏住呼吸，不想吸入废气，迫切地想喝红酒，觉得我平日里旺盛的性欲渐渐枯萎，身体变得警觉，为了她——这个凭空出现的小生命——我可以不惜一切代价，哪怕杀人放火，只求她不受侵害，但让我不安的是：能不能把她妥善安置于我的体内？好像生物机制已决定了我会有这些感受。我别无选择。

我整夜睡不着，千方百计不让自己觉得受困了、被侵入了、被体内的小生命劫持了，长势惊人的小东西始终是独立于我而存在的个体，她赋予我当母亲的权利，又完全依赖我，成为我的一部分。我的身体一直只属于我自己，只容我一人居住，它可以随心所欲，但现在这具身体的用途仅仅是滋养这位陌生人。要摄入什么、要怎样对待这具身体，已完全取决于臆想中的另一个人，而不再是我本人。有时候我也会为此兴奋。但其他时候，我会惊恐。不过，哪怕有摇摆，有犹疑，我还是全盘接受了这件事，视其为一场永久的改变：我再也不会是只顾自己、自主决定一切的个体。简而言之，那就是身为人母的意义。

随后，就在约定去妇科诊所的那天早上，我开始流血，比平常例假日的血量还大。我的妊娠——假定真的有过受孕——就这样结束了。我只觉得全身心舒畅，释怀得简直要发疯。当然，我也很悲伤，顿感失落，但那眨眼就过了，基本上可以说我是欢欣雀跃，谢天谢地。为了欢庆解放，我、前夫和几个朋友出去玩，喝龙舌兰，抽香烟，玩到天亮。

所以，事情摆明了，现在是我不想放弃自由自在、独立自主的生活。我前夫的反应似乎反而更复杂一点：松了一口气，但很难过。我意识到，他也很害怕，但比起我，他更像是有备而来。

尽管年轻时我疏于严谨的避孕措施，但我认为那次是我人生中第一次怀孕。事情结束了，我才明白，其实我是被拯救了，不再有失去自我的危机。早几年想拥有孩子的渴望现已荡然无存，激情不再，有如余音幻灭，好像很久以前心碎过，但隐痛渐逝。我全身心投入自己的生活，迎接所有旧日的抑郁、狂躁、恶行恶状和万千执念，就当它们是我久未联络的朋友。以前我都不知道自己有多么珍惜它们。

又过了一两年，妇科医生下了通牒：必须移除我的子宫肌瘤。第一个瘤有小甜瓜那么大，第二个有葡萄柚那么大，第三个有橘子那么大。幸运的是，这三颗良性的鲜果都在子宫外面，都不会让我感觉疼痛，也都很容易摘除，但最大的瘤压迫到膀胱，我平躺下来就能看到它圆滚滚的顶出肚皮。所以我们排定日期，做一个类似剖腹产的手术。

当然，手术前的夜晚是在上网中度过的：搜索腹腔镜外科手术的细节，因为这种手术的恢复期更快，只会留下六英寸长的小伤口。所以，第二天一大早我就打电话给医生，很生气地质问：为什么我们不用腹腔镜？他解释说因为肌瘤都太大了，还告诫我不该在手术前夜挂在网上；他还推迟了手术，等我情绪平复了再说。

一个多月之后，我动了手术，被送到圣文森特医院的妇产科病区，术后恢复需要住几天院。病房里有另一位比我大几岁的病友刚刚摘除了子宫，那是个很大的手术。整个病房里，只有我和她刚刚动过手术，没有新生婴儿，却失去了自身的一部分肌体。所以，我俩自然会比较亲近。她已经有孩子了，但她很理解我对生养之事的感受。

手术后我变得非常臃肿，因水肿体重足足增加了二十磅，我觉得自己就像个笨拙、庞然的怪物。太不公平了！我刚从身上拿掉了几磅肉，却反而增重了，胖得都塞不进以前的衣服。这也很讽刺：我的身体好像在反抗刚刚发生的侵入式剖腹，用一层厚重的水隔绝自身，以期自保。肚子挺出来了，俨如怀了九个月的身孕。愈合中的伤口很脆弱，一碰就痛。

出院时，我套上了一条没有腰身的宽松的裙子，那是我让前夫特意翻出来带给我的，在我的衣橱里，只有那条裙子是当时的我穿得上的。他帮我穿戴好，收拾打包。我很虚弱，但还是绕开了护士的办公区，否则，她们会强令我坐着轮椅离开，我需要靠自己的力量走出病院。我靠在前夫的身上，他提着我的行李袋，帮我推开走廊门。

就在那时，发生了一件事，自此之后我都不会忘记那一幕。当我们穿过旋转门向电梯间走去时，我前夫向身后望了一眼，看到一位幸福的少妇怀抱初生的婴儿走过来，被亲朋好友簇拥在当中。她离我们还有一段距离，他无需为她和她的丈夫、母亲和朋友们一直顶着门，所以他松了手，门关了，他再按下电梯的下行键。

一分钟后，少妇也从电梯间的门口进来了，她的丈夫帮她顶开了门。一行人进来，和我们一起等电梯。

“你该帮我们留门的。”她对我前夫说道。

我震惊了，瞪着她看。她很美，身材娇小，披肩黑发又长又卷，穿着轻纱短裙、凉鞋，好像已完全减去了怀孕期增加的体重，也可能，她用了什么法子，将体重神奇地转移到我身上了。

前夫和我一样惊讶，但他没有说什么。我们沉默不语地挤进电梯，下行。一楼到了，门敞开。我在大堂里等他把车开过来时，将沉重的身子靠在盆栽植物上，一边观望着这位新妈妈允许所有人用任何方式宠溺她、呵护她。

她的丈夫朝我这边回望过来。他很年轻，就像我前夫的某个侄子，很和蔼，犹太人，很贴心。“你还好吗？”他问我。

我的眼泪都快要涌出来了。我已被悲伤淹没。没有孩子，动完剖腹手术后在妇产科住院两天，却和圣母般光彩夺目、集万千宠爱于一身、怀抱襁褓中的漂亮宝宝的新妈妈前后脚走进一部电梯，这让我莫名的深受打击。我是哭着回家的。前夫劝不住我。

又过了几年，我在2006年的秋天搬出了我们在布鲁克林绿点的家，住进了皇后区亨特角的地下室。那时，我刚刚结束一段短命但毁灭性的婚外情，对象是一个住在我们小区的已婚男人，他也是我前夫大学时代的朋友，恐怕再也找不出比他更糟糕的外遇对象了。情事已了，但我不能和他交谈，甚至不能联络他，从此和他不再有任何瓜葛。我知道自己做了一件超烂的事，他也一样，愧疚和后悔让分手的痛楚、毁灭性的结局更难熬。一夜又一夜，我躺在地下室的公寓里，无法入眠。我陷入了一种绝望的狂躁之中，绝望是那样切实而沉重，侵染了周遭万事万物，狂躁逼得我无处可逃，今天的我才意识到自己当时真的是失去理智了。我离开了前夫——我最爱也最信任的人，只因我们的婚姻已让我无法忍受。虽然他肯带我回家，把问题解决，我也很想继续和他保持夫妻关系，但我必须离开。我是被一种自我保护的本能、逃离危险的冲动推出家门的。我也失去了情人，虽然当时我疯狂地爱着他，认定他就是我的灵魂伴侣，但他膝下儿女承欢，我不能把他从身边带走，他也离不开他们。

愧疚和恐惧把我折磨得生不如死，心中充满了难以释怀的苦楚，一夜又一夜干瞪眼，我连哭都哭不出来，只能一连几小时凝视深夜的黑暗，脑海中只有一个疑问萦绕不去：*我的孩子们到底在哪里？*

那之前的一整个夏天，我感受到一种奇特的报复心，想抵偿自己过去对那个未曾出世的宝宝的痛心哀悼。我曾以为，捱过了那种悲恸，以后就不会再心痛了，但随着我的婚姻在我眼前一点点瓦解，回忆也汹涌而来：我曾那么狂热地想要孩子，前夫却硬生生地拒绝和我生养，这确实为我现在离开他埋下了伏笔。这就是为什么我和他在一起却感觉孤单的核心原因。夜复一夜，我清醒地躺在猎人角的地下室里，昔日不得圆满的渴望变成了躲不开的执念，深切的悲伤像个黑洞，让我不断沉坠。*我的孩子在哪里？*我分明感觉到她们不在我身边、迷失在某处，好像她们真的存在于某个我够不到的地方，并且永远困在另一边，我们之间仿佛只隔了一层纸，但我永远过不去。我觉得她们是真实存在的。我明白这无异于3D版的幻觉，是当下的自己意识狂乱、思觉失调的表现，但这种自知之明根本于事无补。我绝望地怀念自己的孩子。

内心深处，多年想当母亲想到发疯的那个我又复苏了，那个我俨如歌剧最后一幕中咆哮着、悲吟着的悲剧女主人公。我好不容易才慢慢地把自己拽出深渊。之后的几个月里，我完成了一部小说。十二月，实在无法忍受孤独的我又回去找前夫了，我们又一起生活了两年，每个星期都去心理医生那儿一起做一次婚姻咨询。我们使出了浑身解数，想铲除婚姻中的坎坷和阻碍，但到头来并没有用，至少对我没有帮助。对我而言，心理诊疗反而明确地证实了一点：我真的无法维系这段婚姻了，而且，我真的不想要孩子。

2008 年秋天，我最后一次带着悲伤离开了那个家，但心意已决，我不再是痛苦万分渴望孩子的那个我了。

从那以后，生活继续，不再有丈夫和孩子，新的激情、体验和爱的对象逐渐占据了我的注意力和精力。没有多余的空间留给原本占据我生活的他们，至今仍是如此。说真的，我的生活中根本没有留给子女的时间和空间。

很久以前自己狂热地想要孩子，这份回忆始终让我满怀爱意，也深感宽慰。以后见之明，我可以说那似乎只是生物性的、始于荷尔蒙的一时冲动，只要时机成熟，它就不管不顾地发号施令，如果没有圆满的结果，它也就随时间流逝而消停了。如果我真的和前夫生养了几个孩子，我可能不得不选择：滞留于差强人意、让我孤单的婚姻关系里，还是独自离开，拆散这个家，和前夫分享孩子的监护权，之后十多年里都要根据每个人的行程不停地协调孩子和单亲相处的时间表？我将无法自由地轻装出行，而离开纽约、把孩子们和父亲拆开也可能非常困难。也可能走不掉。我可能永远没机会认识布兰登，永远不可能搬到北方的缅因州怀特山。我很可能错过这么多美妙的事。

在我想来，没有孩子的生活就好比沙滩上的一个洞，海水很快就会灌进去。只要有空洞，就会有填充。大自然憎恨真空状态。没有孩子，成百上千的别的事就涌入了我生活中空闲的地带，它们占据了我的时间和精力。我在十四年里出版了七本书，手头在写两本新的；还有数不清的散文、采访、书评、博客和电邮。日子变得忙碌、充实，但我能保持冷静、专注和自控。见缝插针地照管几个孩子？我实在想象不出来。孩子们的话很多。孩子们渴求父母随时随地、全身心的关注。孩子们花费很多。孩子们需要发泄用不完的精力，还要你看着他们。一言难尽。不管你有多爱自己的孩子，他们总是存在的，你就要为他们负起全责，而且要持续十几年甚至几十年。然而，我是内向的人，布兰登也是。孩子们会让我们精疲力竭，哪怕是我们最爱的那几个小孩。我们拥有的最珍贵的事物就是相依为命的隐居生活，为了延续这种无法被任何事物取代的幸福，我们就努力工作。

我们常会设想：假如我们相遇时都很年轻，大概也会有几个孩子，但前提是我真的想要。我们应该会倾尽全力，不屈不挠地把他们抚养成人。但我们很可能就此变成另一个人，做出不一样的选择，拥有不一样的关系：更疏离，更烦恼，更有责任，更成熟。

但我们没有。我们拥有的是现在的生活，当下的自我。每晚一起上床，彼此相伴，早上一起醒来，彼此相伴。共同拥有的激情让我们惊喜，继而心满意足；我们有大把的自由时间——可以用来做白日梦；可以在想吃什么的时候一门心思捣鼓出美食；可以喝着红酒、看完一整部电影，中间无需担忧楼上还有谁没睡着；可以随时收拾行囊，去任何我们想去的地方；可以一鼓作气地完成工作，全程不受干扰；可以随心所欲地安排我们的日日夜夜；可以随时找到对方，不会觉得自己被疏远了——所有这些事，我们永远都不会轻易放弃，不管为了谁。

其实，我的生活里有很多孩子：除了我妹妹的六个孩子，我还是闺蜜的一双儿女的教母。不过我的大多数朋友都没有孩子，我属于一个“无子女人群社团”，很多成员是单身人士，大部分是艺术工作者。对我和朋友们来说，无子女是常态。我们聚在一起，会发现很多共同话题，就算聊到天荒地老也没人会打断我们。

我能拥有如今的幸福，我想，纯粹是出于幸运。我不是刻意决定、主动选择不生养的，只是水到渠成罢了——我想要的时候，前夫不想要，等他想要了，我们却要不到了。

自2006年那个可怕的秋天之后，我再也不想要小孩了。在那些漫漫长夜中，我躺在床上生不如死，那么渴盼却那么孤单无助，现在的我可以相信自己彻底告别那种状态了。我放手了，让她们——那些我本可以全身心挚爱却永远见不到的孩子——回到原本所在的虚无之境。从未拥有的人，我无法怀念。

新版罗达

保罗·利斯基

（1）我知道那首歌，知道那位歌手有梦幻般飘飞几个音域的歌喉，但我想不起来歌名是什么了。我想不起来何时何地听过这首歌，但现在觉得那首歌就像一个征兆，是要我负责解答的小谜题。歌词不多——我很少在意歌词；好的歌曲会如炼金术般将感知融入纯粹的音响——但那种氛围，那三段重要的变场并非源自一意孤行的生造，而有一种提纯后的净化感。我怎么会想不起来这个歌名呢？如果我继续呆呆地坐在这里，不去追想，那就没有可以追怀的歌了。很快，我甚至都想不起来那首歌是值得怀念的，但如果我变成对美的事物漫不经心的那种人，那又何苦继续写作？我知道我或许有点儿小题大做了。那天是七月四日，在费城。我坐在新公寓楼拐角处空无一人的咖啡馆里。

我可以问问咖啡师。我本可以说，嘿，这是哪个乐队？但我不想暴露自己其实听过这种类型的歌。暴露这一点就等于暴露我自己，就等于承认我总是做出不符合年龄的事，知道一个二十三岁的人才会知道的事。一个老家伙好奇地四处打探，打探的却是他不该好奇的事，也许更糟，像是在炫耀。我不想给别人看低我的机会。哪怕冒着错失这首歌的风险，也不能让别人知道我不知道，这样似乎更妥当——确切地说，更安全。这种音乐是年轻人做出来的，给年轻人听的，而不是给听史密斯乐队长大、在唱片行里买 LP 唱片和卡带的人听的。我的年纪大概和那个咖啡师的父亲差不多——也许比他父亲还要老——我的人生已和普通家庭的谱系脱离得太远，这个事实意外地让我感觉——什么？新鲜的痛感。这不意味着我想当谁的父亲，也不意味着我在哀叹一种本可以享有、却与之失之交臂的生活——不是那种典型的人生。我没有成为谁的父亲，这让我保持年轻，让我的好奇心保持在惊醒状态。实际上，假设所谓“长大”意味着不再对新事物感兴趣，那么就可能发生“决定让自己不长大”这种事。我不必约束自己按照某些角色的脚本来行事。可是，不是每个人都想知道这一点的。这可能是危险的讯息，哪怕是对一个蓄着胡须、年轻的咖啡师而言，他可能觉得他播放的音乐只属于他。

（2）就在不太遥远的过去，像我这样的男性常常在二三十岁上就死了。我们继续做着像我们这样的男人一直在做的事，虽然我们的性事是所谓“安全”的，但性本身就像一个夹带手榴弹的包裹。这颗炮弹未必当即引爆，但可能在未来五年内在你眼前爆发，或是在你出门赴一场祥和晚宴的时候灼黑你的视网膜。我们要么终日终夜地担忧，要么就对这种担忧完全麻木。有个朋友的朋友讲过一件事：有个男人在决定要不要出门加入周六夜晚的狂欢前，会用一大口西柚汁漱口。要是他觉得嘴里有轻微的刺痛（也可能是前一天晚上刷牙时划破了一个小口子），就会立刻用清水漱口，随手抓起一本书，乖乖在家度过那个夜晚，就此摈弃性交的念头，因为那并非最佳状态——对他来说，那几乎就等于血清转化症状①。

确切地说，那男人并不疯癫。要我说，他并不比我们这些男人更疯狂。

与此同时，另一个世界围绕我们继续运转。那个世界里的人们买了人寿保险、健康保险、房产、度假地产，准备传给子孙后代。他们没有确凿地活在当下。他们忙着构

① 人第一次感染 HIV 病毒时会有的一组症状的名称，病毒在白细胞内进行复制，免疫系统对 HIV 抗原做出反应，身体也开始对 HIV 产生抗体，这种免疫反应会产生血清转化的症状。在此期间，HIV 的水平非常高，亦即高病毒载量，很容易将 HIV 转播给其他人。但标准的 HIV 抗体测试不能在新的感染体上检测到这种病毒，也就是说，会在本人不知情的情况下传播 HIV。

建某种未来，但假如要你不断地用金钱去喂养，那算什么样的未来？难道不累吗，把那么多钱投入一个你这辈子都碰不到、看不见的世界？

我们这些男人拥有的只是当下，此时此地。这通常意味着：半夜游荡在外，在震耳欲聋的扬声器前跳舞或只是站着。在夜总会里，用黑色电线把 AZT 胶囊（艾滋病防护药）的大尺寸复制品吊在天花板下。它在燥热的空气里闪光，中间垂下蓝色丝带，如同我们共同创想出的象征符号。那天晚上的主题有点儿玩世不恭的意味（现在我已想不起来叫什么之夜了），因为，假如一种药能让这屋子里的半数人发皮疹、打寒战、头晕、恶心、舌头肿胀，谁会恭敬顺从呢？假如你没有未来，那你还有什么？你有一种绞刑架下的幽默感，竟能把锡箔纸改造出白金的效果，仿造点石成金。生孩子，为人父母，是我们绝不会去想的事。我们可能是医生、教授、护理员或法律顾问，但我们也都是孩子。我们经历过真切的童年：压抑的、克制的、期待逃离，因而，我们很清楚，失而复得的童年绝不容荒废。也不算逃避。

（3）想象一下。看看你的一滴血、精液或唾液，想象里面包含了一千个小手榴弹。不仅是你，和你有亲密接触的情人也在爆炸范围内。你的生活会有怎样的改变？你可以再次向内隐没，消失在自己的皮囊里吗？当你终于有勇气去接受测试，发现自己没有携带那些炮弹，你认为自己还会选择生宝宝吗？用那些体液作为元素？好好想想。

一个人死了很久之后，不会觉得自己其实没死。

（4）不久之前，我的朋友道恩问：在那个时期长大是什么感觉？当时，我们在人行道旁的露天咖啡座，看着两个年轻的父亲推着婴儿车走过，就谈起生孩子的事。那是一个干燥的夜晚，但有风。一阵风突然吹走桌上的印花餐巾纸。我冲出去捡，差点儿就抓到了，但它还是飞过车顶飘远了。我怎么能解释清楚呢，那个年代的感觉就像飘走的纸巾——或许该比作那阵风？我觉得自己的语言无法囊括所有内容。我尽全力用自己的方式、自己的隐喻去解释，不去用司空见惯、早已烙印在我们印象中的那些说法。但我说得越多，就越发专注地凝视道恩的脸——那张可爱的脸上写着怜悯和不解。她很想领会我的意思，我感觉得到她尽力了，但我痛恨自己笨嘴拙舌，暴露了我俩之间的距离感。

（5）那个年代，并不是所有人都笼罩在同一片阴霾中。比方说，R 和 J 是读哈佛时的室友，从大学时代就在一起了。他们公开表示只和对方有过身体关系。我不能肯定这代表他们的性生活比别人的更狂野，但不用提心吊胆、不用预防措施、只和一人做爱——这在我是无法想象的。他们的未来想必和我的未来截然不同。这话搁在 N 和 O 身上也一样：二十二年里没有其他伴侣，只有彼此。当他们谈起找代孕母亲生一个孩子时，我一时间失去了判断力，好像他们在谈论把山羊和母鸡融为一体。上世纪九十年代的男同群体还没走到那一步。听都没听说过有这种事，我和前任 M 谈起他们的计划时，都忍不住怀疑那算不算一种堕落：为了取悦一些人。而且，那么多钱——难道他们不能把那么多钱捐给穷人或动物保护组织？像我们这样的男人本该是乌托邦主义者，像我们这样的男人本该彻底重塑未来，哪怕并没有一种确切的未来模式可供我们栖居。我和 M 困惑不解地讨论他们的做法，都带着一种高傲的优越感，还替他们感到一点儿遗憾，好像不知怎么搞的，他们竟然错失昭然若揭的正确答案。在我们看来，他们已不再是同一部落的成员。我们谈起他们，就好像谈起一对小老太婆。很显然，性对他们而言还不够。这一路走来，他们似乎发育不全，因而很害怕前面还有什么困难在等着他们。他们真该穿上伐木工那种结实的衬衣。他们真该服用蛋白粉，去健身，练就魁伟的体型，肱二头肌坚挺高耸。他们难道不看看周遭的世界吗？那时节，人人都忙于投资健美大业，巴不得看起来健康、健康、再健康。

（6）A有没有意识到，她对于N和O来说是多么珍稀，多么宝贵？她已成为双亲关系唯一的投射对象，她是否成功地把他们浓烈的爱转化为了压力？她有没有觉得自己必须比幼儿园里的其他小朋友更优秀、更聪明、更完美？她是否不得不在双亲的朋友们面前再扮一次可爱？也许这能解释：为什么每次A的双亲把她带出街，她都那么让人难以忍受，几乎到了滑稽的地步。她会毫无道理地发脾气；会用手把意大利面的酱汁挖出来，抓起来，甩出去。有一次，我们坐在餐厅的另一边，看着她的双亲把她砸在椅子上的茶杯碎片一一捡起。后来，M和我就把她叫作“新版罗达”，罗达就是电影《坏种》里帕特里夏·麦科马克扮演的邪恶小女孩。我们编造出她的故事，结果却酷似寓言，隐喻了愚蠢的父母们都在扮演自己并不想演的角色。在那些故事里，每个人的戏份都在预料之中——恼怒而尴尬的父母，自以为是又吹毛求疵的亲朋好友——除了新版罗达，她轰炸墓园，折断树枝，打落牙都掉光了的老头们手中的拐杖。

（7）疗法在改进，生活在改变，尽管这个世界看起来依然和过去差不多，但终究是不一样了。本以为只能活六个月的人却生龙活虎地活了二十多年。如今甚至有一种药物能帮助你预防血清转化。我一直认为自己不是那种在同龄人中陈腐过活的人。我愿意相信，自己性格中的所有面向都没有过气，时时刻刻都在同步发展：过去的我，未来的我。但在某些重要的方面，我将永远是那个四面楚歌、成长过程中始终心有余悸的男孩。

也许原因就在于此——为什么要（或者该说：不要）一个孩子感觉像是不可思议的奢侈。我对这个问题刚产生兴趣，就好像有一扇门敞开，太多东西涌来，令我招架不住，无法思考。还有多少选择是我不曾想过的，仅仅因为我并不能做出那种选择？因为我在蒙昧、惊恐的年代进入成年期，所以我早已习惯了什么，勉强接受了什么？别人说你不可能拥有什么，你就不闻不问，这可比你想象的要来得容易。全世界的人都这样，任何时代的人都这样，通常，所谓理由都是强加于人的。我刚定睛朝洞开的门后面看，就希望立刻把它关上。感到自己被门后面空荡荡的房间打败实在毫无意义。我宁可继续搭建自己已在搭建的房屋，哪怕这房子歪七扭八的，屋顶已褪色，房基已开裂。

（8）不曾存在的孩子啊，为什么我凝思想到这些时会有一点沮丧？我从没想过你是会让我怀念的人，直到我开始凝视一把空椅子，因为你本来是有可能坐在那儿的。你会是谁？你会像我一样，有大耳朵、大鼻子、大脑袋吗？你会有我这样的大长脚吗？你会今天孤独，但明天就摇身一变，成为社交场上最痴迷派对以至于最后一个离去的人吗？你会喜爱动物吗？音乐呢？还有海——你会想要靠近大海、身在海水中、以距离大海多远为标准将所到之处分出高下优劣吗？你会以我无论如何想不到的方式继承我的精髓吗？你会教我怎样滑雪、怎么喜欢上足球、怎样从零开始做出巧克力慕斯蛋糕吗？

（9）结束了十六年的亲密关系后，我离开纽约，搬到了相邻的马萨诸塞州。很快我就发现，在新的城市里，如果你单独去餐馆、单独看电影，就会被看作怪人。我说的是那种最不易察觉的迹象：侍者什么都没说，但露出一种下意识的表情。独来独往的男人们格外引人注目，他们的孤独俨如公开表露的六芒星。我忍不住去想：人们决定组建家庭，是不是就因为想避免这种陌生人的无端揣测。假如生儿育女的渴望仅仅出于想在自己周围制造喧闹，引开他人的注意力，那我宁可孤独一人。

（10）在普罗温斯顿的一个浓雾弥漫的春夜里，我和三个异性恋朋友坐在酒吧里。两男，一女。我们在庆祝 I 的四十岁生日，他在这里，只是因为他不想孤零零地过这个生日——但他不肯说出来。他和前任分手还不到几个月，所以驱车十四小时，开了九百英里，到他喜欢的地方来度过这个夜晚。我们又说又笑，喝到了第二轮，但整个夜晚依然渗透了忧郁的气氛。孤独是这个夜晚不言而喻的隐情。时间也是。我抬头去看挂在窗框上方的几幅当地渔民的肖像画；画得很有天赋，笔触强劲，赋予画中人一种 20 世纪 80 年代艺术之星般的光辉。

我不知道话题怎么会转向男人和女人在变老过程中的差异，但 U 带着不容置疑的沮丧之情说：男人事实上比女人拥有更多时光。她并不是在说男人的寿命更长——当然，有的是数据表明事实并非如此，她的意思是：男人的生育期更长，被人需要的年限也更长。

L 和 I 谈及他们会被比自己年轻的女人所吸引，因为，是的，他们依然想成为父亲，但已无法指望和他们同龄的女性有那样的生育力。

他们的回答让 U 的目光更阴郁了，但她没有反驳。她左边的嘴角向下抿了。这不是她想听到的话。也许，她满心希望我们中会有人说那种讲法纯属无稽之谈，男人和女人终究没有天差地别，那种笼统的归纳比较毫无用处。

这个话题可能引发的讨论竟如此有火药味，所以我们都不再说话了。我们是来欢庆、来欢闹的。我们都是聪明人，深知一旦深入这个话题就可能毁掉这个夜晚，搞得不欢而散。我们不能在I的生日之夜这么做。我们继续点酒，开始第三轮。

我呢？我开玩笑，说我根本不明白他们在说什么。我讲话的方式把每个人都逗笑了，但我好像戴着面具，掩饰了内心深处的困惑。我可以想象那是一种什么感觉——假如我是直男，走在街上，被某些美丽的女人打动就停下来。可是，性吸引力指向生殖？真的吗？他们是认真的吗？还是他们只是可能在重复小时候听到的，他们的父亲说过的话？

我从没像那时那样，在自认为很了解的男人中间，感觉自己像个外星人。

我们互道晚安。我们走出门，走进商业街的夜雾中。走回工作室的路上，我和一个似乎从19世纪走出来的男人擦肩而过：他表情严峻，眉毛深浓，一把大胡子。他走过一丛玫瑰花时，我转身看了看他结实的屁股。想象一下吧：因为他臀部的宽窄、他体内滋生的云雨之欲就想去认识他！

（11）诸多问题会让我回想起母亲，我的母亲。她真的想当母亲吗？嗯，从某个层面说，她不得不当妈，但在我的想象中，她大概更想当我们的朋友。我记得真真切切——除了七山区[①]的豪宅，大概还有伊莎·阿伦牌的起居室成套家具之外——她这辈子只想要一个女孩。那是我和弟弟鲍比出生后好几年的事。她时常说起她好想要这个女孩，鲍比至今都记得他回应道，他好想要一只小鸭子。他越盼着小鸭子，我母亲就越盼着黛安·米雪儿——她已经给自己身体里慢慢萌生的女孩取好了名字。黛安·米雪儿囤积粉色：粉色的婴儿毯，吊在婴儿床上方的粉色监控器，一大堆粉色的绒毛玩具。可是，黛安·米雪儿在产房里正式诞生时竟带着小鸡鸡，我母亲伤心欲绝，哭了好几天。那几天过后，她当然也是很宠爱米凯尔的，但我们总觉得三个儿子不是她真心想要的，我们也永远没法给她真心期盼的女儿。“生下你们几个之前，我的眼睫毛可长呢。”她不止一次这样说过。这话令人不安，又像是童话，又像

---

① 七山（Seven Hills），美国俄亥俄州的一个城市。

是高烧中的梦，语气中透露着甜蜜的失意。好多年来，我都无法摆脱脑海中的那幅画面：我们的母亲曾经很美，但被我们毁了，体内的酸性物质蚕食了她的长睫毛。

（12）我母亲在世时，我清楚地记得她给我们的压力：要上大学，要在学院里表现出众，要赚钱，要当医生或律师。奇怪的是，她好像从没在传宗接代方面给我们施压。我说的不只是母亲，也包括我父亲。也许，他们希望彻底地拥有我们。也许，我们一旦为人父母，就不再仅仅是他们的孩子了，他们自己离孩子的感觉也将越来越远。也许，他们还不情愿放弃那种荣誉。老实说，如果我们在儿时的卧室里幸福地生活下去，一直住到四十岁之后，我相信那会让他们很开心的。我母亲似乎很清楚，生下孩子就注定会失去孩子，只要她感到我们想从她身边逃脱，她也会立刻逃开。每当我在新学年前整装待发，站在车道上，车里装好了行李，她就会泪如雨下。她的反应就好像每次都是"伟大的出征"，每一次都会让她情难自禁。那样深厚的爱只会带来灾难，我从她的怀中匆忙逃开，为自己让她这么难过而感到惭愧。

米凯尔第一次把新生女儿带回家见她时，她好像终于等到了她日思夜想的黛安·米雪儿——至少也算是新版的黛安·米雪儿吧。我可以肯定，她很高兴能把乔茜揽进怀里，米凯尔站在一旁看着，微笑着等待她的溢美之词，但她很快就把宝宝递还给他了，远比他期待的快。那时候，她已不再有完整的意识，失去了一部分语言和一部分记忆。过去的行为方式已不复存在。她已经有够多的孩子了。而且，大部分时间里，她还认为自己也是孩子："我妈妈在哪里？"她会这样问。"她去哪儿了？你们见到她了吗？"餐厅里，我母亲坐在乔茜庆生派对的礼物边，眼神在粉色包装纸的礼盒间游移，好像她坚信那是她自己的生日，因而暗自揣摩：该在什么时候打开礼盒？

（13）如果我和某个想为人父母的人进入了情感关系，尽管有疑虑，但我也许还是会同意。我并不是轻轻松松说出这话的，但也许和说出"我当然会搬去东京啦"一样，属于同一种类型的承诺。眼看着时间分分秒秒消失，我们怎么还能坦然地讨论未来？谈起日后的计划时，我们到底在开谁的玩笑？所以，我只会对"永远不会存在的孩子"坦言：对我来说，要成为你想要的那种父亲已然太迟。我不会像你朋友们的父母那样。你的朋友们来家里玩时，我很可能和他们一起玩，他们会像期待见到你一样期待见到我。我母亲就是那样的，记得吗？我们会把巧克力酱挤在酸奶里。我们会把录音机拿到后院去，把音量扭到最大，吵得隔壁邻居们不得安生。我们会一一叫出枝条上、草坪上的小鸟：歌雀、朱雀、红雀、长嘴沼泽鹪鹩。我的穿着可能让你难堪。（爸！怎么又是紧身牛仔裤？）不，我不会换别的裤子。你会习惯我的尴尬和笨拙，我的亲吻，我拿不稳的钥匙，我总想陪在你身边，现在，就现在，现在到永远。

活在当下，意味着随后消失

莱昂内尔·施赖弗

来，见见传说中反对生养的人。我的第七本小说《凯文怎么了》① 跻身2005年畅销书之列，也在天主教网络世界里引发了轩然大波，因为故事讲述了一段大错特错的母性，他们认定这本书对“家庭”持有敌意。与此同时，针对这个故事的主旨，还有各种奇特的曲解（诸如“你恨自己的孩子，这没关系，如果他们长大后做了坏事，也不是你的错”）如马铃薯枯萎病般传染了一篇又一篇文章。悲痛的母亲们却给我寄来亲笔信，向我倾诉，巨细无靡地描摹如我书中的男孩那样邪气的年轻人的所作所为。不想生孩子的女人们吵吵嚷嚷地挤进我的读书会，高举小说，好像那是证据，能证明她们的选择是正确的。我也因此在尼基·德法格的《没有孩子，喜欢这样的人生！》中赢得了一个小章节。

《凯文怎么了》赢取那年的橘子小说奖时，我已像是

---

①《凯文怎么了》(*We Need To Talk About Kevin*) 是施赖弗的长篇小说，讲述了母亲伊娃和凯文之间从出生就开始的斗争以及之后的悲剧，后被改编为同名电影。

“母性矛盾”① 的宣传海报女郎，但在得奖后，我的身份又经提升，获得了更高的影响力，就从那时起，有些古怪的事开始显露端倪。我有时会跳脱这个角色该有的脚本。伦敦《周日时报》的记者（显然把我预设为典型的美国婊子形象：冷淡而又傲慢）问道：难道你不认为出生率下降本质上是“虚无主义”的表现吗？我想也没想就回答“当然是”。还有个记者在电话采访时试探性地问：拒绝为人父母是不是有那么一点儿……自私？我扯着嗓子对话筒叫道：“绝对是啊！”

事实是：我感到愧疚了。

五十七岁，膝下无子，在生不生孩子这个问题上我显然已是高龄，以至于问题本身对我已经变成纯粹的哲学问题。但在我有生养能力的那些年里，确实有大把的时间去生孩子。我有过两段为时很长的情感关系，其中一段是至今依然健康的婚姻。我的健康完全没有问题。从财务上说，我也养得起孩子。我只是不想生。小孩不整洁，肯定会把我家搞得乱七八糟。大体而言，小孩都是忘恩负义的。他们会吸走太多我写出之前那些书的时间。

① 母性矛盾（maternal ambivalence），也有翻译为“身为人母的矛盾”，指母亲既想与孩子亲密接触，又想拥有独立的物理和情感空间。

不管怎么说，在大谈特谈“母性矛盾”后，我兜了一圈又回到原点，恼怒地反驳起来：请照我说的去做，而不要照我做的去做。出于个人的顽念，我可能不会遗憾自己没有生儿育女，但我很早以前就烦透了反对生养的姿态，如果能把这部分权责转交他人之手，我将非常高兴。如果有人感兴趣，我要顺便打个广告：我有一件T恤低价出让，前面印了被红笔划掉的婴儿图案。

关于西方社会老龄化的新闻报道屡见不鲜。老年人越来越多，抚养老年人的年轻人越来越少。不止是医保制度和养老体系不堪重负，就连在职的年轻人也可能很快面临过高的课税，而这顶多只能让满身褶皱、举步蹒跚，像莱昂内尔·施赖弗这样的老人们勉强裹得起成人尿布。政客们明智地将年龄结构图作为论据，证明提高移民数量是合理对策。长期以来，一直避重就轻的美国边境政策，实际上让美国的年龄构成在经济学层面更健全，若没有年轻的移民者及其大家族一波又一波涌来，今天的美国在这方面恐怕不容乐观。

但令人好奇的是，很少有人去关注西方社会为什么会老龄化。我们共同衰老，这件事已成老生常谈，被说成是一种不可阻挡的自然能量、超出我们控制的过程，就像是地壳板块移动或飓风肆虐。恰恰相反，年龄构成在人类控制范围内的，这个事实藏得很深，是强烈抵制政府管控之后，由数以百万计的纯粹的个人决定——像我以及我大部分亲朋好友这样的单一个体——总合而成的结果。

我们没有孩子。

西方社会的生育高潮始于20世纪70年代——也是在那个时期，俨如惊世先知的保罗·埃里希[①]发表了人口爆炸论，想来也很讽刺，他的预言是：我们很快就要在人均一平方英尺[②]的大地上保持平衡，就像天使们挤在大头针尖上。不可思议的家庭萎缩状况源自很多因素：可信赖的避孕措施广泛普及，广大女性步入职场，推迟生育并导致更高的不育率，以及——孩子不仅仅吃你的喝你的，还指望你伸出援手，帮他们付掉高额贷款的首付款。

但我相信，上述这些因素可能都是次要的，更重要的是西方文化的重大转变——其深刻性不亚于我们对人生意义的集体共识。

如果你能看透数字背后的意义，数据就永远不会让人

---

① 保罗·埃里希（Paul Ehrlich, 1932—），美国生态学家、昆虫学家，专门研究蝴蝶，1968年出版《人口炸弹》，警告人口过剩的危险。

② 约等于0.09平方米。

乏味，所以，请容许我列举如下。TFR：总生育率，指的是平均下来女性一生所生养的孩子总数。涵盖婴儿死亡的数量，TFR 要达到 2.1 才能维持现有人口规模的更替。2013 年，美国女性的平均 TFR 是 1.9——略低于人口更替的需要。要明显感受到人口不足将会是很多年后的事。

因此，乔纳森·拉斯特在 2013 年出版的颇有争议性的《谁都没有期待的时候该期待什么：美国即将面临的人口灾难》要么不符事实，要么就是方向性错误。美国人根本不会灭绝。根据联合国的估算，美国人口在 2013 年有 3.16 亿，在本世纪中叶可能增长到 4.48 亿，当然，最强势的人口增长是由移民带来的。

要说真有哪个物种濒临灭绝，美国倒也有一个族群确实在缩减：白人。这样讲在政治上很尴尬，没错，这其实就是拉斯特先生警告大家“美国人”生育率太低的缘由——幌子背后，他要拉响的真正的警报是：像他和我这样的人所在族群的生育力太低了。2010 年，美国白人女性的 TFR 值是 1.79——看上去并不算太低，但至少在 1980 年后是属于明显低于更替率的。更替不足当然会导致某些后果，但也不是立竿见影的。到 2043 年，白人会成为美利坚合众国里的小众族群，而西班牙裔在总人口中的比例将从六分之一上升至三分之一，因为西班牙裔 TFR 至今坚挺，保持在 2.35，前几十年里甚至接近 3.0。思想开明的美国白人是不该在乎这一点的。我并不是在此强调你必须为此介怀。

我的双亲都来自德裔美国人家庭，但欧洲的数据更让人震惊。在那些曾以家庭观为重的国家中，西班牙的 TFR 仅为可怜巴巴的 1.3，意大利和希腊都是 1.4，德国也一样——将近五分之二的受过教育的女性都没有孩子。整个欧洲的 TFR 总值只有 1.6，预计在 2050 年前就将导致人口总数减少，这还是把高比例移民算进去的结果。甚至在 2000 年，已有十七个欧洲国家的死亡总数高于出生总数。要不是有移民，这些国家现在的人口总数就会有明显缩减。

但在别的地方，很多夫妻仍恪守《圣经》教义，多生多产。全世界最高的 TFR 值出自尼日尔：7.6。预计在 2050 年，也门的人口将飙升至 1950 年该国人口总数的二十四倍，超过俄罗斯的人口总数，哪怕从地理上说，也门比法国还要小一点。暂且抛开中国，就 3.0 的 TFR 值而言，贫穷国家的 TFR 是富裕的西方国家的将近两倍高，也就是说，本世纪中叶的地球上多出来的三十亿人口都将源自贫穷国家。

西方和其他地区的家庭规模为何如此悬殊？当然，我们有更便捷的避孕方式。但医学技术只是众多原因之一。工业革命期间，西方生育率也曾有过类似的低落。这就是所谓的“人口转变”，通常被归因为农耕经济向城市工业化经济转变，儿童从经济资产变成了经济负担。但是，上世纪末家庭规模突然发生剧烈缩减不是靠避孕药完成的，这一点最值得深思。不用子宫帽、节育环、杀精剂、避孕海绵、避孕贴或到处都有卖的避孕套。不管是用禁欲、非法堕胎、杀婴或周期避孕法，负担不了（更多）孩子的人们都可以不把孩子生下来。因此，可靠的避孕术在 20 世纪 60 年代前后广泛传播、随处可得，这只能部分解释那之后的生育率的暴跌。德国和尼日尔的区别不在于医疗，而在于文化。

我认为，我们现在正在经历第二次人口转变，但不能再归咎于经济了。在美国和欧洲，受过高等教育的白人精英中间确实存在“新生儿匮乏”的危机。

“婴儿潮”那一代及其后代已把重点从族群转移到了个人，从未来转移到了现在，从美德转移到了个体满足——堪称摧枯拉朽的巨变。我们越来越世俗化，为了满足个人私欲而臣服于各路神仙。我们关心的是过上好日子，而非最好的人生。我们和前辈的不同在于：我们很少问自己是否在为崇高的社会目标献身，反倒更可能关心自己是否幸福。我们逃避自我牺牲、担当责任，视其为傻瓜才有的弱点。我们很少想到血统、文化、国家或民族的延续；我们将自身继承的遗产视为理所应当。我们觉得自己和历史无关。我们只在自己的生死期限之间衡量自己生命的价值，不会特意担忧我们死后发生什么。当我们老去——哦！太不情愿了！——常会回首往昔，但追问的不是我为家族、上帝和祖国贡献了什么，而是我怎么一直没去古巴，或是，没去跑一次马拉松？为什么没去学画风景画？我胖吗？我们不是根据生活是否正义、崇高，而根据生活是否有趣、好玩来评价自己活得是否成功。

如果这样罗列出来，听起来貌似是道德极大的退步，但“活在当下”已从20世纪60年代的口号晋级为根深蒂固的思维定式却也有其正面效应。活在当下必有其价值，因为，无论在什么年代，我们都只能拥有今天。相应的，我们特别喜欢那些有能力“活在当下”——用鼓手们的黑话来说就是“心醉神迷的仙境”——的人物。我们欣赏那种说走就走、想干就干的人，但凡时间和金钱允许，他们就让各式各样的体验填满自己的生活，永不停歇地学习、体验并享受每天给予的新鲜感；与此相对的是那些沉闷、无聊、煞风景的人，只知道无休无止的尽责尽力，只会对别人羡慕嫉妒恨。女性形象不再只有一种由卑微的服侍者、配偶和抚养者这些角色所构成的范本，这显然是一种让我尤为感恩的进步。而且，社会繁荣必将自然而然地引导富裕阶层走向终极前沿：自我，而且这个自我的疆界会随我们的自主决定而变得狭隘或无限宽广。

然而，“活在当下”带来的最重大的社会危机就在于生养：生孩子从必选项成为可选项——好比你的车要不要加装电热座椅，由你来选。这在过去从来都不是一种选择，现在我们定夺时并不会考虑到养育这个族群的下一代的重要性，不管我们如何界定“族群”这个概念。问题在于：孩子们能否让我们幸福。

很多时候，生儿育女会让人觉得很值得，但养育过程可能很辛苦、很难堪、很无趣，不可避免地诱惑我们去思索自我牺牲和责任感到底有什么狗屁价值。孩子让你感觉比以前更幸福的概率显然不会高于五成。研究数据一再表明：有孩子的人自称“幸福”的指数低于没有孩子的人。难怪那么多像我这样的女性会选择对尿片、托儿所、恶心的塑料玩具说一声：“谢谢，不用。”

为了用存在主义的方式直观说明我如何诠释欧洲女性的低生育率，请先看看三个实例，看看她们为什么不要孩子。这些女性（为了保护个人隐私，都以假名称之）都是我很欣赏的，我很珍重我们之间的交往，因为我们都住在伦敦，多年以来，我和她们一直不断探讨这个问题及其相关议题。简而言之，她们都是我的朋友。不过，这些例子绝对有代表性，足以说明问题。

我用这些问题拷问加布里埃尔时，她四十四岁，是个颇有建树的新闻记者，已出版三部广受好评的关于非洲的非虚构作品。她开朗又聪明，游历甚广，受过高等教育，身姿迷人，尤其在英国知识分子中间，她那种刻薄而又坦率的劲儿特别不同寻常。她的母亲是意大利裔。

加布里埃尔从小就对生育持否定态度：“我是那种厌恶发育期的女孩。月经、怀孕——所有这些生理事件都是你无法控制的，让你措手不及，好像只是为了让你在公众场合难堪——像是一种阻碍，带有羞辱性地否定我是一个有思想、有理性的存在。”二十几岁时，她对这件事的敌意越来越深。“我记得和那些大学毕业后没几年就生孩子的同龄人见面时自己是多么震惊。简直太荒谬了。我们刚摆脱了看起来没有尽头的学习带来的乏味的束缚，有生以来第一次拥有财务上的独立，终于尝到了自由的滋味，可她们决定去做的第一件事就是生孩子——自动迈入抚养孩子的囚笼，只能按照无趣的日程度过每一天，完成那些让人高兴不起来的义务。如果我二十多岁就生孩子，就等于给我奋斗多年、即将真正享受到的一切事情——随心所欲地花掉自己挣来的钱，想去哪儿旅游就去哪儿，选择我的伴侣，如我所愿地生活的那种能力——画上终止符。”

但等到她三十过半了，她却有过忧虑。朋友们都生儿育女，她觉得自己被冷落了。偶尔看到别人的孩子，她会感受到“这件事会带来至高的愉悦”，“眼看着一样东西（这是她的原话——没有孩子的人常会把孩子误称为物件）慢慢生长，每天都有变化，也是一种从智性角度来说很迷人的过程”。因此，孩子也可能是有趣而好玩的。但她当时的伴侣年纪较大，不想生养的部分原因是基于（合情合理的）医学方面的考量。总之，他们的关系没有因为加布里埃尔想要孩子而终止，我们可以合理推断，她的渴望并不强烈，或只是停留在假想中。大多数情况下，“这个问题是被忽略的，避而不谈，不了了之，转移话题，或在关系出现问题时被拿出来当筹码用”。没错，那段恋情触礁时，她的伴侣在生养问题上来了个一百八十度的改变，但就算他愿意和她组建三口之家也不足以挽回加布里埃尔了。在这个事关浪漫的案例中，快乐战胜了母性，结束。

那之后，加布里埃尔渐渐接受了自己不会有孩子的事实。“现在的我能应付生完孩子后那几年睡眠不足、精疲力竭的折腾吗？我能像朋友们那样，头五年里无法和同龄成年人进行有趣的对谈，只能无奈地和别人交换呆滞的眼神，就像我作为局外人所观察到的那样？”不行。

我问她，什么可以补偿没有孩子的人生？她毫不犹豫地回答：“首先是我的工作。我说的不是野心和赚钱的能力（呵呵），而是说事业是我在这个世界上所能留下的唯一印记。这么多年过去，我的座右铭变成了伏尔泰笔下的老实人的名言‘我们必须照料自己的花园’①。尽你所能地去照料。写作是我唯一的技能；我把它视为最能显示我能力的事情。”其次，“我为友情和家庭而活。我有很多老友，都很亲密，我认为，他们构成了一种可堪比婚姻的形式”。

就她本人而言，没有遗憾。“如果我有孩子，就不会著书出版，也不会成为杰出的记者。我也肯定去不成非洲。我宁可怀着对孩子的渴望，也不要可怜巴巴地对自己说：‘我本可以去竞争的呀。我一直是个竞争者。’”

但加布里埃尔仍然承认，在整个社会背景里，“如果像我这样的人不繁衍后代，文明的前景可能不容乐观。不管是我父亲还是我母亲的家族都是人才辈出，有学者、历

① 原文是法语，Il faut cultiver notre jardin。

史学家、外交官——既有思想家，又有行动派——这些年过去，我开始认识到自己绝非异类或特立独行的人，事实上，我显然是某种特定遗传基因的携带者。我是我们家族的典型产物，我可以看到有些东西是世世代代一脉相承的。这种基因不再遗传下去，我会不会觉得很可惜？是的，我确实这样想。我是有点妄自尊大，足以让我相信这世界缺了我的基因将会变得糟糕。但实际上我不太在乎，所以也不至于特意为此去做什么事。没时间，我的清单上还有别的事儿要忙呢”。

当我向她强调欧洲人口骤减的深意时，她毫不迟疑地赞同：“未来五十年里，黑人、西班牙裔和亚洲人将占据西方城市的大部分人口。这会困扰我吗？好吧，我稍稍有点遗憾：在塑造西方文明史的进程中以不同方式扮演过重要角色的基因系会断绝。但我想，来自发展中国家的基因系也有其自身的优势、能力和诸多品质吧。”略带辛酸和政治意味的“我想……吧”暴露了一种矛盾的忧伤，很多思想开明的西方人只会私底下这样表达——如果可以这样说的话。

我跟你说过，加布里埃尔是开诚布公的，她最后的一番话可谓是我这代人中很多没有孩子的女性（也可能是男性）的肺腑之言，但你不太有机会看到：“我是无神论者。

我是唯我论者。就我所知，我从理性上得知地球及其居民将在我死后继续存活，这对我来说没什么真正的意义。我自身的消亡会让我害怕，让我念念不忘，但我对那之后发生的事没什么兴趣。我决不认为自己对未来有所亏欠，包括我的基因、我的后代。我觉得自己根本没有义务去繁衍人类。这世上的人类已经太多了。我很高兴把这一重任留给别人。”

爱尔兰裔的诺娃在接受我访问时是四十六岁，她为一家工程机构策划活动，她很喜欢这份工作。她雷厉风行，幽默风趣，在业界中颇有名气，也投入了同等精力经营自己工作以外的生活，交友甚广，交往活跃，还定期参加城中的音乐会、电影、演出。她聪敏，爱开玩笑，思维特别活络。

令人惊讶的是，诺娃和她家五个兄弟姐妹都不肯生孩子。“我们几个都不受约束，自食其力，都有比孩子更要紧、以事业为中心的目标。”

和加布里埃尔不同，诺娃在整个青少年时期都相信自己会有孩子。不过在爱情方面，她很挑剔，也很任性。虽然她承认“快到三十岁的时候，我经历过一个非常沮丧的阶段，因为我好像不太可能有孩子了”，但“相比于对某个男人妥协，母性对我来说始终没那么重要”。诺娃和加布里埃尔都是聪慧、迷人的女人，只要她们愿意和“不尽如人意的郎君”凑合一下，肯定早就组建家庭了，但儿女没那么重要。个人幸福再一次战胜了孩子。

诺拉不要孩子的心意很坚定。她承认自己“有一点点”遗憾，但又强调“年纪渐长，我觉得自己越来越需要独处，需要完全属于我的时间。也许是因为工作——我要管十名员工，在公司里采用‘门户开放’的原则，这让我乐于回到家、关上门、好好品味平静的美妙”。前不久，她和年轻的教子去加拿大度假，经历了一段让人警醒的旅程。“是的，他很棒——好玩，聪明，有教养，很有趣——但要带他进入一个有熊出没的国家，我觉得责任重大。大概，这可以算是一种生活的隐喻？”

没有为人母，这只给诺拉带来了肤浅的遗憾。“我觉得我的生活很美好。我预见得到，自己将继续找乐子、享受工作、遇见有趣的人、度过一些很棒的假期、读很多有意思的书、扶持我的亲朋好友。”（请注意：我从来没有把“好玩”“有趣”这样的词汇灌输或暗示给访谈者。）当我问及什么能救赎她的生活时，她犹豫了一下。“我认为这是一个太清教徒的问题！我不确定自己的人生有什么需要救赎或补偿的地方。也许我是个彻头彻尾的享乐主义者。”

但诺拉也会伤心，“我认为我父母的基因都很优秀，很可惜，到目前为止，还没有遗传下去”。她有很多表亲，但由她父母结合所产生的特定基因就此失传，无疑是一种“悲哀”。我们又谈及民族性传承的问题，她的父母都是爱尔兰语老师，她也会讲“濒临危机的母语”。但她说“以宏观角度来看，我已觉察到：每一年都有很多语言在消失”。我们这代人从小到大早已习惯了失去——生态栖息地，野生物种，生物多样性，鱼类。为什么爱尔兰语就不会消失呢?

在我们的交谈即将告终时，诺拉热忱地对我说：“你和我都该生几个孩子！”——又急忙补充一句：她不是说为了我们的私人福祉去生养，而是就社会意义而言。“我们是有福之人，有头脑，受过教育，身体健康。”我们越往下谈，她坦承：“我就越觉得自己挥霍了天赋和家族传承。但我活在这个颓废的年代，挥霍好像也没什么问题。不管怎样，要不要把我的整个儿生命奉献给传承民族性的大业——这是个重大的问题。”

最后一位是年仅二十六岁的莱斯利，她比我小整整一个代际，不得不担当年轻女性的代言人——曾有数量惊人的年轻女性告诉我，她们缺乏成家生子的热情和动力。我们讨论这个议题时，莱斯利在伦敦一家小型文学出版公司担纲企宣，全身心扑在工作上。她的工作能力很强（我本人也曾受惠于她的这份天资）。她自信而又活泼的性格为我那些倦怠的老朋友带去生机，形成了有趣的对比和互补，她对未来充满乐观的心态，确切地说，是她自己的未来。

莱斯利不想要孩子。“我想到自己的未来时，会清楚地看到各种抱负和期待都能实现，像是旅行啦、事业更上一层楼啦这些，但看不到生孩子这件事。我想象不出来自己能放弃现有的生活方式，而去为人母。财务上的独立自主对我而言至关重要，同样重要的是在任何一段情感关系中都能保有我的独立自主。要想好好照顾孩子，肯定要有人付出什么，但不幸的是，通常都是母亲不得不放弃她生活中的某些内容。”

我问她，身为独生女，她有没有意识到自己背负着延续家族基因的重任。她回答得很诚实：“这真的不是我以前会考虑的事。”

另一方面，莱斯利也证明了“活在当下”不一定意味着道德缺失。“我显然不认为自己有延续人类繁衍的用途。什么能让我的人生对自己有价值？什么能让人生更有意义？那就是我和别人的关系，各种互动，成为他们的家人、朋友、恋人、同事、陌生人。我认为，有人性的行为能让每一个个体重获价值。”

和她那一代的大部分人一样，莱斯利根本不关心不列颠的盎格鲁–撒克逊的血统延续。“现在难道还有所谓正统的不列颠种族吗？我觉得，到现在这个地步才开始担心血统的传承未免也太迟了吧。”她接受多元文化，乐于看到西方城市将面临外裔占多数、本族沦为少数的前景。“我大多数朋友都有不同的民族背景，住在伦敦特别幸运，这座城市充满了各式各样的文化、宗教和种族。我认为多样性不会毁灭英国文化，反倒是锦上添花。”

她会不会担心，将来会觉得没有孩子是人生憾事呢？莱斯利只想反问一句：未来的她会不会“不满足”？“但谁又能保证，我有了孩子就会感觉更满足呢？”

满足。快乐。满意。好玩。严格来说，这些顾虑没有错，但它们很雷同，都属于一个层面。它们都没有考虑到我们每个人的生活宛如串在同一根细绳上的珠子。我们挚爱的当下只是承前启后、极不稳定的线索，把家庭、民族、国家和物种的过去和未来连接起来。诸如卡特里娜飓风、福岛核泄漏等灾难会提醒我们对可饮用水和厕所的依赖是何等强烈，我们的满足感要归功于前辈的智慧和创造，即所谓饮水不忘挖井人。然而，当代“无子派”似乎很少想到这一点：我们是欠前人的，适当地偿还这笔债或许需要我们把快乐而又幸福的接力棒交到别人手中。

在上述三个实例之后，我还要加上自己的这一例。这篇文章里不存在以一概全的定论，不管有多苛刻，多刺耳，都不能套用在我身上。我在意自己当下的生活。我认为我应该如此，不过——多半是因为我没有孩子——坦诚地说，我不太关心自己死后的世界。我出身于施莱弗家族，与有荣焉，但还不至于以一己之力确保这个家族比我活得更长久。正如诺娃所言，我的基因是一流的。但和朋友们一样，我没有把这种基因传承下去，对此只有一点儿含糊、微弱、抽象的小悲伤，而且也不符合“活在当下”的心态。我认为自己工作起来很勤奋，但在重要的社会层面却很懒惰。和加布里埃尔一样，我的后代只会是永远八英寸高、用木纸浆做成的书本，如果它们让我晚上睡不着觉，我可以在清晨把写得很烂的一章推倒重来，让它们就此安静。噢！假如在我的有生之年，在生我养我的祖国——美利坚合众国，像我这样的欧洲后裔可能不再是主流人群，我会有点惆怅，但那短暂的沮丧决不至于让我困扰，比如打不起精神去练足球。坦白说，既然我不想折腾自己复制出另一个还算不错的我，那么，那些愿意悉心照料发高烧的小宝宝的移民们确实赢得了取代我的权利。

当然，我那种“惆怅”从政治上说是有危险的。关于移民的辩论已够多、够全面、够深入了，我们也许可以退一步，把白人也看作是人。我们鼓励每一种少数群体——牙买加人、穆斯林、犹太人，等等——为本民族遗产而骄傲，他们理应如此。就算来自中国的移民珍重他们的民族之根，依然会做难吃的木须肉，我们也不会认定他们对地球上的其他种族持有固执的偏见。意大利人不会拥护意大利人的特质吗？土生土长的英国人不去捍卫他们约克郡的布丁吗？美国白人不推崇他们的苹果派吗？从澳洲土著到罗马尼亚人，每一类少数群体都应珍重、保护并弘扬各自的文化，但传承欧洲文化的白人却不能——这已成为一种所谓政治正确的共识，引发了美国、英伦和欧洲大陆的右翼人士的强烈抵制，有时甚至是毒害人心的反击言论。为了在这个问题上推动理性、文明的思考，我们至少应该允许自己对此加以讨论。就整体而言，曾长期占有主控地位的人群正在缩减，也许，等到我们在自己国家里变成少数群体的时候，至少有权感到一点悲哀吧。

与此同时，随着西方社会无子化倾向越来越普遍，曾经加诸在“不孕不育”之上的污名也随之而去。女人拥有了选择的自由，男人也一样；不论有没有孩子，都能主导精彩的生活，选择不要孩子的夫妻也越来越多。我和朋友们都是正直的好人——至少对彼此都很好。我们都很有趣，很好玩。但显而易见的是：无论从经济、文化和道德层面讲，我们都是社会的灾难。

摒弃生育没有让加布里埃尔和我变成我们年轻时自诩的那种“特立独行的人”，而竟然成了我们这个时代的某种标准范本——这说明肯定有哪里不对劲了。当代人认同的人生至高真理是：纯然在当下，纯然为自己，这其实源于一种阴险的厌世情绪——对人类宏观大业缺乏信念。最阴暗的一面在于，越来越多的无子女夫妇决定把他们所有的钱用于“活在当下”——参加踏板有氧操课，去坦桑尼亚观光，扩建家宅，却不费力去找个人在派对结束、他们也都完蛋后继承这地方——这其中蕴含着某种疯狂，俨如小说家幻想世界末日时着力描绘的场景：有点儿歇斯底里地欢乐弃逃。

不该蔑视老年人，但衰老实在不算美妙的词儿。大部分西方人已对未来失去了信心。中东地区的人口出生率依然很高，而许多欧洲人、澳洲人和欧洲裔美国人却不肯费工夫制造下一代，连勉强维持人口总数持平都做不到，他们不肯牺牲假期，不肯忍受单调乏味的抚养岁月，不能接受休闲时光被孩子削减，就因为孩子不可能总是有趣的、好玩的，因为他们不一定能让我们快乐、幸福，因为他们有时候会让你痛苦不堪。当原教旨主义者指责西方社会颓废、堕落、放荡时，你必须想一想：也许他们说到点子上了。

最重要的事

西格莉德·努涅斯

小时候，我一度认为所有孩子都是多余的。我的母亲是德国的战争新娘，未婚先孕产下第一个孩子，也毫不掩饰地表示，连生三胎都不在她的计划之内，对她来说，那不是什么开心的事。她和我父亲在“二战”末期相识，他是占领军的士兵，驻扎在德国南部，也就是她的家乡。她十八岁就产下了大女儿。两年不到又怀孕，这才结婚（我的父母从没解释过为什么要延迟婚期）。等到第二个女儿出生了，他们就搬到了纽约，起先住在布鲁克林的格林堡居民区，几年后又搬到斯塔顿岛上的另一个新建小区，我从两岁到上大学前一直住在那里。那样的青春（战争，过早生育，跟一个各方面都不般配的丈夫移民到美国）决定了她始终认为自己很不走运，好像被骗了。不管组建家庭会给她带来什么好处（孩子长大之前，有好处也不会显示出来），让她念兹在兹的只是家庭的坏处，塑造她的人生的只是那些坏处。

部分原因在于——显然该说是绝大部分，就像她自己的母亲那样，她不是那种慈母型的女人。对她而言，孩子——不管谁生的——都很顽劣。

讲到邻居时，她会翻着白眼，带着鄙夷之情说“她又怀上了”。讲到她在商场里邂逅的熟人，她会说“她的肚子都挺到那儿去了”，好像那是某种耻辱。听我母亲这样讲，你永远不会觉得怀胎生养会意味着什么好事，更别提有天伦之乐啦。

但她不是独一无二的。每当我想起自己从小到大遇到的人，就不禁觉得那不是在回望五十年前，而竟如一百多年前——在现代信仰尚未萌生的年代里，人们不会把神圣的童年、儿童权益视为至高无上的东西，也不认为童年值得竭力保护，理应是每个人生命中最无忧无虑、最快乐的纯真时代。

我说的是那些比大多数人生活更艰辛的人：靠低薪工作或福利津贴勉强过活，没有受过足够教育，有外国口音，英语很差，一口烂牙，肤色深黑——太清楚自己处在社会底层的那些人。他们不可避免地有挫败感，也不可避免地将挫败的情绪发泄在家里。丈夫虐打妻子，父母暴打孩子，大孩子欺负小孩子。（我们暂且不谈宠物。）年幼的孩子无法挣钱养活自己，这并不意味着大人不能打发他们去干活。我记得，那时的孩子干家务和其他琐事的时间远远多于玩耍的时间。 和我们家不一样，有些家庭会认为家务事比阅读、做学校布置的作业或任何形式的学习更重要。

在我家所在的街区，我只能记起寥寥无几的女人会让人联想到“慈母”这个词，哪怕我也记得很多女人的心地是善良的。无论是父亲们还是母亲们，对待孩子的时候，居主导地位的情绪似乎就是愤怒。在那个街区，那个年代，那就是混乱的一部分：你永远不知道大人们会在什么时候勃然大怒。总有人在冲孩子们吼叫、咒骂、掴耳光，甚至更恶劣的事。（该死的小孩：这话我们听得太多了——哈姆林的花衣魔笛手要是到了我们那儿，吹着魔笛把所有孩子都带走，爹妈们大概也不会落泪——就算这样想也情有可原。）爹妈们经常在公众场合，尤其是在一群幸灾乐祸的大人面前打骂孩子，这种事屡见不鲜。任何遭受如此可怕的公然屈辱的孩子都很难相信：造成这种痛苦的父母也可能是爱那个孩子的。我认识一个女孩，实在受不了那种打骂就跳出了窗口（幸好那个窗口不高，她没有摔死）。

我母亲习惯性认为，孩子们犯下的所有错误几乎都是带恶意的预谋，而非仅仅出于疏忽、弱小或无知，也不只有她一人那样想。小孩善于摆布别人；全都是小骗子，狡猾老练的骗术大师。父母时常不去理会孩子气的情感宣泄，觉得那是装模作样，或是为了引起注意。就连生病也很可疑："你明明可以到洗手间去拉啊！"小学里，很多老师也好像回到了更黑暗的中世纪，把孩子们——尤其是男孩——看作天生下流龌龊的小大人，要不是依靠无情的羞辱、铁律的教养，尤其是在身体上留下印记的体罚（通常是打板子，但我记得无数更严重、更粗暴的体罚方式），他们长大后肯定会变坏。（有充足证据表明，在那种犯罪日益猖獗的街区里，这种旨在威慑的体罚会适得其反，但大家都忽略了这一点。）

当然，到了某个岁数我就明白了：并不是所有的小孩都是多余的，就如世界各地的人们一样，我所知的大部分父母——尤其是母亲——会把组建家庭纳入最美好的人生梦想。对大多数人来说，问题是在于她们不能阻止更多的孩子出生——又多一张嘴要喂！还有什么地方给他睡觉？——在无力负担更多的时候，更多的孩子绝非天赐，而恰恰是她们不想要的。我也开始明白，人何以在深爱自己的孩子的同时又深深地怨恨孩子。我没有要你把我生出来呀！孩子为自己辩解时自怨自艾的哭诉听来多么熟悉啊。但我认识很多这样塑造出来——或者该说，塑造成畸形——的人，因为被迫认为自己诞生后带来各种各样的麻烦而深感愧疚。

但这些都不算我不想要孩子的缘由。确切地说，我理所当然地认为自己会有孩子。为人母，就好比上学念书，逃不掉的。生儿育女将伴随婚姻而来——我就没碰到哪个女孩对未来的幻想中没有婚姻这一项。没错，你总可以指出一两个女人，别人都说“她一直没结婚，是个职业女性”。但这类女性始终不被视为典范，要说当秘书、教师或护士（当年可供女性选择的职业不外乎这几种）会比相夫教子更美妙，你也很难枚举出有哪些美妙之处。（人们总会把结婚后无子嗣却依然心满意足的怪女人说得过于自私，乃至不肯生儿育女，毕竟为人母需要极度的自我牺牲，是仅次于当修女的事业。）

再说了，我很喜欢孩子，特别喜欢隔壁邻居家的小儿子，我简直被他迷住了。我记得自己认为小戴维是我见过的最美丽的东西。不管什么时候，不管我手头在做什么，只要他出现，我就停下来盯着他看，一边惊讶他怎么那么像嘉宝婴儿食品广告上的完美宝宝，一边思忖他的吵闹中蕴含的纤弱让人何其痛苦。爱。那时我八岁。他母亲经不住我恳求，给了我一张他的照片，被我当作无价之宝。在学校里，我还以他为主题写作文，事到如今，我一个词也想不起来了，但我从没忘记那篇文章引发的反响——从老师到校长都不吝好评，因为老师把它拿给校长看了；还有我母亲和小戴维的母亲，因为我母亲拿给她看了。大概，那就是我生平第一次领会到：只要你对某样事物抱有激情，你就能以特定的顺序写下特定的词汇，倾情表述，打动人心；你就可以赢得他人的赞许。

而且，我总是很喜欢小孩的。事实上，我觉得不喜欢孩子的那些人很奇怪，甚至很吓人。曾有人对我说“我不喜欢小孩”，我特别想不通，一时激动，差点儿脱口而出：我以前也是小孩啊。

我六七岁时，有一次，我和母亲走在布鲁克林一条臭名昭著的小街上，经过一群聚在门阶上、脸色阴沉的男孩。我母亲加快了脚步，拖着我往前走，有个男孩刚吃完冰淇淋雪糕，顺手就把小木棍朝我扔来。我拽了拽母亲的手。“妈咪，那个男生扔我东西！”她闷头往前冲，冷酷地目视前方，用掴耳光那样的声响对我嚷道：“你以为我能怎么办？”那时候，某种认知沉入心底，我也将永远无法摆脱随之而来的恐惧。

挪威作家卡尔·奥韦·克瑙斯高在自传体小说《我的奋斗》第三卷中写到父亲让他觉得很恐怖——“我整个童年的每一天”——也写到他如何用死亡的幻想来安慰自己。提及抚养自己的孩子时，克瑙斯高写道：“我只想达成一个目标：不让他们害怕自己的父亲。”

我记得，到了正经考虑要不要孩子的时候，我也有过同样的想法：最要紧的莫过于确保他们不害怕自己的母亲。这个目标，我自信可以达成。但还有别的事要考虑。孩提时代的我始终没有安全感。我整个童年的每一天都生活在畏惧中，畏惧坏事会降临到我头上。我至今都有这种感觉。所以，大问题来了：一个自己都活成这样的人怎能确保孩子有安全感？

我越想越能断定：当好父母是世上最艰难的事。似乎要大量储备耐心、智慧、慈爱这类素质，实在有点吓人；我不太确定自己拥有这些，哪怕是可以预防灾难发生的最低储备量。但当我环顾四周，看起来，很多人都这样。

这倒不是说我认为大多数人注定当不好父母，只是想强调：堪称理想父母的人数少到惊人——尤其要考虑到：选择生孩子的人远远多于不想生孩子的人。

我记得，有位女性导师曾问我是否认为自己能当好母亲。我诚实地回答她：我不知道。她却有点儿不高兴，好像我坦承自己是个坏人。但那些自信可以养育儿女、完全没有这方面困扰的人反倒会让我很错愕。我有个朋友——男性，没有孩子，却十分自信——曾信誓旦旦地对我说："你只要给孩子们很多、很多的爱就好了。"大概只有男人才会相信这件事能如此简单。

20世纪60年代，刚刚成年的我这一代欧美女性都发现我们和母亲之间竟有如此赫赫的鸿沟，两代女性间几乎没有共同之处。对我们——幸运的女儿们——来说，因有可信赖的避孕手段、合法的堕胎手术，还有大众对女性权益和社会地位的态度转变，以前的女性做梦都不敢想的事都可能实现了。她终生未嫁，她是职业女性（比如说："我发现你们这些姑娘今晚都没有男伴"），现在讲这种话是会被嘲笑的，女性主义者会把他编入犀利的讽刺笑话。

假如说我对自己能否当好母亲这件事一直都很犹豫，那与之对立的就是：我很早就相信写作是我的天命所在。尽管年少轻狂时，天真的我严重低估了作家的生活将何其艰难，但我没有放弃，坚定地走下去，决不允许任何事纷扰我的注意力。

对文学事业持有热望的年轻女性都无法忽视一个既定事实：在文学上最有成就的女作家们——比如简·奥斯丁、勃朗特姐妹、乔治·爱略特、弗吉尼亚·伍尔夫——都没有孩子。科莱特以自己的母亲为题，写过优美而又尖刻的文章，她生过一个计划之外并不想要的女儿，一直疏于照料她。多丽丝·莱辛有两个孩子，但宣称自己"并非抚养他们的最佳人选"，她从非洲南部搬去伦敦寻求文学事业的发展时，没有带他们一起走。为什么？"对知识女性来说，把无数时间耗费在陪伴小孩上可以算是最乏味的事了"。

还有一个事实也很难忽略：为人母既是所有人类经验中最重要的，也是最受广泛分享的一件事。在西方文化中，母性一直就是女性的同义词。然而，综观权威作家们——无论是男作家还是女作家——的扛鼎巨著，你能说出来有哪部是以母性为主题的吗？

假如你是一个挚爱阅读和写作胜于一切的小姑娘，难以想象阅读和写作不占据成年生活的主要地位，大概不用等到青春期就会发现自己一猛子栽进了大冲突中。占据女人生命主要地位的是生儿育女，这难道不是普世常识吗？

“后来，我的孩子们出生了，”娜塔莉·金兹伯格①在题为《我的天职》的随笔中写道，“孩子们很小的时候，我实在无法理解，为什么有的女人有了孩子后还能坐下来安心写作？我开始轻视自己的天职，又时常无法遏制地渴望这份天职，只觉得自己被流放了，但我尽力看低这件事，还拿他开玩笑。我用很多时间留意外面有没有太阳，有没有刮风，琢磨着要不要带孩子们出去散步。”

肯定有成千上万有天赋、有抱负的女性被西尔维娅·普拉斯的经历吓到了，但在有天赋、有抱负，还有悲

① 娜塔莉·金兹伯格（Natalia Ginzburg, 1916—1991），“二战”后意大利最重要的作家之一，代表作有自传体小说《家庭絮语》《曼佐尼家族》等。

剧性自毁倾向的普拉斯转变为赫赫有名的女权主义神话的时候，刚好成年的女孩也许没那么多。普拉斯最早在英国以笔名出版了唯一一部长篇小说《钟形罩》，但只过了一个月，年仅三十岁的她就自杀身亡。整整八年后，这本书的美国版才于 1971 年问世。在高度自传性的小说、袒露心扉的自白诗、1975 年出版的家人书信集以及被她的自杀唤醒的许多人的追忆中，令人迷惑而又恐惧的真相浮出水面。

这是一个对事业和家庭的矛盾需求极度敏感的女人，她对生儿育女始终怀有痛苦的矛盾心态，并用精辟甚至歇斯底里、病态的文字加以抒写。虽然，天赋和疾病将普拉斯和其他有志于文学的人才——也就是大部分世人——区分开来，但对很多女人来说，实在不能不从那种注定崩毁的生活中吸取教训。她想拥有一切，这是毫无争议的事实。（她在日记中倾诉："我就是那个想当上帝的女孩。"）她从一开始就有强大的野心，决意"鞭策"自己不断"前进，向上"。她一直渴望写出伟大的作品，不仅要成功，还要名垂千史。但我们也不能忽视生活中的其他事件。前程似锦的诗人也必须结婚（不用说，她要嫁的男人必须比她更聪明，更有天赋），还要趁着年轻开始生儿育女。她必须展示出类拔萃的贤妻良母形象，包括煮饭、打扫房间，样样都要比别人强。让普拉斯不能忍受、想都没法去想的是：她的智慧和抱负有可能剥夺她的女性气质。从另一个角度说，她还在读书的时候就曾担心：以后养育子女会拖累她的文学事业——对她来说，文学上的成就不仅意味着坐下来写作，还要写很多、获得大奖、出畅销书。

和金兹伯格一样，普拉斯要腾出头脑，考虑天晴或刮风是否适合带孩子们出门散步。但对普拉斯来说，轻视、放低或取笑自己的天命之职是无法想象的。她也不可以被“流放”。她不肯像金兹伯格和许多小孩的母亲们那样减少工作时间，而是宁可朝另一个方向全速前进。作家，超级妈妈，家务女神——为什么一个女人不能三全其美呢？全力以赴！直到最好！这是和她同时代的女诗人安妮·塞克斯顿的座右铭，塞克斯顿同样饱受精神疾病的折磨，最终也以自杀告终，这句话也像是普拉斯的座右铭。

她没有领会到：当完美的作家是一件事——好到不能再好的事，但当完美的贤妻良母却是另一件事——因为这件事会包含太多谎言，超出了一个人所能自控的范畴。

莱辛说过，要不是她放弃了前两个孩子，没有把所有的时间花在陪伴他们身上——她相信那种决定是很勇敢的——她终将落入酗酒的下场。肯定不止我一个人想过：如果西尔维娅·普拉斯不曾选择在事业启程的同时组建家庭，她的人生将有多么不一样的结局。我有个朋友是大学教授，她牢记普拉斯的教训，曾这样提醒她的创意写作班上的女学生们："你们这些姑娘都想先成家生子再立业，但那是个错误。"

所以，再想想弗吉尼亚·伍尔夫多少会有点儿宽慰，虽然伍尔夫也有抑郁症和几次精神崩溃，最终在五十九岁自溺于乌斯河，但普拉斯在她短暂得多的人生中从未获得伍尔夫所能得到的满足感和成就感。或许有人说伍尔夫有怒气——确实如此，还有人说她又刻薄又暴躁——有时候她也确实如此；但她不像普拉斯那样残酷。伍尔夫的心里不像普拉斯那样充满了满满的怨恨；也不像普拉斯那样心机深重、报复心强、有偏执狂，好像也没后者那么疯狂。尽管结局很糟糕，但总体说来，伍尔夫的一生拥有令我们艳羡的美好与尊严，既有荣耀的成就，又不乏谦逊，还有令人满意的日常生活。(稳定的婚姻生活显然大有裨益，但普拉斯的婚姻破裂了。)

然而，伍尔夫也曾因自己是这样的女人而苦恼，时常自觉不够完美而自责。因有精神紊乱的病史，医生们强烈建议她不要生养，对于这个忠告，她和丈夫都不曾有过异议。但随时光荏苒，终于有一天，她回首往事，想到自己作为作家颇有建树，但没有孩子却意味着她的人生是失败的。

我相信，对那种失败感的恐惧，在很大程度上刺激到了很多犹豫要不要生养的女性。

对失败的恐惧，对错失良机的恐惧，都被莉迪亚·戴维斯在只有一句话的短篇小说《双重否定》中一语中的，精辟之极：

> 在她生命中的某个时刻，她意识到与其说她想要一个孩子，不如说她不想不要孩子，或是不想自己没有生过孩子。

整个社会对生育的期待是不容忽视的。（咖啡店的店员习惯性地跟我打招呼“母亲节快乐”，哪怕我是一个人去的。）抵制者必须做好心理准备，接受广泛的异议，在某些社区里甚至会被孤立。抵制者会成为好奇、怜悯、难堪、蔑视的对象。我不止一次敏锐地感受到这些情绪，全部都有。不过我得承认，那不仅是因为我没有孩子，和我一直单身也有关系。

结婚但不肯生养的人会被视为不正常的异类。但坦承自己从未有过生育渴望的女人会被认为是怪胎。女性从小到大都被教育去相信她们如果没有生儿育女的经验，人生就不完整，不算成功。（伍尔夫会不会认为，因为没有孩子，她丈夫的人生也只能被判定为失败的？我深表怀疑。）人们无法接受一个女人在这个世界上还有比孩子更想要的东西。现在的情形可能有所改进，但即便女人想要的不只是孩子，也没道理不生孩子。人们所能认同的是：普通女人想要——理应如此——两者兼得。

我的一个研究生曾情绪激动地告诉我："我确实打算以后要几个孩子，但我显然希望孩子们不会成为我生命中最重要的事！"

如果她真心这么想，以后也这么想，那也许她应该至少考虑一下不要生？——我这样想，有错吗？

我猜得到她会如何回答，情绪也会很激动，"但那样不好吧。你不能对男人这么说"。

无论如何，她很快就会发现：别人不太可能理解她的诚实。当米歇尔·奥巴马（我只想以一位有成就的杰出女性为例）宣称"我首先是一个母亲"时，她显然是在讲大多数人爱听的话。（如今竞选公职的所有女性都逃不过这一关：即便对她来说，成为领袖才是第一要务，她也不能不强调自己很爱孩子；这真是令人难以置信。人们常会听到奥巴马总统提到"我是一个父亲"，言下之意令人深思。没有人指望他说出"首先"二字。）

养育孩子是一份专职，一种特长，必须至美至善，尽心去做——格蕾丝·佩里[①]就曾大加嘲讽社会灌输给女性的这种欺骗性观念。在她看来，这种说法散发着自负狂妄的腐臭气息。“对成年人而言，照料小孩不是什么专职，”她说道，“那就是个笑话。”

珍妮特·温特森认定，假如她是异性恋的话，自己不太可能在文学上有所成就。1997 年她接受《巴黎评论》的采访时说：“我找不到典范：一个致力于她想要做的事，并且过着普通的异性恋生活，还生孩子的女性作家榜样。这样的女人在哪里？”谈及年轻时的自己时，她说：“我的内心有一部分本能地知道：为了追求我想要的人生——无论如何都会很艰难——我最好是自己过，要么就和同性过。”

1997 年后的世界有所改变。组建核心家庭的不再只有异性恋夫妻。然而，我还是会假想，无数女人会在读到这段话时频频点头：“女人该如何与男人们共同生活、养育后代，同时还可能从事她们想要的工作？并没有人坦率地点明这个问题。”

---

① 格蕾丝·佩里（Grace Paley, 1922—2007），美国著名短篇小说家、诗人，1942 年起在纽约新学院师从 W.H. 奥登学习诗歌写作，从 33 岁开始转向短篇小说写作，代表作有短篇小说集《人的小烦恼》和《最后一刻的巨大变化》等。

时至今日，你或许会说这个问题实际上得到了人们公正的表述，但对公正地解决问题并没有帮助。

温特森出生于1959年。她在访谈中提到，她这一代的某些女人认为拖延生养——人到中年才当母亲——就可以解决这个问题，多多少少和我那位老教授“不要先成家再立业”的建议有点儿相似。结果，温特森说，她们都累得精疲力竭。

一个世代之后，至少在我认识的人里（大多数是作家、艺术家和学者），很多男性在很大程度上参与到照顾子女的家庭事务中，和以前相比，这是非常大的改变。然而，一直有人告诉我们（好像我们需要有人告知似的）：在大部分美国家庭中，包括照料孩子在内的家务事始终被认定为女人要担当的重任（说得好像有颠扑不破的理由似的），至今仍是如此，不管她有没有在外面工作，不管她是不是挣得比她丈夫多，也不管她有没有或试图拥有自己的事业。事实上，有许多当了母亲的职业女性担当了百分之百的家务事。作家圈也一样，我认识当了父亲的作家——事业虽不至于飞黄腾达，但至少在往好的方向进步；也认识当了母亲的作家——事业困顿不前，或索性走下坡路，和我认识的其他行业的女人们一样，在当了母亲之后苦苦挣扎，勉强过关。说到挣扎，我还想补充一句，尽管女作家们一直在写涉及育儿经验的小说，但只有克瑙斯高的《我的奋斗》吸引了国际文坛的瞩目，书中巨细靡遗地描摹了换尿布、喂宝宝、应对婴儿的哭闹等家务事，终于让这个世界惊醒过来，发现家务事中也蕴含了深刻的剖白，就因为这是从男性视角得到的充分展示，所以不仅值得人们好奇，也足够引起轰动了。

爱丽丝·门罗比温特森早三年接受了《巴黎访谈》的采访，她谈道："我认为自己结婚是为了能够写作，能安顿下来，让注意力回到最重要的事情上。现在回想当年，我有时会想，'那个年轻女人心肠真够硬的'。"门罗坦承自己没有在孩子尚小的时候多陪伴他们，她知道孩子们不得不忍受这一点。"我的大女儿快两岁时，会爬到坐在打字机前的我这儿来，我会用一只手拍拍她，用另一只手打字……那不好，因为那等于把她和对我来说最重要的事对立起来了。"

回到最重要的事情上。对我来说最重要的事。千真万确，这首先是一位作家。就在最近，《纽约客》对门罗的访谈中提到一个问题：你认为自己是女性主义作家吗？门罗（她觉得自己不是）回答："我真心认为做男人是很辛苦的。你想，在早先默默无闻、常常失败的那些年，假如要我养家糊口的话，那会怎样？"

我也有个问题：假设一个女人处在年轻时门罗的境地，有没有办法让她免于被自己、被这个世界断定为心肠太硬？

这么多年来，每当我考虑要不要生个孩子时总忍不住去想：到底要怎么办才能两全其美？虽然我认识的颇有建树的老一辈作家里有少数人可堪典范，但那没有实际帮助。我看到的是一大批关系失和（他们中的大部分人选择了离婚）的父母，他们的孩子们好像都有问题。有生育能力的岁月一年又一年过去，我发现自己的写作生活越来越难和其他生活方式相容并进，这也不会带来任何帮助。原因之一在于：写作实在是一场痛苦的折磨。（戴维·拉克夫把写作描绘成拔牙——而且是从他的阴茎里拔出来——我并没有直接体验，但也不免拍案叫绝，我无论如何也写不出比这更妙的比喻。）原因之二：我想写长篇小说，需要长时间的、不被打扰的独处，这一点没有周旋的余地。哪怕生活中只是多一个男人，我也觉得多一个人已经太多，这事儿发生过很多次了，我和另一个人的关系会不可避免地挡在我和工作之间。况且，写小说是很难赚大钱的职业，所以我要像所有写作者一样，不得不做些别的活儿，挣点儿生活费，也就是说，我要牺牲大把的时间去教书。最后一点也帮不到我：我的事业刚好撞上出版业长期不稳定的阶段，虽不至于陷入危机，但迫使我和大部分写作者明白，要把朝不保夕、持续焦虑当作职业病来接受。这些因素集合起来，让我有理由觉得：组建家庭就好比在流沙上造房子——同样的不合情理。

谁知道呢。如果我一早就生个娃，发生在娜塔莉·金兹伯格身上的事或许也会落在我头上。我也可能开始轻视写作，用享受天伦之乐取代他成为自己最重要的事。这对我来说也并非不可想象。但更容易想到的画面是，我一只手打字，另一只手拍着婴孩。如果真是那种情形，我会有何感受？我当然清楚自己会有何感受：愤怒，沮丧，因为对孩子，毫无疑问也对孩子的父亲心存怨怼而备受煎熬。自我憎恶到极点，让自己的孩子站在自己的天职的对立面，这会让我愧疚到痛苦。要说我非常肯定有哪件事足以摧毁我，那就是这种冲突了。

因为，到最后，事情会走向另一个问题，我也一直在问自己：我能够成为自己希望成为的那种母亲吗？给他们很多、很多的爱就好了——噢，这一点我肯定可以做到。但我也相信，写作拯救了我的生活，如果我不能写，我就会死。只要这一点属实，只要写作对我而言仍然一如往昔那般艰辛至极，我认为我就不可能当好称职的母亲——我希望自己的孩子拥有的那种母亲。对那种母亲而言，孩子意味着最重要的事，无条件的爱的对象——这也是我小时候曾绝望地渴望的那种母亲，至今仍是。“孩子们会觉察到那种事的。”门罗指明了这一点。

几年前，我母亲的狗死了，她一直很关爱动物，为此伤心欲绝。“你知道吗，”她对我坦白，“就算你死了，我也不会这么伤心的。”听上去好像太无情，但其实还好。那时候，她和我已疏远，多年不在一起生活，是她的狗陪她度过了那些岁月，现在它死了，留下她孤零零一个人。她这话还没说出口，我已能想象出来：她经历的无异于丧亲之痛，事实上，我也那样想。

我母亲不是不亲善或不讲体统。她没有抛弃或放任不管自己的孩子。但她不能原谅我们这些孩子的存在。（我没有要你把我生出来呀！）她是人，而我们人类总是坚持认为，假如我们的人生有不公正之处，总得有人为此付出代价。整个社会强迫我母亲这样的女性为她们不想要也不适合去做的事情付出一生，这就是她们的命运——就算没有别的因素，光是这点就足以让我成为女性主义者。她有三个女儿，都不愿生孩子。有一个决定领养，但事情并不顺遂。

母亲。据英国浪漫主义诗人、哲学家塞缪尔·泰勒·柯勒律治所言，母亲是“最圣洁的生者”。我们的文化传统喜欢感性地对待母性，多情地歌颂其美好的一面，恰如奥林匹克运动会期间播放的宝洁公司的广告语：“谢谢妈妈”。但是，假如为人母真的备受尊崇——甚至和人们从事的其他职业一样，得到同等的尊敬——世界各地的女性或许会快乐得多，比我们所知的更有满足感。

现在，我已过了伍尔夫自溺辞世的年纪，我可以回望人生，说一声感谢上帝，我并不觉得自己没有生孩子所以活得很失败。（在其他方面当然也有失败，没错，但败在别的原因上，并不是因为没有生孩子。）放弃当母亲是正确的抉择。但这是我主动选择的，还是被动接受的，那就另当别论了。

“可是你很爱孩子啊。”很多人对我这样说。言下之意：我肯定很遗憾自己没孩子。确实，相比于和很多相熟的成年人交往，我更愿意花一下午时间和别人的孩子们玩耍。但我平时也很少会想起自己错过了生命中最重大的一种体验。这么说吧：我始终无法理解，人怎么会有鱼和熊掌两者兼得的想法。我从小到大都相信，不可思议地努力工作，再加上不可思议的运气，你或许才能让人生的一个美梦成真。想要得到一切——那是太危险、太难成全的白日梦。我相信我已经得到了不可思议的运气。

最怕莫过当妈

安娜·霍尔姆斯

我九岁那一整年是在惊恐中度过的，一直害怕自己怀孕了。恐惧始于二年级期末，一直持续到十岁，也就是我妈妈心无挂碍地给我一本书的时候，那本书详解了人类发育过程，并且明明白白地指出：怀孕不可能在初潮前发生。那时候，我和父母、小妹住在加利福尼亚大学城的最北端，放学后，我会和那儿的邻家小孩在安静的死巷里的深灰色柏油碎石路上玩耍，也时常去两百码之外，街尾的排水池里或池边玩。池子里有些很小的鱼儿，附近有乌鸦，还有囊地鼠，大概还有不少蛇，但我只亲眼见过一条，当时我骑着单车，经过那条倒霉的死蛇，看到蛇头被宽厚的大轮胎压扁了，应该是那些满脸疙瘩的大孩子骑机车干的好事，他们总在池子最远那边的小土丘上飙上去又冲下来。

我们所说的“池子”，不过是蓄积雨水的地方，有人曾推断，假如把池子抽干，肯定会发现里面生长着各种各样的生物：香蒲，蜻蜓，蚊子，蝌蚪，差不多过完那个季节，蝌蚪就会变成小青蛙。我会独自去那儿玩，有时和朋友蕾切尔，有时是和丹尼尔，他比我小两岁，从我家由施特伦兄弟设计的单层住房往下数第三户就是他家的联排房。当时的丹尼尔比我矮小，满脸雀斑，祖上可能有苏格兰血统——他和后来成为我丈夫、然后变成前夫的男人同姓，他的直发以奇怪的角度支棱出来，活像硬毛刷上的鬃毛。他天生不具有引人注意的个性——关于他，最引人好奇的一件事莫过于他不小心把他家的宠物猫绞死了：他在猫脖子上系了根绳子，结果绳子被木栅栏上的一块木板绊住了；但他是这个街区里唯一的男孩，也就是说，我这个年龄的其他女孩不想去做的事，你都可以指望找他做，比如：骑单车比赛，扮演独眼龙，挥动塑料铲、想要一路挖到中国，同时让自己从头到脚都沾染上加州卡培山谷的泥土。

也可以指望丹尼尔——至少在几个月里——脱下小裤子，露出小鸡鸡。我不想说我们玩的扮家家是在“扮演医生”，因为我不想为了瞥一眼别人身上的禁区就假装对医学感兴趣，也压根儿不想假扮病人。我可以坦率地承认我们所做的事，但也很清楚那或许有点儿粗鄙——我拽下内裤，向邻居家的小男孩展露生殖器官，更糟糕的是，我也要求他这样做。但我不在乎：我就是想好好看看别人的货色。有些时候，我们会在放学后碰头，挤到我家东墙旁边的狭长空地上，数到三，一齐脱下裤子，之后的几分钟里就盯着对方的身体看。看到最后，观察引发讨论，讨论引发触摸，触摸引发出 1981 年夏季的那一天：在抓到四只小青蛙，并将他们保存在梅森罐后，我脱下裤子，让丹尼尔也脱，然后就冲向了他。我们面对面站立足有十秒钟左右，我两腿弯曲，屁股上翘，以便我更方便用两条腿把他的小鸡鸡夹拢在中间——当时我足足比他高出五英寸——但他很快紧张起来，扭动身体，缩进了短裤，转身就往家跑。第二天早上，我发现被我们关在密封玻璃罐里的小青蛙都被闷死了，之后突然产生了一个念头：前一天的孩童性爱游戏大概会让我怀孕，之后一整年，我都惶惶不可终日，每天都处在轻微的慌乱中，想起来就去检查一下，看看我瘪瘪的小肚皮有没有鼓胀，有没有暴露出人类妊娠的迹象。任何迹象都没有出现。

后来，我确实怀孕了。那时我十九岁，身在一段热恋中，有频繁而狂乱的性事——是的，没有保护措施，也就是大部分刚刚成年的年轻人都知道不该做但还是不管不顾地做过的那种爱。（后来我还怀过两次，一次是在二十四岁，还有一次是在二十七岁。）第一次终止妊娠的手术是在加利福尼亚的萨克拉门托市中心的一家计划生育门诊完成的，我是很害怕，但心意是坚决的：对于是否要怀孕生子，我自始至终都没有怀疑过；对于日后是否会为移除着床于子宫内壁的大量细胞组织而感到遗憾，也几乎没有顾虑。我不后悔，也不为第二第三次人流后悔，尽管多年后会觉得匪夷所思——如果我没有三次终止妊娠，我三十五岁时就会是三个孩子的妈，他们将分别是十六岁、十岁和八岁！想到这一点我就觉得好笑，而且觉得那非常吓人——彻头彻尾地令我恐惧。

那种恐惧，彻底的惶恐，其实和我对孩子的感觉几乎没有关系，而完全相关相系于我对自己的感受。具体来说，就是我的强烈渴望：想做更多的事、见更多的人，想在这世上开拓出一块特殊的空间，能让我找到纯粹的自我，且不管那到底意味着什么。为人母这件事从没对我产生特殊的吸引力——平生唯一一次养娃的实际操作远在幼年时代，对象是一只肯纳品牌的“尿尿娃娃”，该产品设计的特点在于：你“喂”娃娃一奶瓶水之后，他的尿布就会湿，小屁屁还会爆发出红疹。实际上，从我还是小女孩起，一直到我三十多岁，我都不曾有过生儿育女的遐想，也从不觉得别人的小孩是多么有趣，假设有趣味可言的话。（我四岁时，小妹出世了，据说，我对她的喜爱和热情远远不及我对《芝麻街》这样的卡通节目和插图版儿童百科全书的高昂兴致。不过，每个小孩对于新出世的弟弟妹妹大概都会如此吧。不管怎么说，我非常爱她。）

毫无疑问，这也部分归因于时代的作用力：我成长于20世纪80年代，美国的生育率早在70年代中期的经济衰退时期就开始下滑，到了80年代则进入了平缓期。这个国家的保守主义倾向在一定程度上反映在流行文化上，通俗节目依然要靠描绘实用而传统的核心家庭才能更好地卖出广告时段，在那些节目中，掌管家务事的都是女性——以电视连续剧为例来说：《天才老爹》中的主妇克莱尔·胡克斯塔博，《天才家庭》中的主妇伊丽丝·基顿，还有许多类似《凯特和爱丽》的电视剧中的女主人公——但她们不再只是母亲，大多数还是职业女性。（在前五季中，爱丽一直全职在家打理家务、照料孩子们，第五季之后就和凯特一起创业，承办餐饮服务。）她们对孩子们尽心尽力，但不会让人望而却步：你会意识到，她们在忙碌照料子女的过程中没有找到属于自己的成就感，显然也没有找到自我意识。事实上，很多20世纪80年代电视连续剧中的孩子都只是母亲角色的附属品，几乎是无关紧要的：哪怕超强悍的墨菲·布朗①决定孤身一人生下孩子，并作为单亲母亲抚养孩子，她的儿子也几乎没有戏分，俨

---

①《墨菲·布朗》是美国20世纪80年代的情景喜剧连续剧。墨菲·布朗即为女主人公。

如消失在编剧们的雷达视野中。

我身边尽是些有本事成功兼容事业和家庭的母亲，不过，兼容事业和孩子这件事始终停留在概念中——我凭借智力可以理解，但似乎在情感上无法接受。所以，当我告诉别人——通常是女性朋友们，在我四十一岁时，我“不知道”自己是不是想要孩子，也不确定自己是否仍然感觉“没有准备好”，其实，我真正想说的是——我不相信自己可以完成我这辈子想做到的事，同时还能当好几个孩子的母亲，而且我也不想去知道。在这种压力上火上浇油的，是让人动弹不得的深深的恐惧，同样，这恐惧也非关孩子，而是关于我自己关爱他人的潜在本能。我猜想我可以当个很好的妈妈——甚至是顶顶好的那种——多亏了双亲赐予我的天赋：给予爱、表达爱的能力，不加遏制的好奇心，推崇想象、教育和个体完整，而非一味追求社会公认的经济上的成功或事业上的成就。（我对自己的情商过分自豪，但这份特殊的天赋和我双亲并没有什么关系，完全拜我二十年来砸在心理治疗上的数万美元所赐。）但问题来了：照目前的情况来看，我怀疑自己将信誓旦旦、热情洋溢地全身心投入生儿育女，这件事将成为重中之重，乃至我生命中的所有其他事件都将退而成其次；我若为人母，必将驾轻就熟，而这必将会让我对在其他领域获得成功的渴望，或者获得成功的能力，变得黯然失色。简而言之，我害怕的是自己足以胜任母亲的能力。

我的心理医生会说这是一种神奇的想法——她很可能说对了。但我妈妈就是个例子，能够很好地解释我为何决定不要孩子，她的故事让我既骄傲又内疚。她曾是个瘦削而又充满好奇的中西部女孩，逃离了俄亥俄州的闭塞小镇，笔直向东去了纽约城，获得了第一个研究生学位，之后是第二个学位，业余时间担任社工，环游世界。但在十年半后，我妈妈却发现自己被困在了加州萨克拉门托城外十英里的一个毫无特色的郊区，教一群流着鼻涕的十三岁孩子打字技巧，抚育着两个坏脾气的女儿，她们只想安安静静待在自己房间里，除了偶尔去梅西百货买东西——当然，是买格斯牌牛仔裤。

这样的生活是她曾幻想的吗？对于我刚才写下的这段话，我妈妈肯定会持有异议。两个孩子并不是美好的赐福，并不仅仅是她和我深爱的爸爸的爱的结晶，可以让她藉由养育孩子宣泄自己所有的爱，去体验、放纵自己对整个世界的好奇和惊叹（更不用说她的政治观了）——这样的想法会让她有所忌惮。她会否认她在为人母这件事中失去了部分的自我，虽然也会承认偶尔会感到一阵挫败感，甚至意识到养育孩子和自己的抱负之间存在某些不圆满的关系，她会坚称自己从来没有刻意地和孩子们沟通这些。她是对的，她确实没有。但我和妹妹不需要听到我们的妈妈亲口讲述养育孩子——大部分情况是她单独一人——是如何限定了她的人生，因为我们每天都能亲眼看到。我们很明白，她将自己的人生奉献给了我们，也因此在某些方面放弃了她自己。（我爸爸呢？好吧，让我们把话挑明：虽然并非所有女性都会为了照料孩子而忽略自我，但至少也可以说，绝大部分女性都经历了这种状况。长久以来，一直是女性负担了大部分的育儿重任，和男性所承担的份额不成比例。）

有些人或许会把我对生儿育女的恐慌和焦虑称为“自私”——我会用“能动性”这个词——但他们很可能是男人，要么就是自满自诩为专业的父母们；我不确定自己真的非常介意他们的观点，因而不会表示苟同，并以同等的懊恼耸耸肩。（那些问过我是否有生养计划的人，通常会把我没有孩子的状况视为我不喜欢孩子的结果，然而，我要再次重申，这绝非事实：我的子宫没有孕育后代完全不是因为我讨厌孩子，我喜欢孩子，也喜欢小动物，相比于大部分成年人，我相信自己和孩子、和动物更有共鸣。）但事实上，从历史上来看，我始终认为是更优秀的性别承担了不堪重负的生育方式及其代价。

当然，时代在变化，男性渐渐承担起越来越多的养育职责，不少男人都把婴儿背巾绑在自己胸前了，然而，至少在我生活的有良好教养、相对富裕的社会环境里，对女性的要求和期待与其说消失了，不如说被转移到其他方面。比方说：至今仍有一系列狡猾而隐匿的但绝非史无前例的要求强加在女性身上，暗示女人要尽力保持外在的健美和性感。（在此要提到 MILF 这个流行的俗语，向不知内情的读者解释一下：这是“Mother I’d Like Fuck”的首字母缩写，仅仅是这十五年间才流行起来的一句话，真正的意思是：我想和身为人母的熟女上床。）

我居住在布鲁克林南部街区，满街都是低卡路里霜冻酸奶店、瑜伽馆、普拉提馆，鳞次栉比的精品服装店里尽是独此一款的孕妇装、“纯有机棉制造”的售价一百美元的婴儿抱毯；恐怕没有任何一个地方能比这里更日常性地展现出对女性的陈腐看法了：女性要表现出完美的女性美。前不久，我在母亲节那天约了两个朋友吃早午餐：披萨配啤酒。赴约的路上，我经过了一家服装店，店门口摆了一块立式广告牌，劝告过路的女人们（并非特指没有孩子的女性）：假如母亲节让你难过，那就快买一条裙子，好让你“好孕临门”。除此之外，可怕的对童年的商业化通过一整套必备的象征自身地位的儿童商品——婴儿车、睡衣组体现出来；又因为经济收入不均等、教育设施不完备，有些父母不得不为孩子提前预约私立小学的名额——那你就又多了一个理由，足以理解我为何如此厌恶当代美国生育的各种需求。

讲到最后，我对于生育的矛盾心态，或许可以归结为一个事实：我只是不够信任自己。（或者，我该搬得远远的，远离纽约，到一个小孩可以安全无虞地在泥地上玩耍的地方，在那里，杂货店的货架上令人欣喜地没有四美元、单人份、由生活在美国国境以南的异国在地居民采摘的有机蔬菜制成的甜土豆和梨子蔬果酱。）但我相信，还有另一种缘由：一种全社会的排斥——不仅针对选择保持不生养状态的女性，也指向那些决定生儿育女，并敢于坦承对自己的选择深感挫败和恼怒的女性。2014 年春天，仅在成为纽约市第一夫人后的第五个月，切雷恩·麦克雷就被不少小报炮轰，因为她竟胆敢在接受采访时大言不惭地说：喜迎第一个孩子齐亚拉之后，她不能彻底、完全地将自己奉献给孩子。“当时我四十岁，我有自己的生活，”麦克雷夫人对《纽约》杂志的记者说，“但事实上，我不能每天都陪她。我不想那样做。我找过各种各样的理由，不让自己那样做……我从十四岁就开始工作，工作时的我才是我。我花了很长时间才进入到‘我在照料孩子’

的状态，慢慢理解了那意味着什么。”（在《纽约》杂志的编辑们的诠释中，麦克雷夫人的这番话表明了她是“坏妈妈”；他们还用特大号字体把这番论点刊登在5月19日出版的杂志封面上。）

我猜想，麦克雷没有说透但已有所暗示的潜台词是：女性“进入”到照料她们自己的状态通常也需要很长时间，为了迎合孩子的每一种需求，她势必精疲力竭，必然的反应就是需要独处自制，毕竟，她千辛万苦才赢得了自我实现，显然希望能从中获得抚慰。最近，我步入了四字头的年龄，我发现，直到现在我才刚开始适应自己的身体，寻求既尊重自己又尊重他人的方法，了解我的情感极限和生理极限，自信但友善地对别人说“不”。（不，我不能完成那份工作；不，我不能和你约咖啡；不，我不能维持一段让我在情感上、身体接触上都感觉饥渴的感情。）虽然我目前是单身状态（也可能正因为如此），当母亲会让我觉得像是一种退化，同时又像是一种进化，讽刺之处在于：假设我终于在某一天感觉自己能为另一个人付出我的全部，同时还保有我一直以来努力塑造的自我的部分表象，但到那时，我恐怕已过了生育年龄。那就这样吧。

业余人士

米歇尔·休内芬

二十五岁那年，我去找算命师测算未来。她家在一条繁忙的街道上，叠瓦式的墙面漆成了极不常见的万寿菊橙黄色，饰以亮红和亮蓝的镶边，非常醒目。横幅广告上写着“优惠价：五美元”。

算命师是个四十多岁的女人，面色苍白，目光犀利，头发如乌鸦般漆黑，在挤满家具的昏暗前厅里施法。台灯上罩着红色和紫色的丝巾。大如哈密瓜的乳白色水晶球端立于橡木圆桌的中心，但算命师没有去摆弄它——显然，对于贪图优惠价的顾客，她无须动用这只神秘莫测的水晶球。她让我坐在桌边，靠近她，她便接过我的右手，翻转手腕，摊平手指，开始看我的掌纹。

“你可能要安于贫穷，”她说，“钱会来，但还早着呢。”

而且，她说，我会与某种疾病做一番抗争，病很重，但未必会危及生命。

而且，我会有一个孩子。

当时以及还有后来的我一直很想知道算命师的宇宙全知能力来自何处？那种预言的能力认为哪个时刻是生命的

起点呢：从受孕的那一刻开始，还是从新生儿第一次吸入空气开始？我当母亲的机会已经来过，并已经结束了吗？

当时，我和前男友分手已有好几个月了。他是个演员，有旷野恐惧症，一周又一周地住在脏兮兮的廉价旅馆里，这个人早已从我的脑海中淡去了。所以，当医生在例行盆腔体检时对我进行子宫触诊，并当场宣布我怀孕时，我简直呆若木鸡。事实上，受孕已非常确定。医生告诉我，妊娠已将近三个月，也就是说，那是分手期间的某次性交所导致的令人遗憾的结果。医生还对我说，如果我想终止妊娠但不想引产，就该抓紧之后的几天。我预约了下周一的门诊，决定趁周末好好思考一下。

当时我住在帕萨迪纳市的一栋时髦的公寓楼里，很多高中时代的老朋友都住在那栋楼里。我离开医生的诊所后就回到了那儿。

我最好的朋友说："别去流产——你会毁掉你的因缘业力①！"

我是很担忧自己的业力，但我没有伴侣（也显然不能因此和前男友夹缠不清），也没有钱。我在咖啡店当兼职零工，与此同时尽力写作。我们所住的这套可爱的公寓租

---

① 业力（Karma），印度宗教的普遍观念，一般指组成有情因果关系、因果报应的元素。

金低廉，但不允许带孩子入住。就算公寓方面允许，就算我红运高照、有了幸福的新伴侣，我也不觉得自己准备好养育孩子了，或者说，远远不能胜任此事。孩子，感觉就像假牙般遥不可及，也一样让我没兴趣。实际上，孩子们只会让我不耐烦，并且嫉妒，尤其当父母对他们无微不至、大惊小怪，或索性放下一切事情、喋喋不休地规劝他们的时候——我的感觉会更糟。从小到大，我没有得到过那样的高度关注，对于别人——甚至是婴孩们——所受到的关注，我只有嫉妒。

于是，那个周一，我毁了自己的业力。

又过了几星期，我就坐在算命师身边了，掌心朝上，很想知道自己将来是否还会有孩子，还是说，我已经毁掉了此生唯一的机会，连同我的业力？我不着急得到最终答案。如果命中注定我要生儿育女，那也是很久以后的事，远着呢。

首先要有爱。爱，才是我所热望的。让人脱胎换骨的伟大的爱。爱，能填补我胸腔内令人晕眩的深邃黑洞。

我的二十八九岁到三十岁出头的岁月是在耗时耗力、完全占据生活的数段恋爱中度过的。也因此灌下了大量酒水。我在高中时代就发现了酒精的神奇疗效：终于，有一种办法能让我在世上拥有自由自在的感觉了。酒精能够即刻消除我精神上的痛楚。从十八岁开始，我每天都喝酒（一开始，并没有喝太多）。

在那段时期，我的朋友们相继结婚。他们有的和同一个小圈子的朋友结婚，有和朋友的朋友成婚，也有和工作伙伴或派对上认识的人结婚的。没人试图去找堪称世纪之爱的伟大伴侣。也没人着急生孩子。在这一点上，避孕手段如同大力推手，改变了游戏规则；我们是属于婴儿潮的那代人，都可以推迟生育。我们确实都推迟了。

然而，三十多岁时，转变出现了。到了 20 世纪 80 年代末期，宝宝们接踵而来。

有个朋友说，买了房子后，她很想把每个房间都填满。

还有个朋友的丈夫比她大很多，她太爱他了，不得不为他生几个孩子。

有两个朋友受孕困难。经过多年的挫败和心碎，她们都尝试了试管授精。一对夫妇生下了宝宝，还有一对最终领养了来自加州贝克菲尔德的十五岁大的女孩。

依然单身但渴望有孩子的朋友们降低了择偶标准。有一人接纳了镇上的醉汉，花了很长时间让他戒酒成功，以便让那个男人迎娶自己，并成功让自己怀孕。

还有一个朋友，在四十一岁那年成功色诱了在超市负责打包的二十岁男店员，生下了一个漂亮的男孩，并以单身母亲的身份独自养育孩子。

我在等待，想等到自己体会到朋友们的那种感受，或至少能感受到某些些微的迹象。

我参加了很多次庆生派对，讨厌那些规矩甚多的午宴、超级尴尬的低俗游戏（香蕉套上避孕套，膝盖夹住十分钱硬币），尤其讨厌没完没了而又无聊的拆礼物和传阅礼物的仪式，礼盒里尽是小小的连身睡衣、手织毛毯、婴儿食物粉碎机。

我也会很尽职地去医院迎接新生人类。我亲吻过他们热烘烘、皱巴巴的小脸蛋，还把裹在法兰绒和厚绒布襁褓中的他们抱在怀里。抱着他们，让我觉得特别放松，很想美美地睡一觉。但这并没有让我想自己生一个。

“你应该生个孩子。”有朋友刚生完一天就向我汇报，“哪怕只为了感受潮涌般的爱的巨浪穿透你的身心。”

我不想感受那种对他人的爱。我依然渴望被爱，成为爱的巨浪冲击的对象。

当然，我知道，这种话最好不要说出来。如此自私、幼稚的渴望会让我羞耻，所以我守口如瓶，把它当作自己的秘密。但我很清楚，只要我依然嫉妒孩子得到的爱与关注，我就永远不会是好母亲，明智的做法就是不要让自己当上母亲。

与此同时，这些小小的新人类改变了我的友爱关系。不管成年人在谈论什么，不管宝宝们做什么——咯咯笑，放屁，发出尖叫——他们都能抢走风头。交谈，一度是我们最热衷的消遣，现在我们却只能东一句西一句，听来就像在成年人和宝宝们就玩具和糖果的拉锯战中勉强插入的只言片语。有个朋友住在四十英里外，邀请我去吃晚餐，因为她丈夫出城去了，我们可以畅聊一整晚！上甜品前，她去把三岁的宝宝送上床。然后就再也没回到餐桌边。我每隔一会儿就大声叫她。结果，我独自坐在餐桌边足有一个多小时，很有礼貌地克制自己，别把法式烤布蕾都吃光了。

然后，我开车四十英里回自己家了。

随着他们的第二个孩子出生，很多朋友彻底消失了，全身心投入了家庭生活。她们被带入了新的社交模式，也就是我一点儿不羡慕也不希望参与的那些活动：孩子们的生日派对、和其他年轻的家庭结伴露营旅行，成年人之间的稀少谈话支离破碎。即便我为这些长期友谊的凋零感到悲凉，我也从未想过加入母亲的行列。

对于组建家庭或让自己成为某个家庭的一部分，我都没有兴趣。

在我最久远的记忆中，我出生在一个令我极度困惑甚而惊恐的家庭中。事实上，我有生以来第一次缜密、明确的想法出现在我大概两岁半或三岁的时候，当时的我站在前院的苦槛蓝树篱前，想着和我父母有关的问题：这些人是谁？他们为什么那样做？我怎么会和他们生活在一起呢？

那时候我还不知道有“神经过敏”这个词儿。但是，哪怕是那么年幼的时候，我也有一种感觉：我的父母反应过度，在鸡毛蒜皮的小事上太较劲儿，他们的反应常常是喜怒不定、疯狂发作，脾气大得和手边的琐事完全不成比例。

我母亲有糖尿病，胰腺不定时地释放胰岛素，导致她的情绪波动很大。她在奥柏林音乐学院受过专业钢琴教育，本该在音乐会上演奏，在家当全职妈妈的呆板生活让她厌倦至极。我六岁时，她为了获得教学资格证书而回校进修；我七岁时，她就重返工作了。之后，她是没那么无聊了，但还远远谈不上情绪稳定。焦虑已彻底融入了她的血液。她的声音因自我怜悯而颤抖，时常徘徊在暴怒和啜泣之间；孩子的一句提问、一本没放好的书就能把她从这个极端抛到另一个极端，根本无需什么大事件。她很容易觉得自己被轻视了。有一次，我斗胆对她说：“我们可不可以去一次百货公司？但你不能发脾气，惹得把经理叫出来，哪怕一次都好。”她就有了怨怒—— 一度，她足有两星期没和我十岁的姐姐讲话。

我们的餐桌就是她的舞台；她会把学校教工休息室里发生的事说成长篇连载传奇；她会详细描述倒霉的同事们如何勾心斗角，互相嫉妒，以及他们上课上得多糟，衣服穿得多丑，婚姻恋爱又有多悲惨。没人能符合她的标准。这些夜间连载充当了我们家的谈话内容。我常想，我当上作家就是因为此生前十五年里始终没能插上嘴。

对她而言，我们姐妹就是源源不断的失望的源头。我姐姐太胖。我的头发细如蛛网。她的不满意就像一种气味，在我们家里萦绕不散。不知为何，我们绝不可能成为她想象中那种装扮完美，只是好看但没有想法的女孩。而且，我们有自己喜欢和不喜欢的事物，有自由的意志，我们还有想要的东西：电视广告里的玩具和早餐麦片，时髦的衣裙，得到允许去朋友家玩。我们的渴望以及我们的存在（常常就是如此）让她觉得麻烦又气恼。

我们个性中的任何古怪之处、我们的偏好或反感都让她无法容忍（更不用说从中找到有趣之处了）。

我来月经时，跟她说起痛经痛得要死；她却不相信我。她从没有过痛经。

我父亲和我们很疏离，不受家事牵累，隔得够远因而显得够温和，只有当牛奶泼洒了或我们开口要钱，或——最好别是——发现地板上有钱币时，他才会大发雷霆，破口大骂。他会大喊大叫，说我们个个都不爱惜钱，说我们不在乎他为了养活我们这几个而卖力工作，说我们有多花钱。他会隔三岔五细数他在我们身上花了多少钱，这些年来总共耗了多少钱，还说我们根本无法想象那一大笔钱的让人汗毛倒竖的总额，就算我们现在开始偿还，也永远不能还清那笔巨款。

同样身为小学教师，我的父母对工作都是尽职尽力。尤其是我母亲，对她的学生们关怀备至，至少对那些优秀的学生抱有极大的热忱。每年秋季，新学期开始前，她都会预先审阅新班级学员的情况报告，并高声报出她班里的高智商分数。152！ 148！ 160！她最喜欢挑战聪明过人但反应迟钝或表现不佳的学生。“我必须想办法搞定阿诺德！……我还没有争取到阿诺德的心……我觉得我今天终于搞定阿诺德了！”

我和姐姐的智商也不低。但我母亲从未试图“争取”我们。事实上，父亲也好，母亲也好，都没有关注过我们的学业。（但不管哪门学科得了 B，我们都将受罚——不能出去玩。）

他们也没有兴趣关注我们放学后是怎么过的，最多不过是提醒我们不要和邻居家的小孩交朋友，因为他们都是没什么文化的“低等阶层”。我不顾母亲的反对，只要有机会，就跟小区里的一帮孩子一起玩儿。朋友们成了我的慰藉、我的避难所，但我只能去别人家的草坪上和他们碰头。如果他们到我家来，通常都会意兴阑珊地打道回府。我父母不间断的争执会让他们很难堪，我母亲总会走来走去，举止唐突，尽问些尖锐的问题（“玛丽，告诉我，你妈妈会允许你把房间搞得这么乱吗?”)，没有一个朋友能够忍受我们家里的紧张气氛。精神的痛楚如钟鸣绵延不断。

家，是一个让我永远孤单的地方。

姐姐比我大两岁，很早就习惯了退守到她房间里去练小提琴，做功课，强迫自己偷偷地吃东西。（她说过，六岁时发现食物能带来舒心的慰藉，算得上她这辈子的重大时刻。）

孤单的我就看书。我把玩具、我的台灯、我的迷你缝纫机、我母亲的辛格牌缝纫机都拆开，再组装回去。有天晚上，我在我家车道尽头，就着街灯的光线忙着新项目。在我大概八岁的时候，我尝试用几块零碎的瑙加海德树脂皮革、纸板、订书机和剪刀做出鞋子。有个邻居下班后正在散步，看着我又量又剪的，就站在那儿观望了我很久。这件事我会记得这么清楚，纯粹因为那是我人生中第一次获得那么持久且专注的、来自成年人的注意。

后来，我姐姐会把我们父母的策略形容为“绝对的忽视”。

他们不知道怎样陪我们玩，怎样亲近我们，也不知道怎样与我们友善地交谈而不带批评的潜台词。但他们希望我们接受良好的教育，也让我们广泛接触各种学科。我们上过音乐课、游泳课，我姐姐还学了骑马。我们都要上大学，这是毋庸置疑的事。我们也“像一家人”那样做过很多事：周末去博物馆，听音乐会，看优秀的电影和表演；我们去露营，也有过暑假自驾游（去过阿拉斯加、危地马拉，横穿加拿大）。到最后，我父亲在内华达山脉里建了座木屋用来周末度假。表面看来，我们一家人像是热衷于探险，很爱玩。但我们在那些帐篷、自驾车、露营地和木屋里是否比别人更欢乐、更幸福呢？并没有，欢乐的场景少之又少。旅行时我们吃住在一起，母亲和她的情绪依然占统领地位，我们姐妹俩退守到各自的孤独中。

我的父母明知他们区别对待学生和我们，但对此毫无顾虑。数不清有多少次了，父亲或母亲会这样说：“父母都是业余的，但老师是专业的。”

没错，他们从未刻意遏制无常的喜怒波动、情绪化的幼稚在家庭关系隐秘而亲密的深处肆意爆发。

我母亲曾多次宣称，如果我父亲敢动她一根汗毛，她就会当场离开他。然而，他俩都会肆无忌惮地打我们——狠狠地扇耳光，震得我牙齿都疼；他们会用尺子、梳子、苍蝇拍、羽毛球拍，手边有什么就用什么打。有人送了我和姐姐一只爱斯基摩溜溜球，我拒绝感谢她，因为我知道自己很快就会尝到那种又扁又宽的溜溜球甩在身上的滋味。（我确实被溜溜球抽打过。）整个高中时期，我可以根据母亲下班后进家门的状态——甩上门、扔下包、叹气的音高音低——判断出她的情绪有多坏，以及接下去的几分钟里我会是挨打还是挨骂。她会走进我的房间，任何事都能让她有理由指责我——没把衣服挂好，或是忘了把洗衣篮的盖子翻下去。我会反驳或试图解释；那就是所谓的“顶嘴”，并因此得到一巴掌或更糟的回应。

我的父母在体罚方面自有一套理论，把“揍一顿”和“教训”分得一清二楚。他们对此大言不惭，甚至还有几分骄傲。低等阶层的父母打孩子会留下伤痕。中产阶层的父母打得有节制，是为了刺激和羞辱孩子，如我父亲常说的，是一种“净化宣泄”，但下手不会太狠，因而不会留下瘀青。久退不散的红印不算伤痕。我的上臂偶尔会留下又青又紫的斑纹，那是母亲用手指掐出来的，但那也不算伤痕。

在我家，身体虐待是打耳光、拍脑袋、掐胳膊，还有很多人家的体罚远远超出这个程度，但如今，那些家庭出身的孩子们长大成人，依然会想要孩子，决意要更正他们的父母犯下的过错，甚至自觉地去改善代际间的暴力模式。我有一些朋友就来自这样的家庭：长期处于成瘾、被虐待、贫穷的状态，但他们变成了富有爱心、负责任、没有任何瘾症的父母，给予他们的孩子安全又安定的家园。

那么，为什么我和我姐姐都始终不想“把事情做好”、生活在我们亲手创建的小家庭中呢？我姐姐一直都很清楚自己不想要孩子——哪怕她是小提琴老师，每天的工作以孩子为中心，并以此为乐。我从未表现出如此叛逆或坚决的立场。日复一日，对孩子的渴望从未切实成形、浮出水面，也没有强烈到会让我对醉汉或打包的男店员产生渴望。

是什么阻止了那种渴望成为现实呢？

有个朋友是跟着酗酒的父亲长大的，她说，尽管她父亲嗜酒成瘾，拖累了她们一家，但他们家的大人都很想要孩子，把孩子当成宝。这个朋友已有两个挚爱的孩子，如今都已成年。

显而易见，我母亲是曾想要孩子的；身为虚弱的糖尿病患者，她甚至明知怀孕生养可能危及自己的生命，却依然执意要生。但到某个阶段—— 一旦我们开始具备了自由意志——她完全不知道该拿我们怎么办。只要她看到或抱着婴孩时就会说："难道你不想让他们永远停止在这个阶段吗？"这话我肯定听她说过上百次了。

我十岁那年，我和姐姐到母亲房间去，看到她瘫在床上，不肯喝我父亲催她喝掉的加糖橙汁。她那时血糖值很低：注射胰岛素后，一阵不可预见、突如其来的血糖波动令她的血糖值急剧下降。"这些该死的小孩是谁？"她冲我父亲大喊，像醉了一样口齿不清，"赶紧让她们走开。我不想要孩子，一个都不要。把她们赶走。"

听到这些话，我没有惊讶或甚而深感受伤，反而有了一种释怀感。终于。终于，我长久以来怀疑的事终于被她说出口了。她一度以为自己想要孩子，但一旦生了，她又真心不想要了。我们不能带给她幸福。

看起来，孩子也肯定不会带给我幸福。

在我的原生家庭生活的经历深深地灌输给我这样一种感受：在紧闭的家门背后，各种尊重都消失无踪，不满、愤怒和其他情绪肆意妄为，家庭内部的战争暴虐盛行，战后余波在公开的暴力、紧张的安静中间来回震荡。

即便我已知道不是所有家庭都是这样的，我也还是无法信任自己，无法肯定自己绝对不会把我熟悉的那种家庭复制一遍。

等到自己生理上绝无可能再生儿育女了，我才结婚。我相信这绝对不是巧合。

十六岁生日后的一个月，我离家去读大学，从此再也没有回家住过。我决心成为一个作家，这件事变成了我生活的中心点，我人生的激情所在，尽管要在很多年后我才能安定下来，进入规律化的日常写作。我的大学时代劣迹斑斑，很不安分，很难让人满意，转过三个不同的学院。但我对写作的专注始终恒一；我读了研究生，拿到了艺术硕士学位，将二十岁末尾的时光都用于撰写文章，以期发表。

三十多岁时，我开始作为自由撰稿人撰稿谋生，同时倾力书写自己的第一部长篇小说。一次又一次地，我为一些遥不可及、通常是根本得不到的男人们钟情伤神，总是想让他们爱我，但总是挫败。爱情最能让我心烦意乱。我喝酒的量越来越大，直至过量，到了三十五岁，我有过一瞬间的清醒，意识到：如果我每晚都喝醉，既不能提高我的写作水平，也不能帮到我自己。

那一年，我开始看心理医生，戒酒，开始持续稳定地工作，三管齐下，我终于稳步走上漫长而又曲折的写作道路，逐步上升，才有了目前令人满意的状况。这一路走来，我放弃了那种非要让对我不感兴趣的人爱上我的努力，并学会去赏识、珍视那些真正对我有兴趣的人。我在报纸杂志上发表了数不清的文章，最终，在四十岁出头的时候出版了第一部长篇小说，后来陆续出版了好几部。写作让我全身心投入。我觉得非常幸运，能拥有这样一种激情。在生育能力逐渐下降的那些年月里，就有某时某刻的不满足或空虚感猛然袭上心头，我也从没视其为生理上的生育冲动，而是创作生涯中必有的起起落落。

有好几次，我和有孩子的女性作家朋友们谈起自己没有孩子的顾虑。“别生！”她们会众口一词地说，“没有干扰地写下去吧！”我还不至于需要“接纳”她们的建议，但我会把这句话作为自己始终不变的无后状态的辩护词。

我一直觉得，在渺茫遥远的某一天，我终会成为一个合格的、心甘情愿的母亲。经过多年心理治疗后，我已经摒弃了对孩子们的不耐烦和怨恨之感，也已能控制住自己别再强烈渴求父母的注意力和关爱。怀着忧伤，我接受了这个事实：想得到那个特殊的负担已经太晚了——你此生只有一次机会。我也更能理解我的父母了，对我母亲的糖尿病和情绪不稳有了更深刻的认识，也理解了父亲本身就是在一个殴打还有甚至可能致命的体罚都是家常便饭的家庭中长大的。

我变得更有能力，甚至更愿意为人母了，但等到那个阶段，再等到我遇见可以胜任好父亲的男人时，我们都太老了，正如他所说，太固执于我们的生活方式了。仅仅因为我多了几分意愿并更能胜任母亲之职，并不意味着我迫不及待想当母亲。也不等于说我就当得上。实际上，在我们结婚前两个月——当时我五十二岁——我停经了，开始出现热潮红：娇羞新娘的升级版。

若在年轻时，我会说自己没有子女是因有心灵创伤。但到最后，我真的面临要选择的境地。毕竟，我和丈夫是可以去领养的，也可以去尝试那些最新潮的人工受孕方式。不过，还是有很多问题要考虑。我们真的想在自己七十岁时看到孩子才刚刚高中毕业吗？假设我们真的那样期待，又真的愿意把新婚后的几个月都耗在约见负责领养事宜的律师们上吗？假设我们要等五年，我们会想在七十五岁时参加孩子的毕业典礼吗？

我没有遗憾。因为没有孩子，我一直自由自在，并为此感恩——那是一种相对而言新式的自由，历史上的大部分女性都没有体会过。很多时候，我感觉自己像个先驱，一个可以拥有无数新机遇的女人，包括完全根据自己的才能和性情塑造人生的机会。由此，我和母亲形成了鲜明对比，她在默认的前提下接受了婚姻和家庭，因为她虽然受过专业音乐训练，本可以成为职业钢琴演奏家，但当时的社会并没有向女性提供那样的工作机会。

并非我刻意选择事业而不要孩子，也不能说我的事业从我的无子状态中尤为受益。没有花在养育孩子上的时间，我全都浪费在谈情说爱上了，要不就是瞪着窗外放空；硕士毕业后，我花了很多年才建立起自律的工作模式。但我确实以写作为中心点，塑造了我的生活，事实证明，那成了一种非常美好的生活方式，我可以独自解决孤独、艰难、矛盾的童年问题，也不会有意无意地给无辜的他人带去会一直残留到成年的痛苦。

写这篇文章的时候，我和老朋友讨论了这个话题——就是多年前我怀孕时，警告我别毁掉业力的那位女友，我和她相识至今已有四十七年了。她早就忘了自己讲过那句警言，这一次谈起我们当年有多么穷、我当时有多么迷茫时，她惊呼起来："感谢上帝！你没有生下那个孩子！"

我觉得，自己曾有过的母性躁动都已被扭转了方向，而结果是令人满意的。我曾经亲吻过、抱过的那些裹在新生儿的第一个襁褓中的脸孔皱巴巴、热烘烘的孩子现在都长大成人了。我还有一些上初中的小朋友，过去的六七年间，我最喜欢和一个初中生相约去看电影。我还给本科生上创意写作课，和几位年轻的女作家保持密切往来。

我二十五岁时见的那个算命师说的话句句成真了。我落魄了几十年，年过五十后总算过得舒坦了些。二三十岁那阵子，我和酒瘾恶战三百回合——是重病，但不致命，现在我戒酒已有二十六年了。我也知道了在关于生命何时开始的辩论上，算命师掌握的那种宇宙全知能力会站到哪一边。我选择了不要那个我命中注定会有的孩子。

我可以接受这样的结果。

拯救你自己

丹妮尔·亨德森

总是外婆送我们去上学。当第一缕晨光刚刚蹿上我和哥哥同住的卧室窗沿儿，她就会出现在我家门口，送我们去学校后再去上班。在我的想象里，她和我妈会像幽灵一样擦身而过，外婆抬起粗壮的小腿拾级而上时，我妈刚好走下台阶赶着去上早班，她要在一栋小房子里坐一整天，把细小的银丝焊到绿色的大电路板上。外婆会轻轻推醒我和哥哥，搂着我俩的肩膀走到厨房，我们就能站在已经预热的烤箱前穿戴整齐。“煤气比电便宜。”她总这样说，那时已是1984年，但她仍改不掉大萧条时代的思维方式。

学校就在几条街外，但自从前一年的电视上播出了小男孩亚当·沃尔什遭绑架后被谋杀的电影后，就没人敢让自家小孩独自走在街上了。我哥只要看到前头有同班同学，就会撒手跑过去，而我总是乖乖地跟在外婆身边，边走边踢地上枯干的红叶。

“我不要上大学，也不要生宝宝。”有一天，我对外婆这样说。

直到今天，她讲起这个段子时仍会像当年那样哈哈大笑，深沉的笑声像突然吹响的低音号。当年，笑声从七岁的我头顶上方传来时，我继续往前走，落叶死死地粘在脚上那双尼龙搭扣的高帮跑鞋的鞋底。“哦，是吗？此话怎讲?”她咯咯地取笑我。

“大学像监狱，小宝宝都很恶心。”我答得义正辞严。

“丹妮呀，你还不知道这辈子会做什么。你很可能改主意呢。”

“不会的，”我说，“我不改。”

我确实上大学了，本科毕业后又读了研究生，但那场对话发生之后的三十年里，我真的从来没有生孩子的念头。我没有那种生理冲动，没有那种渴望，也不担心自己老了之后没人来探望我，帮我擦屁股。如果生物钟是真实存在的器官，那我的那只钟就和阑尾一样毫无用处。因为我一直很清楚自己不想要孩子，所以历来不用承担心理挣扎——把“生还是不生”当作生命中的重大决定去再三斟酌。孩子和我的生活从来都不搭调。

陌生人老是问我为什么不要孩子，尤其是他们发现我很喜欢孩子的时候。我总能和孩子打成一片，用他们的方式与之交流，喜欢给他们炫耀的机会，问他们最喜欢什么书，任由他们嗯嗯啊啊、磕磕绊绊地讲完长得吓人的故事。我总是充分利用自己的身高优势，让出现在我生活中的孩子们骑在我肩膀上，让他们体会掌舵的乐趣，告诉我该往哪儿走，往哪儿跑。我喜欢充当第一个教他们屎尿屁笑话的坏老师，冷笑话也让我乐此不疲，哪怕是那种说了一百年的老段子。世上有一种放之四海而皆准的推断：不想要孩子的女人基本上都讨厌小孩，其实并非如此。我觉得孩子很了不起：他们对世界充满好奇心，那会提醒我也要永远敞开心怀、保持求知欲。十几岁的时候，我靠当保姆赚到不少钱；现在也很喜欢在暑假里跟着侄子侄女们到处跑，努力教他们玩滑板，他们也会手把手教我怎样操控新买来的电动玩具。

我很清楚当好父母需要付出多少努力、做出多少牺牲，我自认可以胜任。虽然一想到从自己身体里产出婴孩这个画面多少会很痛苦，简直万念俱灰，但孩子终究不至于让我害怕。为了养育孩子而不得不做的所有事情都吓不倒我，我不但做得到，而且无需整日整夜为之忧虑。我认为孩子们不需要价值数千美元的高级玩具或设备才会开心、听话；而且，我一向睡得晚，大多数夜里都会清醒地待到凌晨三点，睡眼惺忪但精神集中，专注于我的写作项目，或者像这篇文章这样的作品，为人父母这件事绝对不会让我抓狂。但是，我成年期的大部分时间都用于疗愈糟糕的父母带给我的心理伤痛，那让我领悟了一点：仅有当好父母的意愿是不够的。爱，有时会走到山穷水尽的那一步。我花了很久才琢磨出来：怎样才能让爱充盈自己的生命——那些我的父母似乎没能给到我的爱。我拿定了主意，要把能够给予孩子的爱统统留下，但不给孩子，而是给我自己。

我十岁那年的寒假，妈妈把我们兄妹俩留在了外婆家。她想一走了之，根本不打算回来，但我们没能立刻觉察到。我和哥哥甚至没带走大部分私人物品，我只带了课本和寒假作业本，够穿一星期的衣物，以及舒坦的心情：之后整整七天都不用待在继父近旁，实在让我松了一口气。我摇摇摆摆跑上外婆家两层楼的楼梯前，只是敷衍地和妈妈抱了抱，飞快地吻了她一下。从起居室的沙发背上，我眼看着她的车在街角拐弯后消失无踪，手把方向盘的是弓背弯腰的继父。我很高兴看到他们离去，虽然当时这念头有点儿吓到我了。

虐待不是从一开始就有的，但自从继父搬进来后，他的存在本身就成了一种骚扰。夜里，他想几点回来就几点回来，在起居室里看电视或在厨房里做早餐时常会吵醒我们。他不介意打破家里的规矩——我们不能大声喧闹，但他可以；就算他没有生气，关起门来也是乒乒乓乓的。他让我觉得孤独，他霸占了母亲的时间，在我想跟在妈妈身边时，他总叫我去别处玩儿。在我印象中，在他出现之前，家里只有三个人——妈妈、哥哥和我。我不喜欢在家里看到这个人。妈妈不太出去约会，我的世界很小：出门，我就去学校；周五去街角的五分一角零售店，问老板哈利买糖果；去联合杂货店；要不就去四季小餐馆，我们有时会在柜台边吃早餐，转着屁股底下的塑料圆凳；再就是去外婆家。不管到哪里，我看到的都是熟人，几乎碰不到陌生人。

起初，我妈是个很了不起的母亲，哪怕我家不太富裕。在我出世前几个月，父母分道扬镳。对他们来说那很容易办到，因为他们是高中时的恋人，没有结婚，当初是我妈跟着我爸私奔到了北卡罗来纳州。后来，曾外祖母出了一笔钱，让大肚子的我妈带着一岁大的科里坐大巴回老家——纽约州的格林伍德湖区。最初的一年里，我和哥哥住在外婆家，让我妈缓过劲儿来，等她可以自食其力了，我们一家三口才搬到巴掌大的小镇上，租下了镇中心一家熟食店楼上的两居室。小时候，我不懂“救济券”的意思，但我注意到，妈妈买杂货时用的钞票很像我们玩儿大富翁时用的玩具钞票，我们的牛奶是用盒装粉末冲出来的，不像我朋友伊尔琳家的牛奶是从纸罐里直接倒出来的。那是1984年，第一波个人电脑的热潮方兴未艾，我妈就在一家小型电子公司里上早班。她希望我们放学后能在家陪我们，但有些夜里，只要隔壁邻居能确保我和哥哥准点上床睡觉，她也会去办公楼里当钟点清洁工。尽管我们可以享受一些公共福利，但我妈认为那不过是权宜之计，因而她非常重视节俭持家，能省则省。生日礼物从来都不是芭比娃娃，我不会为此哭闹或抱怨，毕竟我们吃得饱，穿得暖，睡得安稳。

但当她遇到我继父后，一切都改变了。那年夏天我刚满七岁，和科里去加州的姨妈家住了一阵子，好让我妈休整一下，顺便加班加点多打工。八月里，阿姨陪我们飞回来，一到家，我们就发现家里焕然一新。我妈竟然攒了足够多的钱，买了新沙发、新茶几，连卧室里的家具都是崭新的。以前我睡的是黑色老铁架床，活像传了三代人的老古董，现在却换成了纯白的木架床，小巧的床头板中央还绘有一丛鲜艳的小花。梳妆台和床架是配套的，抽屉拉出推进时，黄铜拉手会发出悦耳的轻响。新沙发有可爱的淡彩条纹，配了三只鼓鼓的靠垫，一人一个。我妈可自豪了，笑个不停，忙不迭地带我们看这个、看那个。

“明天我们进城，买几件上学穿的新衣服。”她说。

我妈是在哈莱姆区长大的，但我们住在距离曼哈顿一小时车程的地区，每次进城都像是过节。即便是现在，每当我转过林肯隧道的弯道、整座城的天际线突然一览无遗的时候，我都会激动得起鸡皮疙瘩。在隧道里，我玩味着水下的片刻安静，因为我们马上就要跃出水面，冲进早已热火朝天的闹市区。那天，我们一走进梅西百货，在鞋柜买鞋的那个男人就开始搭讪我阿姨。等他问她要电话号码时，她啧了一声，翻了个白眼，去别处看另一双鞋了。

谁知，他又扭头来勾搭我妈。就算有点儿轻微的驼背，他也是我小时候见过的最高的男人，头发很短，但有几缕耷拉在前额，发际线已有点儿后退了。他穿牛仔裤，浅色T恤。他的眼睛滴溜溜地到处转，好像身处一场无休止的捉人游戏里，随时等着什么人来偷袭他。我离得太远了，听不见他和我妈说了什么，但他靠近她时，她就像朵花儿一样喜笑颜开。一星期后，他就睡到我家的新沙发上，用上了我家的新盘子。

我不清楚我妈什么时候才明白他是个多大的麻烦，也不明白她发现之后为什么不把他轰走，再换个锁芯。我无法理解她为什么不保护我们。我和科里到后来才意识到他嗑药，但当时我们只知道放学回家后要轻手轻脚，因为他总在睡觉，万一把他吵醒了，他就会揍我们。我们也知道，家具开始不翼而飞，妈妈和他大吵大闹时会谈到钱。我们还知道，妈妈在电子公司的工作换成了夜班，以便她白天再打一份工，好多赚一点钱。等我上床后，从在梅西百货的那个周末开始来到我家后再也没有离开的男人，会在黑暗中徘徊在我的卧室门外。

“梅西男”和我们共同生活了三年。之后的寒假里，我妈嫁给了他。她把我们兄妹俩搁在外婆家后，跟着新丈夫搬进了布朗克斯的新婆婆家。目送她的车开走后整整两年，我们都没见过她一面。她偶尔会打电话来，但我在电话里说什么才能让她回来呢？那时候，外公外婆都退休了，搬进了复式公寓。只有两个卧室，我和哥哥入住后，分配房间就让人很尴尬。我和外婆共用一间卧室，我哥和外公共用另一间。外公外婆卖掉了大号双人床，换购了两张标准床。在外婆家的生活更单调，为了抚养我们，他们双双回去工作，家里从不缺吃的。平常，我们做完作业后可以玩任天堂，新游戏机也是他们买给我们的。周末，外婆会跟我们一起玩大富翁或巴旗戏牌。相比于和“梅西男”共同生活，外婆家的日子好过多了，但我还是想妈妈，想念他出现之前一家三口的生活。

我永远都不想生孩子。甚至在继父搅乱我们的生活之前，养育子女这件事就一直令我震惊，在儿时的我看来，那是极端的痛苦，吞噬时间的巨大黑洞。但即便是声称自己很想生儿育女的人，看到我妈妈在保护我们这一点上一败涂地后，也不会觉得那是值得耗费精力的苦活儿吧。就我妈而言，生儿育女从头到尾都很艰难，谁都看得出来，她始终勉力而为。在她身上，我领悟到一点：谁也说不准该如何成为好母亲——你不用非得深爱你的小孩，甚至不用一直陪伴他们，也能完成任务。我妈干的活比我认识的任何人都多，和我们在一起时经常没好脾气，很容易发火。我因此有一种感觉——我们完全是个拖累，她那么辛苦地干活，只是为了养活我们，忙完了也累瘫了，几乎不想和我们待在一起。我们还可以去玩耍，去探索新鲜事物，但她始终没有属于自己的时间。和外公外婆一起生活之前，他们简直是完美的家人，但一旦我们住下来并彻底撼动原有的生活后，他们也渐渐显示出我早在妈妈身上见识过的那种疲惫不堪和力不从心。我妈抚养子女的方式让我明白了：世上的痛苦、伤害远比快乐和幸福要多得多，所以，光是想一想——把一个新人带到这个让人头痛、复杂不堪的世界上——这主意就能把我吓得半死。我怎么能保证我会比我妈更胜任当妈的职责？万一她在这方面的一败涂地有遗传性，我岂不是会比她更糟？

疗愈童年创伤需要进行大量的情绪调整。在和我继父共同生活的那三年里，外公外婆始终被瞒在鼓里，没有介入。他们不知道我经历的虐待到什么程度，当我和科里搬到他们家后，他们就成了我们的监护人，我又不知道该如何开口。将近二十岁时，我才有了第一位心理医生。整个十字头年龄里，我始终摆脱不了自杀的念头，自我封闭，对外面的世界不闻不问。我有几个朋友，但那些往事让我难以启齿，因而觉得非常孤立。我也有些课余爱好，譬如参加鼓乐队、垒球队，但除此之外我基本上都待在自己房间里，要么看书，要么一边看电视一边缝纫——那是我最喜欢的消遣。我妈和我继父又生了三个孩子，组建了新家庭，直到我十三岁时，她才终于来看望我们，但那不过是短暂的拜访，她无意把我们接回去。那时候，我已经死了心，不想和她再有什么关系了；我只想离开那个小镇，远走高飞，那就不用再见到我妈了。

要说我不想生孩子只是因为我妈妈，那也不公平。正如我之前提到的，我从没有过那种生理冲动。也就是说，就算我有全世界最棒的母亲，也还是有可能把生儿育女归入“我永远不想做”的清单。但显然，她增加了这件事的不确定性，以至于让我迷惑：这到底是先天还是后天所决定的？或许结论不是非此即彼那么简单？有很多人的童年也不尽如人意，但他们生儿育女，或是为了证明自己可以成为更好的父母，或是出于一种补偿心理，以他们想要的父母形象去当自己孩子的父母。我时常思索：为什么我对童年创伤的反应会走向另一面——始终不愿生育？可能因为我不太勇敢，你必须拥有足够的希望和信念，坚信自己学会了一切本该通过家庭教养习得，但事实上双亲并没有教给你的能力。你必须告诉自己，未来的你可以避免青春期时遭遇的隐患。但即便如此，你还是会给自己挖出别的坑。我每天都斡旋在各种生活难题之间，努力维持平稳的情绪状态——但所谓的平稳，不过是我必须凭空塑造出来的状态。如果拖着个孩子，就很难办到这一点了。

“但你很善于和孩子打交道，”朋友们都这样讲，“你知道你可以当好妈妈，恰是因为你永远不会犯你母亲犯下的过错。孩子们自有一套疗愈你的方法。”

这话听来冠冕堂皇，但在我想来实属蹩脚的预设，也不该让孩子承担那么多压力。为了让自己身心健全，我二字头年纪的大部分时间都献给了心理诊所。之后我才进了研究生院，攻读英语文学和性别研究的学位，但在那期间我游荡了很久，远至阿拉斯加，什么活儿都干过——咖啡师、书店店员、酒保——最后才想通：我不需要为了感觉自己是有人爱的而让母亲出现在我的生活里，我完全可以选择和她培养出怎样的关系。（结论：没有关系。）

作为一个自主选择不生养的女人，基本上我只有一个难题要解决：其他成年人。我们处在这样的文化语境中：社会默认女人把生养排在第一位，其重要性超过别的任何事情；而女性的个体选择却常被视为公共讨论的对象，也就是说，大家都自认有权来讨论我的身体、我的选择——无论是谁，只要对我不生养的事感兴趣，都可以朝我冲过来，打破砂锅问到底。如果我心情好，愿意宽宏待人，就会对他们的提问一笑置之，揽下所有责任，把一切归结于我觉得自己没那种能耐。我会说："哎呀，我妈就是个糟糕透顶的妈，看起来当妈是个苦差事。"可当我心情不太好的时候，我就会反问："为什么你想了解这件事呢?"要不就直说：不是每个女人都想生孩子的。有时这会引发一场辩论，但我其实只想让他们明白：他们不仅是在刺探我的隐私，还想把那些不堪一击的假设不分青红皂白地扔给我。

被问了太多次后，我不得不捍卫自己的意愿，但更让我生气的是大家竟自认有权这样问。我生气，因为问我为什么不要孩子，就等于要我坦白一言难尽的家史，把童年的糟心事儿全摊开给他们看；或是要我坦白：自打我明白小孩是怎么来的之后，我的所思所感。人们常常不经意地问我为什么不要孩子，就像在问："你怎么会来西雅图的?"他们也指望我漫不经心地回答，但我不能也不愿意。

我欣赏那些能认清养育子女的艰辛、能确定自己不是那块料儿或只是不想去尝试的女人，也希望我们可以不用老是站在捍卫、辩护的立场上，展开更多关于丁克的对话。另一件事也让我耿耿于怀：世上还有很多女人想要孩子，但颇费周折，或无法自然生养，或频频流产。考虑到还有那么多女人在为人母亲的道路上有心无力，走不到终点，所以，那些纯粹站在自我立场上大谈特谈生儿育女的人未免不太友好，缺乏同理心。

过了二十岁，我开始约会，总是开门见山和男朋友讲清楚：我是不要小孩的。只要是正经的约会，我就会立刻抛出这个话题，万一我们没有共识，那就趁早结束。大多数情况下，男友们都满不在乎——二十多岁的男人还不会认真去想他们何时或是否要成为父亲。事实上，在遇到我丈夫之前，我从未觉得那是需要解释清楚的事。他是来自罗德岛的艺术家，平易近人，大部分时间都用来浏览讨论网上连载的动漫故事。在正式约会前，我们已是多年的朋友。他以前就知道我不想生孩子，但毕竟过了那么久，而且从今往后我们要作为朋友、伴侣一起面对这个世界，我开始担忧：现在的我们在这个根本的问题上会不会有分歧？万一他改主意了呢？我们订婚的时间不长，从决定结婚的那天到举办万圣节婚礼总共只有五个星期。就在那五周里，在研究生院授课的间隙，在兴奋的婚礼筹备的间隙，我突然想到：我应该和他再确认一次有关孩子的事。

好时机没法等，再等就来不及了。况且，我是有想法就会脱口而出的那种人。所以，那天晚上，我们在沙发边吃晚饭的时候，我冷不丁说道："我还是不想要小孩的。"他看了看我，笑了，用他一贯令人惊诧的冷静语调告诉我：挺好的啊。他说他从没打算要养小孩，又开玩笑说，以前倒是有可能留下了几个种，只是他不知道，兴许哪一天就上门认亲了呢。我说，我是担心他以后改主意，让我为难。他听了大笑起来，说他如果改主意了，我们离婚不就好了。有些人大概觉得这话太刺耳，但我觉得够坦诚——仅有坦诚也未必功德圆满。到最后，他承认自己应该不会要孩子，但确定无疑他想和我在一起，所以，我们可以抱着这个希望一起走下去。

克服童年的受虐阴影、决定不生养的过程，也决定了我必须重新定义"家"的概念。我认为自己的家人是由亲朋好友组成的大团体，只要是我可以依靠的人都能加入进来。外婆是我的家人，哥哥也是。丈夫是家人，毫无疑问，通过他我有了更多家人：他的父母和兄弟。好朋友们都是我的家人：埃里克斯，六年级时我们一起上瓦勒斯基先生的科学课，之后我们就成了死党；萨拉，我二十多岁在网上冲浪时交到的好朋友，毫无功利目的；珊卓，我二十二岁那年和她在纽约市的音乐会上认识，我们相见恨晚，让我有了通往快乐的捷径。

为了让外婆安享晚年，我包揽了大小事宜：帮她付医药费，处理每个月要交的生活账单，给她的医生打电话，确认治疗糖尿病的各项疗程，她要升级游戏时，我还会帮她搞掂苹果平板电脑。我俩横跨美国，一个在纽约，一个在西雅图，但照料她的人是我——不是我妈。看着外婆渐渐苍老，我很想帮她抵挡一切，不让她害怕或孤单，也禁不住去想，以后谁会这样对我？大多数人都相信，也指望养儿防老，我一直声称自己不担心老无所依，因为我创建了自己的防老体系——经由我亲自筛选的家人，但事实上，不走到那一步，并不会知道结果究竟如何。我只知道我有侄子和侄女，也非常欣慰地看到他们成长为有趣味、有思想的人。朋友们的孩子也让我欢喜——甚至是尚未谋面的那些孩子。就在我撰写这篇文章的时候，我最要好的三个朋友都怀孕了，之前好多年，她们也曾犹豫要不要生。我给这三个大肚婆起绰号，嘴上叫她们“猪扒包”，心里却非常期盼有机会贡献我的智慧，成为她们为人母生活中的一部分。

了解我心声的人或许会得出结论：我不想生养是源于失落感——缺失母亲的呵护和忠诚，缺失家庭信念，缺失童年。但在我看来，我不想生养的渴望是与生俱来的，不受我的操控。这仅仅因为我是我，不论这种渴望是否重要，不论别人会赞赏还是责怪，我都愿意承受。但我做出了决定——尊重不生养的渴望，想方设法保有自我的完整性，哪怕这意味着我不得不面对主流社会的评价、轻蔑甚至怜悯——这就是胜利，是我每天都会庆祝的一种胜利。

每天，我都尝试做自己的父母——我从未有过的父母。每天，我都能学到新方法，让自己充满激情和耐心。我创造出围绕写作的私人生活，给自己到处旅行的自由，依据自己的情绪和想法构建每天的内容。瑜伽帮助我舒缓压力，超脱一点儿。每个星期，我都会和邻居们喝几次咖啡，坐在后门廊上，讲讲彼此的生活，谈天说地，或是聊聊我们都很喜欢的这个社区里的点点滴滴。我和丈夫有很多时间共处，阅读、下馆子，甚或谈谈梦想和未来的目标，比如：买个房子好好翻新一下，领养一条狗，退休后住到巴黎去。我的童年支离破碎，从不奢望平常人家的好日子，但现在我觉得很满足：有时间、有空间好好对待自己，以及我身边的人。养育后代是很美好，但我决定先拯救自己。

烦死人的“拥有一切”

帕姆·休斯顿

巴拉克·奥巴马总统再次当选前的两小时，暴雨倾盆，我在旧金山国际机场停车场的最顶层，听着他的提名演讲，热泪滚滚而下。当时我揣着一张经由休斯顿转机飞往印第安纳波利斯的红眼航班机票，因为我在印第安纳州首府有一次为期三天的活动，要为巴特勒大学创意写作班的学生们朗读作品，为他们上写作课，并与之密切交流。距离起飞已经不到一小时了，但我打算坐在车里，直到总统做完演讲，哪怕我很可能赶不上登机。他一讲完，我就一路狂跑直奔航站楼，一路上仍在流泪。为了不让自己熊抱排队过安检的六个陌生人和美国运输安全管理局的员工们，我只能任由自己泪流不止。

那天晚上，我最强烈的感受是庆幸。庆幸那些企图让非裔美国人远离投票权益的人最终没有得逞。庆幸人们最终没有像卡尔·罗夫①那样愚蠢地不肯相信奥巴马能赢得选举。庆幸这样一个事实，即在2012年的美利坚合众国，

① 卡尔·罗夫（Karl Rove，1950—），美国共和党的政治顾问，在乔治·W. 布什担任总统期间任高级顾问，人称“布什的大脑”。

金钱不能买断选举结果。庆幸那些在2012年总统竞选过程中始终想要和女性及其各项自由权益作对的人再次被打败——至少这一轮是被打败了。

巴特勒大学的学生们都很聪明、活跃，让人着迷。晚餐时，尽是年轻姑娘们在说话，畅所欲言地描绘她们的生活和心之所向，小伙子们反倒很安静，腼腆但不失礼仪，仔细关注着姑娘们的发言，好像能从她们身上学到什么。为了庆祝奥巴马再次当选总统，有个女学生——席间最活跃也最风趣的那个——从头到脚只有三种颜色：红、白、蓝；我是说真的，不仅她的衣裙、配饰只有这三种颜色，就连每根手指头上的指甲油都用这三种颜色贴出了迷你版美国国旗图案。

餐桌边的每个年轻女性都有事业上的雄心壮志；大多数都打算生儿育女，但暂时不行，得等她们写完长篇小说、赢得普利策文学奖、周游五六十个国家、学会冲浪之后再说。席间总会有人说出这句话："我都想要。"这些女生显然都想拥有一切。

有个比较内向的女生谈到，她很赞许住在纽约的姐姐：身在雷曼兄弟银行工作，年薪二十五万美元，同时还能照料两个不足五岁的孩子。那位姐姐每周工作六十个小时，却还能每晚更新她家的日志网页，贴出她挤时间给孩子们烘烤的小饼干的食谱，或是她通过基瓦众筹网站从中国西藏的创业小作坊订购的手工牦牛毡沙发罩。

“我的未婚夫想一毕业就要孩子。”另一个姑娘说着，瞥了一眼左手指上的一星钻戒。

两个孩子刚刚好，不多不少，桌边众人几乎都同意这个数字，除了一个姑娘想要“至少三个”，还有一个独生女说起自己小时候享受到了特殊待遇。

话题转向孩子时，我注意到那位红白蓝小姐有点儿沉默，就故意问她，“你呢？”想起她用定音鼓般的大笑声平定桌边七嘴八舌的女生交响乐的样子，“在孩子问题上你有何感想？”

她挑了挑眉，一条眉毛比另一条足足高了一英寸，“除非地狱冻结，或我的掌心里长出头发。”

我和她的眼神相对了足有一分钟，我知道自己的嘴角不自觉地上扬了。

“我以前也这样想，”言语声很温柔的女生说道，“但我姐姐说，女人不再以自我为中心的唯一办法就是生个孩子。”

“最糟糕的事，”独生女说，“莫过于你不要，然后才发现自己彻底错过了。”

“我不知道，”红白蓝小姐并非咄咄逼人地说道，“我非常确定，‘都想要’大概是不可能的。我觉得，什么都要，大概就意味着把你自己切成很多小块，顾及每个人的需求，但唯独忽略你自己的。”

别的女生都跳出来劝服她："哦！年纪再大一点，你的想法就会不一样了。到了三十岁左右，荷尔蒙就会来折腾你了。"她们说这话时言之凿凿，好像她们自己都不是十九岁似的。

"不会的。"她这样回答，不带一丝挑衅的敌意，而我相信她的话，因为——除去三十年的年龄差距和美国国旗美甲贴片，她简直就是我本人。

我今年五十二岁，是个作家、教师、老派旅行者，换言之：我去过七十个国家，我真心觉得在自己迷路、被逮捕、吐出五脏六腑之前，我无法确定自己的终点在何处。我的初潮到来的那个月，最高法院对"罗诉韦德案[①]"做出

---

① "罗诉韦德案件"（Roe V.Wade）指的是美国联邦最高法院 1973 年关于女性堕胎权以及隐私权的重要案例，承认女性有权堕胎，受到宪法隐私权的保护。起因是 1969 年 8 月德州的女服务生诺玛（Norma McCorvey）意外怀孕后想堕胎，朋友建议她谎称遭到强暴，以合法堕胎，因为德州法律规定被性侵的女性可以合法堕胎。然而，因为没有警方报告证明她遭到性侵，所以这个办法没有成功。她去了一家地下堕胎诊所，但发现该诊所已经被警察查封了。1970 年，律师琳达（Linda Coffee）和萨拉（Sarah Weddington）为诺玛（化名珍妮 · 罗，Jane Roe）起诉代表德州的达拉斯县司法长官亨利 · 韦德，指控德州禁止堕胎的法律侵犯了她的"隐私权"。地方法院判决，该法侵犯了原告受美国宪法第九修正案所保障的权利，但没有对德州的反堕胎法律提出禁制令，罗再向美国联邦最高法院上诉。最终，联邦最高法院在 1973 年以 7 比 2 的票数对比认定德州刑法限制女性堕胎权的规定违法美国宪法第十四修正案"正当法律程序"条款。

了判决，大概我也因此注定不会有孩子吧。

我从来都不想要孩子——这一点非常确定——也有很多朋友曾口口声声说不想要，但后来都会生，考虑到我们是在“罗诉韦德案”之后的发达国家，这肯定意味着：我不想要孩子的决心肯定比我的朋友们更坚决。

我“想要孩子”的心态疑似冒泡的时候是在十多年前，当时我在写一篇文章，为了回应那些自顾自地硬说我有抵触情绪的人，其中很多都是和我素昧平生的陌生人，但也有些熟人。我写那篇文章是想审视自己在这个问题上的顽固态度，但等我写完了，反而百分百确定：我并不是抵触乃至拒绝生养。十年过去了，现在的我更是确定无疑，至少可以很自信地说：如果我只是有抵触心理，那就永远不会知道自己其实是如此铁了心。哪怕那些人认识我才不过五分钟，却都说我可以成为伟大的母亲。其实，（我们听到捕风捉影的推断和假想后也会主动放出风声，所以）他们知道的无非是：我可能又懒又磨蹭，就知道浪费时间。

就在不久以前，我们还觉得米特·罗姆尼①有很大可

① 米特·罗姆尼（Willard Mitt Romney，1947—），联邦参议员、美国商人和政治家，马萨诸塞州第70任州长，2010年美国总统选举竞选人，是一名摩门教徒。

能当选美国总统，而他上台后的任务之一，显然就将是推翻“罗诉韦德案”。那年竞选期间，许多疯狂的言论不绝于耳，但其中最疯狂的当属众议员托德·阿金的那番妄语了——他说，如果一个女人遭到“合法”强暴，她并不会怀孕，因为女性身体自有“关闭一整套功能”的办法。要把阿金这一派胡言的阴险之处全面罗列出来是挺难的，但我们不妨试试。首先，他的言论比通常意义上指责女性穿着轻佻、举止放荡，明摆着就是“自找”强暴的言论更过分；进而，它又暗示任何遭受强暴的女性受害者如果没有享受到那种邪恶的快感，就能自动启用女巫般的方法，终结强暴导致的妊娠，从而从根本上避免堕胎。堕胎将是没必要的，除非是某些特别虚弱、无力施展足够魔法的女性，这反而能证明——以托德·阿金的逻辑来说——她并没有被“合法”强暴。你气得浑身发抖，想问：这到底是什么意思？如果你穿着网眼丝袜走进酒吧，遭到的强暴是“不合法的”吗？如果你的车刚好在城里治安最差的区域熄火了，遭到的强暴是“不合法的”？如果强暴发生在家庭内部呢？查理叔叔在新年派对上染指双胞胎算是买一赠一吗？如果强暴你的是你父亲，那算合情合理合法吗？

在20世纪70、80年代，作家关注环境问题的现象尚未成为趋势。我们甚至不了解全球在变暖，但普通民众——至少在我所处的圈子里——对于日常生活对地球生态环境造成的破坏是有所觉悟的，他们比今天的人感到更多的压力要去降低自己对地球的破坏。一个女人可以说她不想要孩子是因为她不想给人口过剩的地球再添负担，因为这个星球上已经人山人海了，哪怕有些人可能不相信她，但终究算是一个可以接受甚而值得赞赏的办法，让她能给出一个冠冕堂皇的交代。我的作家朋友泰瑞·坦帕斯特·威廉姆斯①当时的理由就是这个，但她出身在摩门教徒家庭，出于显而易见的理由，这种解释还是引发了一阵震荡。当时的泰瑞让我仰慕——至今仍是——我也和她一样，对大自然怀着激情热爱。我不想和石油化工产业出品的尿布扯上关系，也不想承担在荒原上多造一个梦想家园的责任。

我有一张合影：我和泰瑞在 1992 年的盐湖城书展上，脸上都已没有稚气的痕迹。我俩座位前的桌上堆满了刚出版的《牛仔们是我的软肋》和《郊狼峡谷》②，在我们的眼

---

① 泰瑞·坦帕斯特·威廉姆斯（Terry Tempest Williams，1955— ），美国小说家，作品关注环保和女性健康等命题，代表作有《效狼峡谷》《沙鸥开处》《在破碎的世界寻找美》等。

②《牛仔们是我的软肋》是本文作者的短篇小说集。《郊狼峡谷》是泰瑞·坦帕斯特·威廉姆斯的作品。

神深处，我只能看到兴奋、狂野和愉悦。我们生活在母亲那辈人无法想象的年代，我们对此深有感悟。我们是自己命运的缔造者。我们是自由的。

对于那些想以女性主义者自居的女性来说，如今的女性主义充满术语行话，极尽学术化，但几十年前的女性主义并没有恶作剧般拗口的词汇，不像贪吃蛇那样，让你在语义学层面被搅得七荤八素把自己活活绕死。20 世纪 70 年代的女性主义者都用简单的一句话来陈述自己的观念，你只能表示赞同或不赞同，譬如：女人有权当艺术家；女人有权竞选公职；女人有权去达特茅斯大学深造；女人有权不生孩子；女人有权不当任何人的妻子。

1980 年，我在丹尼森大学读书时，女性研究专业的老师把宫内避孕环当耳环戴。我超级喜欢她，至今想来都会让我脸红。南・诺威克的个子很高，非常优雅，是个言行合一的女性主义者。在她的课上，我们研读了夏洛特・珀金斯・吉尔曼的《黄色墙纸》①、托妮・莫里森的《秀拉》和《最蓝的眼睛》。她每天都批评我们变成主流模式的奴隶，也就是在父权社会中甘愿臣服。毫无疑问，她

① 夏洛特・珀金斯・吉尔曼（Charlotte Perking Gilman，1860—1935）的小说《黄色墙纸》（*The Yellow Wallpaper*），讲述了一个患有精神忧郁症的孕妇被关在一间贴有黄色墙纸的房间里接受治疗的经历，当时被评论为疯颠女人的话语。

骂得对。她自己是个异类，还想知道我们在哪些方面与众不同，在那个年代，在兄弟会风气铺天盖地的丹尼森大学里，她就是命脉所在。南·诺威克从来没有一次对我们说过：既赢得国家图书奖，又生养两三个孩子，这就算是“拥有一切”了。南·诺威克肯定会觉得写一个曲奇饼干的食谱当日志是荒谬至极的事。

如今人们普遍认为：某些女性因为童年创伤而作出“不想生孩子”的反应——很可能是反应过度。我没把握能够驳斥这种观点，因为最常见的三种虐待（酗酒、性骚扰、暴力伤害）确实可以勾勒出我本人的童年阴影。然而，随着年纪的增长，我越来越不相信事实仅限于此。首先，教授创意写作的三十年令我能够确信：我的童年经历简直和双车车库一样司空见惯。其次，我这辈子一直在治愈那些童年旧伤，坦白地说，我已经不再感受到那种创伤了。

再试试别的思路好了。如果说，我不想要孩子是因为我太热爱自己的工作了，以至于无法让我的工作为孩子让路，或是因为无数次严肃的旅行以一种必不可少的姿态让我感觉自己和整个世界息息相关呢？如果说，我一直喜欢自己的生活方式，远远胜过我身边其他人的生活呢？如果说，假设让我选，我宁愿接受在不丹艰苦徒步一个月的使命，也不愿意把同样的时间耗费在叠宝宝的连体小衣服上面呢？如果说，相比于宝宝，我就是喜欢狗狗更多一点儿呢？如果说，我已经非常肯定：个体自由是我最最最在乎的东西呢？

我的有些密友很钟爱当妈妈这件事，从某种层面上说，她们就是为此而活的。在她们的人生中，当妈妈是最具挑战、回报也最多的至高功业。还有些朋友不是那么热爱这件事，但她们希望自己能更投入一点，同时数着日子，等最小的孩子上大学去，她们才能把注意力转回到自己的梦想上去。还有个别朋友假装喜欢为人母，但方圆二十公里的每个人都能听到她们恨得咬牙切齿。也有些人假装声称当母亲是世上最大的麻烦事儿，但你能看出来，她们的母爱之深无以言表。还有，我那些没有孩子的朋友相应地可以分成如下几类：有人喜欢无子无女，有人因无子嗣而抱憾终身，还有些人口是心非，假装待在另一个对立的阵营里。前不久，有个没孩子的朋友对我说："我永远不会遗憾自己没生孩子。让我遗憾的是自己生活在这样一个世界——无论如何，在这样的世界里，这种决定终究不是好主意。"

就因为所有女性在生理上具有生养能力，就认定她们都应该生养，不生养的女人或是存心抗拒，或是有心理创伤——这种推断根本就是毫无道理，更别说性别歧视了。我考过法学院入学测试，考分足以证明我在心智上能够胜任律师之职，但从来没听任何人对我说过哪怕一句，说我明明可以成为非常棒的律师却没有去做，这肯定和某些深层童年创伤有关，只要我肯摒弃前嫌，就能当个好律师，继而偿清欠这个世界的某些说不清道不明的债。

虽然我不得不一直勉强适应，但当代美国人的某些生活现状仍让我想不通。那么多人劳其身心仍是入不敷出，却死活抗拒能为他们提供负担得起的医疗福利的政策，这让我想不通。愤怒的青少年可以径直走进商店，买下无需重填就能连发一百发子弹的武器，而我却不能把不足一百毫升的艾凡达洗发水带上飞行时间仅有四十分钟的短程定期往返航班，这也让我想不通。更让我的想法无以为继的是，竟会有女性把票投给一个想要控制发生在她子宫内外之事的政客。

从“罗诉韦德案”判定后的那年开始，美国许多州的保守立法者取消了禁止堕胎的限令，增补了妊娠不同阶段的堕胎权限、强制性咨询、父母赞同等附带条件，要说奇特当属印第安纳州的增补法令：规定了分发事后避孕药的服务机构的厅堂大小、门道宽窄。在我写这篇文章的时候，美国共有六个州——犹他州，弗吉尼亚州，俄亥俄州，路易斯安那州，密苏里州和我家乡所在的科罗拉多州——在堕胎问题上保有“制动法”①，换言之，如果“罗诉韦德案”的裁决被推翻了，在这些州，堕胎就会立刻变成非法。还有二十三个州针对妊娠晚期的堕胎有特别制动法。主张女性有权人工流产的社会活动家们认定，早晚会有某个州起草出一份有效回避“罗诉韦德案”的反堕胎法案。“全美流产权利行动联盟”曾在2012年预测：如果米特·罗姆尼当选总统，十七个州将在一年内禁止堕胎。

当代美国政治中存在很多争议性的议题，尽管我有强烈的抵触情绪，但我有能力理解和尊重另一方阵营的决策。但是，但凡还有托德·阿金先生这般不了解基本生理学和生殖学常识的男人，自以为能够剥夺我的决定权——要不要花费至少18年、平均23.5万美元去生养一个孩子？更别提我还要为自己的梦想和目标付出的重大代价，或是因为我被剥夺了生养选择权，我的孩子可能最终会因此受到数不胜数的折磨，就像那么多孩子每天都在他们困

① 制动法（trigger laws）是对某些特定法律的绰号，这些法律规定自身无法被强制执行，但一旦环境发生某种核心的变化，这些法律即具有强制执行力。

惑、沮丧、无聊的母亲们的照料下所感受到的那样——我们就不能假装女性在这个国家拥有真正平等的地位，否则就太荒谬了。

抵制堕胎？汽车后保险杠贴纸上这样写，那就一个别怀！到了2015年，这件事总该有定论了吧。

前不久，我在蒙大拿州米苏拉市宣传新书时，有个素昧平生的年轻女人邀请我喝杯咖啡。因为共同认识的一位深受爱戴的编辑刚刚去世，我们便想共度一段怀缅时光，讲讲卡罗尔的往事。

我们在咖啡桌边一落座，她就说道：“我必须坦白地说，你和泰瑞·坦帕斯特·威廉姆斯是我最崇拜的文坛英雄，有一件事始终让我特别欣赏你们：你们都是主动选择不要孩子的。”

她这么一说，我才意识到，已有很久没有人表示我的人生在这一点上是值得赞赏的。大部分人——尤其是女人——几乎无一例外地都认为我这么做是自私的，受了错误的蛊惑，甚至有点吓人，就好像薇诺娜·赖德一开始是在商店里小偷小摸，最后就不可避免被逮了现行。

“我最想拥有你们那样的人生，”她说，“写作，旅行，出版自己的书。”

我知道她最近把处女作签给了一家非常棒的出版社，就说道："看起来你也不赖，走上了你想要的路。"

"只不过，"她说道，"我现在怀孕十一周了，我想，我约你喝咖啡的真正原因是在于：我期望你能告诉我，我可以两者兼得。"

又是这句话，简直像广告语！我慢吞吞地啜饮杯中的拿铁，拖延时间。她又告诉我，她也请泰瑞喝了杯咖啡，同样提出了这个难解之题。我是在新泽西长大的，新泽西人不看重礼貌，但亲善有加、话里从不夹枪带棒的泰瑞是在格外重视礼仪的文化氛围里长大的。然而，她在这次出其不意的测试中得分很低，理论上，她的分数该比我高一百万倍啊。

更不用说那个棘手的变项了：十一周，和四周不一样，和十三周也不一样。这位年轻的女士真的想让我告诉她，她可以鱼与熊掌兼得吗？还是想让我说："快！拿好我的手机。趁现在还来得及，快约定手术时间！"

"你和泰瑞谈的时候怀孕几周了？"我问道，还想拖时间。当她略有不解地看着我时，我说："很抱歉。我觉得我不相信你可以拥有一切。我不相信任何人可以。实际上，我认为'拥有一切'这种说法本身就是谬误，也是种症状，表明我们在当代文明中病得有多重。没人可以拥有一切，就连唐纳德·特朗普也不能。根据你做出的选择，你会拥有这个或那个。也有一种可能是鱼与熊掌兼得，但两样东西的分量都有限，事实也许会证明那是最完美的结果，恰好就是你想要的人生。”

我这个年纪的女权主义者在遇到年轻女性时会发出痛苦的呻吟，因为她们甚至不知道“罗诉韦德案”这几个字到底是什么意思。但是，平心而论，我在十八岁时又知道什么呢？关于玛格丽特·桑格①？通过宪法第十九修正案所需的各种条件？共有多少州没有认可平权修正法案（ERA）②？我应该知道更多，但我并没有；不足以理解我应该对那些先驱女性先辈们抱有深挚的感恩。

但可能更令我不安的是，我越来越领悟到：因为我紧跟着“罗诉韦德案”后的时代而来，紧跟着葛洛丽亚·斯泰纳姆、艾德里安·里奇、琼·迪迪恩和艾丽丝·门罗而来，所

① 玛格丽特·桑格（Margaret Sanger，1879—1966），美国著名的推广避孕知识的先驱人物、作家、护士、性教育家。“计划生育”这个词汇就是由桑格倡导推广而广为人知的。全美第一家计划生育诊所也是桑格开设的。

② 又称《男女平权修正案》（*Equal Rights Amendment*），是美国1972年推出的一项建议修正案，主要规定是合众国或任何州不得以性别为由而剥夺或限制法律上的平等权利，但最终因没有得到法定州数的批准而废弃。

以，大概比起我在巴特勒大学遇到的那些女学生，不生养孩子对我来说更合适一点。也许我这一代人拥有格外明显的优势，我们的母亲们眼看着广大女性很快就能拥有她们遥望而不可及的各种选择，却又意识到自己已陷入专横的丈夫、青少年联盟会的搭车协议组成的流沙中，难以自拔了。也许是因为我们眼看着母亲那一辈人退缩到酒瓶、处方药，甚至更糟的忘忧地中以求解脱，我们这代人才会对着芭比娃娃和神秘约会桌游起誓：我们不会像母亲们那样深陷其中。也许那些战役现在已经消停，在后视镜中远远倒退而去；也许就像南·诺威克说的那样：主流规范已教会了这一代年轻女性如何自我监控。

我第一次怀孕恰是在我第一本书付梓出版前的九个月。当年我二十九岁，戴着子宫帽怀上的（子宫帽上还有杀精剂）。我和孩子的父亲没有结婚，却是一对和睦的恋人。我很喜欢他，事到如今我已经彻悟了一点——对于任何一段情感关系，这大概算是最好的评语了——当时我心想，他应该会是个很好的爸爸。

我打电话把怀孕的事告诉我妈妈，她说：“你有非常特殊的天赋，帕姆，如果你决定生下这个孩子，你就将彻头彻尾变得平凡，就和别人没什么两样了。”我妈妈是个演员、歌手、舞者，还会演杂技。她六十五岁那年还能在沙滩上前手翻呢。为了应付生命中的种种不如意，她每周都喝掉五分之三瓶伏特加，每天吞下一大把万络抗炎药，酒和药的这种组合足以让她不出一年就丧命。

我再打电话把怀孕的新闻告诉我的编辑，她的反应不像我妈妈那么尖锐，但言语间透露的意思却很真切，不容否认。那家出版社打算用一种不太常见的方式推广我的短篇小说集：让我做一次巡回书展，去不同城市推广我的书，如果我可以去，对这本书来说是再好不过的事。

和某些口不择言的议员所坚信的恰恰相反，没有哪个女人想要堕胎。我从来没碰到过哪个女人把这件事视作儿戏，就算不曾视其为悔恨的源头，至少也会认为那将让她余生蒙上哀怨。

我时常想，假如我妈妈的反应正常一点——因为自己要当外婆了而兴奋不已，或是满心期望我有了孩子就能安定下来——后来又会怎样呢？假如我有哪怕一分一秒的停顿，给自己一点余裕，让我坦承自己对这件事的真实感受，那我会做出不一样的选择吗？今天的我觉得二十九岁实在很年轻——显然，那时候的我还以为人生的时光无穷无尽呢。天真的我大大低估了写作出版带来的压力，平白无故地认定：就算我自顾自生孩子，重挫这本书的销量，那也不要紧，我必将得到写新书的机会，下一本书出版时再全力以赴推广就好了。假如这一切都是发生在“罗诉韦德案”之前，那么，构成我的人生的每一件事都会和现在不一样。不一定更糟，也不一定更好。但不管在什么情况下，我都不相信我可以拥有一切。

我可以毫不犹豫地说，我的人生是丰富多彩、充满喜悦的。我热爱勤奋工作，也确实身为作家和教师勤奋地工作着。教书时，我担负着为他人创造、呵护创意空间的职责；写作时，我就把自己的创想视为重中之重。我把赚来的钱花在追求和探险上，因为那能引导我写出更多作品，出版后还能为我提供更好的教学机会，继而又能催生出更多探险式的新鲜体验，再催生出新的写作内容，如果我足够幸运，余生都能享受到这种良性的催生效应。我珍惜时间，因为只有拥有时间，我才能去赚钱；我也珍惜自己赚来的钱，因为有钱，我才能换来自由，这样的优先次序想必是很合理的。我住在壮观的科罗拉多州的一片壮美的土地上。去年夏天，我还清了买房的贷款，总共用了二十一年，每一分钱都是我教书或写作挣来的。总的来说，我觉得这是相当可敬的活法。

别的女人会把为人母当作最重要的事——比我人生中

的所有事都更重要——那也是很可敬的人生。但要因此说我是自私的，她不是，那我可不买账。有些女人就是出于自私的意愿才选择生儿育女的。哪怕有些母亲确实怀着无私的母爱去生儿育女，却仍会表现出自私自利。对于不同的人生选择，你不能简单地用“自私”或“慷慨”去贴标签；如果说慷慨是令人尊崇的人生目标——我相信确实如此——也许我们的任务是要选中一条道路，能让我们创造出最佳的机会，表现出自己的慷慨。如果我有自己的孩子要照料，我很可能变成一个不那么大度的教师、不那么体贴的生活伴侣、不会随叫随到的朋友。俗话说得好：爱不是吃完就没了的馅饼，爱是无穷无尽的。但还有句大实话：每天只有二十四个小时。

用巴特勒大学创意写作班的那位同学的话来说，当一个女人以自我为中心时，那一定是坏事吗？这不就是我们的女性主义先驱们想要告诉我们的吗？如果一个女人当真有五分钟的时间能以自我为中心，她很可能找到治愈乳腺癌的终极疗法，或是赢得奥运会金牌，或是在加沙进行和平谈判，或是去当美国总统？

有个学生用电邮通知我，她打算退出我个人的写作小组：“我很喜欢写作小组，以后肯定会很怀念的，但我觉得这笔钱更应该花在孩子们的教育上，而非我自己的兴趣爱好。”我简直能看到——在她写这封电邮的时候，有一群女人站在她那个小镇的游乐场里鲜艳的塑料拼接地板旁频频点头，对于她做出的自我牺牲表示赞赏。

但我想问的是：为什么不呢？为什么孩子们的教育就天经地义似的比你的自我教育更重要呢？你明明是个极有天赋、潜力无穷的作者。万一砸下巨额教育费，你的孩子们终究还是平庸的呆瓜呢？

在她所居住的那个小镇，中等价位的房子售价 90.4 万美元，因而我们有理由相信，她的几个孩子不可能面临不能受教育的问题。我当然可以理解，爹妈都想让孩子们得到最好的东西，这是崇高的爱。但我担忧的是倒退：如果我们仍然认为为了孩子牺牲自己是更崇高的事，那就等于倒退了一大步。

我妈妈最喜欢对我讲一句话：“为了你，我放弃了一切我热爱的东西。”这句话几乎出现在我生活的所有语境里：让我打扫自己的房间，让我把头发中分，让我戴牙箍，让我同意按照她那些神经病般的减肥食谱吃饭，让我穿上那些肩垫四英寸高、丑到爆的安·泰勒外套，让我和哪个男朋友分手。这句话由简单的词汇组成，却有一番魔力，我写几页都写不完它让我做了多少事。在我妈妈去世多年后，我的心理医生要求我罗列出我妈妈喜欢的事物，我一如往常地顺从了他的意愿，罗列如下：表演、唱歌、跳舞、打网球、缝纫、旅行、伏特加。

“你出生后，在这些事物里面，她享受到了哪些？”他问我。

“全部，”我回答，“一样都没少，一直享受到她死。”

“所以？”他说，“看起来她放弃的唯一一样事物是……什么呢？”

“没有孩子的人生。”我答道。我必须承认，她放弃的不是什么小事情，也正是我爱自己的方式。

也许，所有这些事归结到一点，终究是爱，这一点儿都不奇怪。爱，就像自私和慷慨，不是某样事物所能独占的，而是融入我们的一言一行，构成我们本身。我爱物质世界，爱我在世间经历过的一切，爱得深切又痛快，每一分钟都可能心碎，我也做出了数不胜数的人生抉择——除了不要孩子之外，还有很多——为了确保我能始终以自己的方式入世又出世。

当我在不丹，对着地上的土坑吐得昏天黑地时，我仍爱着飘扬在头顶的朝圣者的经幡；我爱这具通过排毒来保存生命力的肉身，不管那是什么毒，我还不至于愚蠢到去消受殆尽；寺庙里的人给了我一只感染了霍乱病菌的橘子，我才病成那副德行的，但回首去想，就连那座寺庙我也是很爱的；最重要的是，我深深爱着这一点：幸运、勤奋和技艺共同发生作用，让我终于得到去不丹的机会——从我还是迷恋地图的孩子时开始，不丹就一直长存在我的幻梦中。你也尽可把不丹替换成玻利维亚、博茨瓦纳、老挝、塞里福斯岛、巴黎、伊斯坦布尔，或是你中意的特柳赖德滑雪胜地、普罗温斯敦避暑胜地、大福克斯、新士麦那海滩，尽管列出不起眼的地名吧，那都将是我喜爱的去处。我所谓的喜爱，是爱在每一处发生的不可替代的细节：在江孜的寺院里，牦牛油蜡烛静燃的香味；在博茨瓦纳的卡萨尼小镇上，头发里插缀彩珠的女人拉住我的手，教我跳舞；当我在北达科他大学访学期间，四位身材瘦长的研究生问我愿不愿意在星期天早上八点起床去健身房，坐在臭烘烘的有机玻璃罩子下的座位上看他们打篮球。

朋友莎拉曾这样对我说："你深深地凝视自己宝宝的眼睛后，那儿就将成为你的香格里拉。"我毫不怀疑，凝视自己宝宝的眼睛是诸多妙不可言的美事之一，但我可以确定一点：那儿真的不是香格里拉。

七年前，我成了一个继母，从中得到了巨大而确凿的幸福感，也因此明白了一个人同意抚养一个孩子时，她会决意付出多少时间、金钱和精神能量——对此，我得到了些许更切实的概念。请注意，我说的是“些许”更切实的概念，没有夸大也没有贬损。我成为继母时，那个孩子已经六岁了，之前大部分时间都是和她生母一起过的。我很爱凯莉，爱到可以奋不顾身冲到大卡车前救下她，除了爱，也有些许关于牺牲的想法，也有些许关于回报的想法。

你可能会想到：深爱凯莉为我的人生带来幸福感，这肯定会让我为早年的决定感到后悔，但事实上恰恰相反。我坚信，正是因为我没有孩子，所以才有能力付出：在她真的需要我时，我可以毫不犹豫、全身心地进入她的生活。一开始，人生中有了凯莉，我感觉新鲜而又有趣（是的，莎拉，不能说孩子和香格里拉完全没有相似之处），等到新鲜感退去，我已完全投身于爱之中了。

当我和凯莉有了默契后，我能够向她展示另一种生活方式，和她生母选择的有所不同。在这个家里，我是挣钱养家的一家之主，在大部分事情上也是我拿主意，我说了算；我每年飞行里程长达十万英里，有时会去她闻所未闻的地方。她人生中第一场摇滚音乐会是我带她去的，第一次知道塞林格的书是我读给她听的，第一次骑马也是我教她的。但反过来说，也正因为我每年飞行里程超过十万英里，有时会去她闻所未闻的地方，所以她八岁生日那晚，我被困在奥黑尔机场，只能缺席她的生日派对；而且，在她生病时，帮她把头发捋到后面去的人也好像都不是我。

以前，每当有人硬要我谈论孩子时，我总会这样回答：我觉得，迟早都会出现一个需要从我这里获得什么的孩子，而那时候我肯定已做好了准备。不经意间，一语成谶，不仅如此，事实还证明，她也必须给予什么，而那正是我需要的。你可能忍不住要说，随着凯莉的出现，我已经得到并很快吃掉了属于我的那份馅饼。你也可能忍不住要说，现在的我兼有了鱼与熊掌。不过，“拥有一切”仍是广告企宣和鸡汤式生命导师们的说辞；而我，仍将满足于拥有选择的自由。

超越母性之再超越

珍妮·赛佛

永远不会有人给我寄一张母亲节贺卡——用蜡笔涂抹、用心装点的小卡片，出自尚不能娴熟控制的稚嫩小手。我永远不会在新生婴儿的小脸蛋上找到自己黄褐色眼眸或我丈夫浅绿色眼眸的遗传，也不会为谁唱摇篮曲。永远不会有我的孩子对我微笑，也不会等到自己的孩子大学毕业，或结婚，或把亲手写的书题献给我。我死后不会留有继承人。

不孕症在新闻报道中屡被提及，已然成为大家耳熟能详的话题。但我的情况不一样：我选择了这种命运。我做出了一个清醒的决定：不生孩子。

我是在1989年受某杂志社约稿后写下这段话的，后来就引申为我的第一本书《超越母性：选择没有孩子的人生》。当时我四十二岁，结婚已有九年，从事精神分析已有十五年，正步入最后的关头：时不我予，必须尽快做出我人生中最艰难、最孤寂的抉择——我一直等到生育期即将结束才让自己铁了心——我写下这段话时泣不成声。当我看到这段话印成铅字刊登出来，意味着我的抉择铁板钉钉、确凿无疑时，我再次泪如雨下。

二十五年过去了，现在再读这些文字时我已六十七岁——但愿这还不算真正的高龄，我依然会被字里行间毫不掩饰的力量所打动，还有痛苦，我曾指望用一字一句写下来的方式加以消解、缓冲那种痛苦的打击力。当然，最初的情绪回潮般涌来，重遇年轻时的自己，我仍然感同身受，流下泪来。但对于我所做的决定，以及决定的方式，随记忆而来的还有一种值得缅怀的骄傲和感恩之情，因为我现在领悟到了：正是因为如此抉择，我才能有这样的人生。

这篇文章讲述了困扰着那些刻意选择不生育的女性的强烈的耻辱感——不仅来自个人内心，也有外部文化留下的烙印，因而，我觉得必须以笔名发表这篇情真意切的私人分析成果（副标题就是“一位治疗专家的自我分析”）。我甚至还坚持要杂志社满足我一个完全无理的额外要求：在八月刊上登出，因为心理医生们约定俗成都在八月休假，好像这样一来，就算有认识我的人读到这篇文章，也不会想到是我写的，因为我根本不在城里嘛。当时，我以为自己只是想要保护隐私，但现在我意识到了真正的动机：我用这种小把戏掩饰真实身份，是为了避免被病人们、同事们，还有亲朋好友认出我来——虽然这种概率很低，但我实在不想因此被他们指指点点，就像我不留情面地评判自己那样。对于在要不要生孩子的问题上犹豫不决的女性，羞耻感是最难克服的一种情绪——因为你自私，不像个女人，甚或不能生养。这种焦虑几乎要把我吞噬，当然，早些年间，极少数决定反抗生儿育女的女性或许能够避免这种焦虑，因为要不要孩子与她们的身份认同并无关系。在生理上患有不孕症的人也有她们的焦虑和困扰，但和我经历的挣扎体验又不一样，因为社会认同她们的心意是想生养的，亦即有正确的心态，因而不会质疑她们本质上完全是女性。在那个时候，我还没有准备好把自己的意愿公布于众。

自白式的文章好比一石激浪，我也没有准备好迎接汹涌而来的读者反馈。那篇文章登载于《七天》，这本杂志是一流的，可惜没有长久地办下去。就因为我那篇文章，杂志社破天荒地收到众多读者来信，比之前的任何一篇文章收到的读者来信都多。这个话题几乎从来没人写过，但很明显，有类似想法的女性一下子就发现：终于有人站出来为她们说话了。当然，杂志社也转给我另外几封陌生人的来信，都坚称我在妖言惑众，或有神经病，或两者兼有。其中有几封出自同行之手，那些愿意伸出援手的心理医生建议我进行分析治疗，切莫执迷不悟，以免为时过晚。这场争论不适合胆小怕事的人，曾经如此，依然如此。但我当时就知道了：我必须就这个话题写本书。

在我的病人和朋友们中，让那些决定不生养的女性最纠结的也是最重要的问题之一就是：会不会因此抱憾终身？日后，她们的心会不会空空落落，她们的家会不会太安静？她们和生儿育女的朋友们还有什么共同话题？她们和未来的新世代之间将有怎样的关联？她们会不会感觉自己是完整的女人？等到别人三代同堂了，没有天伦之乐的她们怎么能忍受那种冷清？她们要把遗产留给谁？这些问题显然令我苦恼。因此，我用几年时间把那篇文章扩展为一本书，尽可能多地采访了很多上了年纪的女性。在最终完成的五十篇访谈中，有五篇的访谈对象是六十岁以上的女性。她们提供了一种独特的见解。我需要了解：几十年后，她们有没有质疑自己当初的决定？以及在那个年代——女人对生养之事几乎没有掌控权，遑论决定要不要生养——做出这种冒天下之大不韪的激进抉择是什么感觉？她们是在女权主义兴起之前，在可靠的避孕措施尚未普及之前做出这种抉择的，和如今的世界相比，当时的社会更不可能认同这种异类。但她们每一个人都对自己的人生心满意足。她们不惧怕老而无后（很多人提到：养儿也未必能防老），她们对伴侣和自己都很满意，而且，相当打动人心的是：她们都为自己拥有独立精神而自豪。

1996年，第一波婴儿潮时出生的人已年过五十。我在《纽约时报》的专栏里列举了自己研究已久的无子化课题的一些成果，并写道：那些有意识这样选择的人中间，没有一个人因为从始至终的坚持而悲痛欲绝；事实上，她们对自己的抉择及其后果都很满意。2014年，我这一代，也就是婴儿潮那代人的最后一波，也开始纷纷踏入五十岁。我真心希望，这代人中刻意选择无子女的人也能心安理得、平静无忧把自己选择的这条路走下去。

决定不为人母，就将永远不为人母。要在如此根本性的问题上，清醒地做出和自己的过去、社会的期待纠缠相系的抉择，还要考虑到女性气质、人生目标，这需要你意志坚定；任何与主流背道而驰的做法都要用尽心力。生育期过去后，除非你去领养或找人代孕，否则就没有重新考虑的可能。我要凭直觉做出的这一重要决定是如何影响我的命运和自我认知的？现在的我六十七岁，这个决定的余波又将如何影响我的未来？

在二十五年后再次探讨这个话题，我感到如释重负，也很乐意告诉大家，我从来没有半点儿犹疑：我选择的就是我人生的正解。做出决断的那五年里，我承受了严重的焦虑，自我怀疑，悲伤，对自己的未来产生极度矛盾的犹疑。但回首往事，我才发现：大部分时间其实是用在重新审视并真正接纳我早在内心做出的决定上。当我用尽了借口，却依然对怀孕生养毫无兴趣，我意识到这一点，转折就出现了，我终于能告诉自己："我并不是真的想生孩子；我想要的是'想要生孩子'这种欲望。"我渴望像别人那样渴望生养，但我必须面对事实：我不想。这就意味着，我必须想通：我将在根本性的问题上和大多数女性迥然相异；事实上也意味着，我对幸福和圆满的需求已将她们视为至关重要的事情排除在外了。我要面对自己的每一种感受，不管那有多么痛苦。要走上这条通往自我实现的道路，需要我关注自己的真实感受，而不是我本该有或希望自己有却偏偏没有的感受。只有这样，我才能为自己失去的、亲自摒除的可能性而悲痛；为没有选择的那条路感到悲痛，这才是有益身心的事。这样想，让我感觉好多了。

我也非常幸运，有一个支持我的丈夫。他本可以有另一种样貌的家庭，但他很现实地感受到：因为母性远比父性更包容更彻底，最终，生不生孩子只能由我来抉择。他很明确地表示，对他而言，与我共度此生才是头等大事。

这种态度是我爱他的诸多理由之一。因此，在过去三十五年的婚姻生活中，我们享受到的智力、情感上的亲密关系是相当难得的。

其后的那些年里，我接受了一种想法：我完全可能成为比我想象中更好、更快乐或更智慧的妈妈，哪怕有所忧虑。我只能凭推测猜想自己需要随心所欲的感受，但当时的我不可能预见到后来的事实显然证明了：我最需要的恰恰就是自由——当我想要（环游世界，睡到中午，出门下馆子，或偶尔心血来潮去看场午夜场电影）的时候就能付诸行动；可以心无旁骛地专注于我和丈夫的情感关系；可以全身心投入精神分析专家和作家的双重职业生涯。我发现自己最初的直觉判断是正确的；我不想夹在自己的需求和他人的需求之间，尤其是由我生养的人。我很高兴自己从没进过迪士尼乐园（或因为没有带谁去而感到愧疚），也不需要和几位家长协商孩子们的游戏时间而操心，往远了说——也不用担心网络黄赌毒之类的糟粕侵害青春期的孩子，这些看起来都不过是鸡毛小事，但真的让我很欣喜。对于这些没经历过的事，我毫不遗憾，也不期待。我也不觉得这是自私或是“不结果的荒地”——前人常常这样形容不生养的女性（然而，并没有与此对等的称呼去指代没有孩子的男性）。多亏了我在中年的前半段做出了清醒的抉择，当陌生人在司空见惯的闲聊开场白时问出那个让很多没有孩子的女性尴尬的问题“你有几个孩子”，我才能用不带自卫感的口吻，微笑地回答：“一个也没有。我不适合当妈。”

这个抉择的过程本身对我的个人生活和职业生涯都产生了超乎我想象的影响，也远远超越了“要不要当妈”这个问题。那让我有了坚定的立场：我称之为“坚决不”。对此我的定义是，经过严肃的全盘考虑后，你发现那不适合你，就要拒绝采取某种行动。

“坚决不”，意味着你要有拒绝的态度，并拒绝采取大多数人奉为圭臬的标准行为（比方说，总是原谅他人的过错，或是不假思索地谨遵医嘱）。“坚决不”也常常意味着同意：同意那些或许并不普遍但实际上和你本人的想法、感受完全一致的观点。只有通过坚持不懈的自我认识才能得到这种结论。任何以这种方式做出的决定都不是反叛之举，而是意愿清晰的自我认知：坚定地站在代表你的利益的立场上。

拒绝采取那些违背你的良好意愿的行为是一种意义深远的*行动*，而不仅仅是对外部世界的某种反应。而且，你要支持真正的自己——而非理所应当的那个你——才能主张自己的利益，你必须面对自己的真相，不管那是什么感觉，或暗示了什么。

“坚决不”是真正的个人主义的基础。它已成为我的生命哲学的基石、我治愈病人的柱石。它启迪了我，让我在五本书中循序渐进地挑战“禁忌话题”，表明特立独行的立场；当我罹患两次重病时，它也帮我保住了自我的真实。《超越母性》为我铺平了这条道路。

满世界都是生儿育女的女性，那么，一个选择不生养的女人该如何与这样的世界共处？对后代来说，母亲非常重要，而我大概永远也不会有那种程度的重要性——不论对任何人，甚至对我的病人们来说都没那么重要。我放弃了宝贵的经验和亲缘关系，因而才能拥有我更想要的别种体验。但我也找到了让自己对下一代来说很重要的办法。有些女性和我一样做出了这个抉择，她们很乐于成为姑姑或阿姨，或是好朋友的孩子们生活中的特别的成年朋友，可惜我没有机会当一个孩子的姑姑、阿姨、干妈或教母，但这类角色也许非常适合我。但大体来说，置身年幼的孩子们中间我从来都不自在，印象中只有我在大学附属儿童精神病院工作时遇到的一个七岁的女孩算是例外，很难忘。在我的职业领域里，为年轻人当榜样、成为良师益友是我得到满足感的一种方式。我特别喜欢为年轻女性做分析治疗，帮助她们塑造拥有自我认知、自我表达能力的人生。虽然我没有生孩子，但这不能阻挡我帮到许多女性在母性问题上做出抉择——既有选择生养的，也有选择放弃的，更不会阻碍我充分理解母亲们的感受，这让我很高兴。虽然隔了一层，但我用自己的方式爱着病人的孩子们，能为他们的父母提出好建议，让父母更理解他们，这让我很有成就感。

最近重读了自己十几岁时的日记，有一篇是为读书报告做准备写的，我惊讶地发现：其实，我早在1963年就开始考虑这辈子不生儿女了。十六岁的我这样写道："我已经决定，不把自己的人生活成那样——好像女人唯一的创造性就在于生育小孩。"我不记得自己写过这段话，但一语成谶。我那时就知道了啊！早在我不得不做出选择之前。我只是不记得自己早就知道这一点了。

我一直认为自己和妈妈在很多方面都很相像，但我将自己的抉择在书中公布于众了，所以，《超越母性》一书出版时，我很担心她会觉得被我轻忽、否定了。但恰恰相反，她高兴极了。原来她一直希望我成为作家，这种期冀甚至胜于她想要我为人母的渴望，她因此非常自豪。以前我总觉得她以自己的需求为标准来压制我，但那时终于明白了，为了鼓励我独立思考，她付出了更多努力。我将那本书题献给了她。

自从我加入选择不生养的女性群体，已经过去四分之一个世纪了，整体状况发生了哪些变化？这个群体的人数增加了——在我撰写这篇文章时，主动选择不生养的女性占育龄女性总数的比例上升 10% 左右，这个人数仍在上升，而且她们更坦诚，更愿畅所欲言，不再会用带歉意或自卫式的辩护词——至少在公开场合如此。但是，我不会去假想人类天性发生了巨大的改变；个体的痛楚依然存在，她们依然会陷入母性的两难取舍，这是我从前来向我寻求帮助的病人们身上发现的事实。大部分人都找不到人倾诉，曾经折磨过我，至今令我记忆犹新且没有所谓答案的问题也在折磨她们。如果你没有提前拒绝质疑，或无意识地全盘接受，你就必须捱过这段艰苦的追问，找到自己的立场，明白自己为什么如此选择。这件事，从来都不轻松。

和过去相比，有些事已今非昔比——既有好的一面，也有坏的一面。2013 年 8 月，《时代》周刊有史以来第一次策划了有关主动选择不生养的封面专题报道。大标题是《此生无子女：拥有一切，意味着没有子女》，题图上有一对时髦光鲜、性感迷人、笑吟吟的（异性恋）夫妇，他们穿着泳衣，躺在沙滩上，轻轻松松毫无负担。我很高兴看到这个议题终于得到了关注。回到1996年，《时代》周刊有位主动选择不生养的女编辑就《超越母性》一书采访过我。但她的顶头上司撤下了那篇访谈，因为他显然不能接受我把无子女的女性描述为硕果累累、女性气息十足的女人。他认为，没有一个女人能够说这样的人生是美好的，她们也不应该这样认为。在我的记忆中，这本周刊直到2013年才再次触碰这种现象。

虽然我看到那篇报道时挺开心的，但其暗示的内容还是让我忧心，类似“拥有一切”“没有子女”这样看似乐观的标签式口号好像在暗示：否认自己失去了一部分，就能让问题彻底消失，或是反过来讲：承认失去就意味着你会感觉自己不完整。作者带着愉悦的语调断言：“拥有一切，但不意味要生个宝宝，这些女人正在创建一种全新的女性范本。”

问题在于：世上没有谁拥有一切——为人母也好，不为人母也好，男人也好——只要是人，都有欠缺。无论现在或未来，所谓完美的人生都不存在，否则就等于放任一种危险的幻想——人可以没有遗憾地活一辈子。没有谁的人生没有遗憾。每个重大选择都有其利弊，不管人们承认与否，也不管人们能不能认清现实：没有哪个母亲能有彻底、延续终生的自由，而自由对我的幸福而言是不可或缺的。我将永远无法体会母子间的亲密感，或是母亲对子女的影响力。损失——包括失去未来的各种可能性——是生命中不可避免的事，没有人能拥有一切。

我认识一位深思熟虑的母亲，为了养育两个儿子，她中断了自己的法律事业，在读过我的书之后，她将真心话写在信里，寄给了我："我常常想到你——你周游异国，你追求事业上的抱负——简而言之，你作为成年人的生活。城郊的亲子生活从很多方面来说都很美好，有一些宝贵的瞬间美妙之极，让我不禁凝神屏息。然而，这也是一种极度受限的存在方式。我的内心有一部分在渴望你的生活，这不让人惊讶。"

真正的自我接受，真正的解放，都需要清醒认知自身的局限，而非自以为是地否认其存在。不管有没有生养子女，女性都可以实现自我；你不用拥有一切，也肯定能拥有足够丰富的人生；这是事实，也应该被认清。我们何其幸运能生活在这样的时代啊：可以在深思熟虑后选择适合自己的生活方式，即便选择逆流而行，如今的世界也不会对我们过分侧目。不走寻常路既会带来满足感，也会带来阻碍。我们能够得到也真正需要的无外乎——拥有足够多的体验，并体验适合自身的事物。至于我，只希望自己在1989年许下的愿望最终实现：我的子宫始终空空如也，但我的生命充实而圆满。

彻底湮没

杰夫·戴尔

我这辈子始终有两大抱负：增重（这事儿是没戏了）以及没有孩子（到目前为止，这事儿算是办到了）。这不仅仅是说我从没有要孩子的想法，我一直想要的是：别搞出孩子来。事实上，这么说还是不足以形容我的想法。在公园里，看着面带笑容的父母们带着可爱的宝宝们悠闲散步，我的反应就像教皇面对手拉手的同性情侣：这种不正常的渴望（生孩子）到底是从哪儿冒出来的？要我说，那来自想要性交的欲念。20 世纪 70 年代，刚对性有了理论上的兴趣的我就发现有大量证据表明：除非你行事极其小心，否则性交就会导致意外怀孕。未成年人怀孕是件坏事，要通过各式各样的“预防措施”（这个词汇毫无色情意味，大概就是因此被挑中而广为传播的吧）加以避免。也许，早年的性教育课程对我的影响比我想的更深远：我现在已经五十六岁了，却仍然相信：假如我成为某个孩子的父亲，那仍将是少年怀孕的典型案例，只不过晚来一点儿罢了。

我或许不用承受生养孩子所带来的那种巨大、持久且无所不在的压力，但也不至于不了解——怎么可能一无所知？没有孩子的中年人会引发两种态度。一、可怜你，因为你没办法生出后代。我觉得这种态度挺好的。我一直在主动寻求怜悯，任何人的同情我都愿意接受，如果身边没人，那就自己同情自己。我渴望得到怜悯，就像其他人渴望得到赞赏或尊敬。所以，如果有人问起我和太太有没有孩子，我或是她就会回答："没有，我们没那个福气。"我们这样回答时完全没有表情，似乎欲求不得地摇摇头，像两只空啤酒杯般凄苦无望。搞不好哪天我说出这句台词时还能挤出一滴眼泪呢，但我至今还没那种胆量。这个话题不好处理。对这类人生大事，人们会表现出惊人的敏感。二、畏惧你，因为你是故意选择不生孩子的，你分明是在减损人类种族的总人数。对孩童绝无兴趣会引发谴责，而谴责通常是针对恋童癖者的，这实在是个邪恶的悖论。唉，你真该看看几年前我和朋友在伦敦海布里球场打网球时的情景，网球场紧挨着儿童游乐区，很多小孩在妈妈们警醒而又幸福的注目下连蹦带跳。游乐区相当大，但无需多言，终究是不够大。有几个孩子一直往网球场这边跑，在栅门边拍拍打打，想要到网球场里来。在一旁守望的中产阶级妈妈们无动于衷，完全没有制止他们的意思。我的球友终于大喊一声："走开！"话音刚落，那些妈妈突然有了反应。一大群当妈的向我们扑过来，好像我朋友是个暴露狂。突然之间，我们仿佛置身于一部母系僵尸电影中间。那大概是我最接近被私刑处死的一次体验了——虽然她们讨伐的是我朋友，并不是我本人，但严格说来，我是他的球友，无异于沉默的共犯，我也因此目睹了一场旗帜鲜明的示威表态：父母及其孩子们拥有为所欲为的权利高于任何其他人的权利。“孩子就是魔鬼，”维吉尼亚·伍尔夫在给朋友的信中这样写道，“我相信，孩子能唤出父母心中最恶劣、最无法解释的激情。”显然，在那一刻，那些妈妈觉得孩子们有危险，那种爱看起来凶猛又邪恶，近似一种疯狂，退一万步来说，也像是某种深层的反社会行为。我要强调这一点是因为我们时常听人说：有了孩子，人们会更有意识地关注他们开创了怎样的世界，或者说，留给子孙后代的是怎样的世界。恐怕就是因为这一点，在一个公共交通设施非常完善的城市——伦敦，做父母的人都必须确保有私家车。在我所居住的街区，很多父母会高速驾驶私家车送孩子上学，去街角那所贵到不能再贵的私立学校。让孩子在优越感爆棚的小温室下车时，你可以从那些妈妈的表情中看出来，更大的世界——以我这样骑自行车的人，亦即窝囊废为代表的世界——根本不存在，我们无非是让她们难以找到停车位的阻碍物。身为父母，非但没有开拓世界观，反倒令他们变得令人错愕的缺乏远见。难怪安德烈·纪德会这样定论家人：“那些爱的吝啬鬼。”

顺便提一下：我家街角那所私立学校还有一点特别招人恨。有一天我路过校门口——也就是说，像该死的亵童犯那样畏畏缩缩地不想引人注意——却看到了简直难以置信的一幕：校员们为私家车敞开铁门，以便那些七岁学童早早地开始培养拜访政要的感觉。还有一次，我看到一个孩子要进校门，就想把一袋用过的网球送给他，他却好像是约翰·麦肯罗①的贵族后裔，死活不肯要。竟然没有给他未开封的整罐史莱辛格牌球赛标准用球！对这位说英语的小婆罗门来说，这显然太糟心了。公平起见，我要很开心地在此汇报：那袋网球最终是被街角另一家公立学校里的师生满怀感激地收下了。

这些小插曲足以清楚地表明，我对孩子的态度和根深蒂固的阶级对立现象密不可分。我有时不禁去想，我这么厌恶孩子大概是因为：如果我真有孩子，他或她就将成为中产阶级，并符合世人对中产阶级的一切期望；等他或

① 约翰·麦肯罗（John McEnroe，1959— ），已退役的美国网球运动员，7座大满贯男单桂冠得主，被尊称为“网球皇帝”。

她从牛津或剑桥大学毕业后，我就得打电话给《卫报》或费伯出版社的朋友们，帮他或她问一下有没有实习生的职位。在我居住的伦敦，这种美妙之处其实相当邪恶。你可以看到特权、头衔、权势的接力棒如何从这代人手中顺畅无阻地交接给下一代。

对很多人来说，孕育、抚养一个孩子是生活中最有满足感的事。我有不少朋友以前对生养之事不痛不痒，但一旦决心要孩子之后——通常是意外怀孕之后——他们顿时觉得生活有了新奔头，有了以往的生活所欠缺的意义和目标。他们恍然大悟：曾经自以为是幸福快乐的（旅行，社交，恋爱）、极富满足感的（工作）生活其实根本是空虚、没有意义的。于是，他们会敦促你也行动起来，加入抚养孩子的大集体，他们希望你也能分享到那种富足、喜悦和幸福的感觉。反正他们是这样说的。但我怀疑，其实他们只是想找人分担并且传播个中的凄楚。（有人得以逃脱、获得自由的消息会让监禁中的人加倍痛苦，乃至无法承受。）别的先不说，在所有关于生孩子的观点中，最让我敌视的是所谓“孩子让生命有意义”的说法。竟然假设生命需要意义，或一个目的！而我会举双手赞同生命完全无意义、全无目的可言。如果生命确有意义，人生肯定会少很多乐子啊——我们就有责任去追求那个目标、去实现那个意义（要是不这么做，岂不是太愚蠢了）。

好吧，如果你搞不定生命的空虚，没问题：生几个孩子，填补那份空虚吧。但我们中的有些人在空虚中乐此不疲，一点儿都不想把那空虚填满，谢谢你的理解。我就明说吧：我绝不会声称所谓的工作让我备感满足、赋予我的人生以意义，所以我才不需要孩子。老实说，让作家们来写自己为什么不要孩子，并编选成集——我对此略有疑虑。显然，从定义上来说，选集就是作家文集，但如果文集中的作家们都觉得自己不得不为了更崇高的使命、成就写作大业而牺牲天伦之乐，那我并不想跻身其中。任何一种基于写作生活的狂喜和基于家庭生活的狂喜都令我憎恶。写作只是在消磨时间，而且，和任何一种工作一样，能挣钱。要是你想确证我没读过你写过的哪怕一句话，那就告诉我：你为了写出那种词句做出了哪些牺牲？如果我们可以把历史重来一遍，抹除每一次壮烈的牺牲，世界将会变得更好，羊羔的供应量必将持续稳定地增长。父母的词库里都有“牺牲”这个词，虽然阿伯拉罕把刀刃抵在儿子以撒的喉头时，是以撒顿悟了这个词，但通常的用法不是这样的，情况反过来了：父母为了让孩子更好而宁愿自我牺牲。我刚想就这一点大说特说，却突然想起我多年前就在《一怒之下：与 D.H. 劳伦斯搏斗》一书中说过一通了，那本书里写到的牺牲无论在精神层面还是金融层面都堪称史诗级别，请恕我在此援引如下：

有孩子的人生活里充满了责任和义务。没有一件事是为了有趣而去做。孩子成了约束性责任的源头。即使想要孩子也说成是完成血脉传承的任务。人类的谎言！

完美的生活，完美的谎言……就是阻止你去做那些你可能已经很理想地在做（画画或写不能出版的诗歌），但实际上并不想做的事情。人需要感觉到自己所追求的生活被当前的环境所阻挠，那种生活虽然是他们所引领的却并不是他们想要的；而他们真正想要的生活正是那些阻碍物的混合体。这是一个非常刻意、异常简单的过程，精心编织了这张自欺欺人的网：设法说服自己你想要做的事情被阻止了。大部分的人不想要他们所想要的东西：人们想要被阻止与被限制。仓鼠不仅爱它的笼子，而且如果没有笼子它会不知所措。这就是为什么孩子成了如此方便的借口：你有孩子因为你正作为一个艺术家在努力糊口——这实际上也正是当一个艺术家所意味的——或者是因为无法继续你的事业了。接下来：总是以要对他人负起责任的名义放弃各种事情，从不承认是因为失败，因为自身的欠缺。在你意识到这一点之前渴望已经萎缩到只能伪装成责任的形式才会显现出来。经过几年为人父母的时光，人们变得无法回答他们想要做什么。他们的喜好只能通过一层层的责任得以表达，虽然他们正是通过完成这些责任——拜访姻亲，被迫待在家里当保姆——来衡量自身渴望的峰值。①

将近二十年后，我觉得实无必要改写这段，不过也许该换个基调，让文章少几分宽厚，让批判来得更猛烈一点儿。尤其是因为：现在的我不再介意错过有孩子会阻碍我享受的那些事情，比如我十六岁时超爱蹦迪，而如今哪怕在迪厅待一分钟都让我痛恨至极。最近我真心想做的就是带着自我怜悯的感觉枯坐一方，倒不是说有个孩子会干扰到这件事，除非极度疲倦也是某种自我怜悯的解药。当父母的人老是说他们有多累，我相信他们说的是实话，就算我几乎不相信有谁会像我一样觉得累得要死，我还是能够肯定他们真的累得半死。我一天到晚都觉得累，从我醒来的那一刻开始，到几小时后倒头睡个午觉，总觉得彻头彻尾的精疲力竭。这么多年来，本该用来振奋精神的午觉早已失去了效力，事实上，除了增加多睡几场午觉的必要性

① 引自中译本《一怒之下》，叶芽译，浙江文艺出版社，2016，编者略有改动。

之外，根本没有别的用处。这其中必然有什么寓意——大部分事情都有其寓意——但我太累了，累到根本想不出什么结果。

回到放弃蹦迪良机或者说舍弃快乐的议题，我觉得在此讨论一下我为什么不养狗是非常合理的。虽然我从没想过养个孩子，但我很愿意养条狗，只是因为想到那意味着要担负重任才一拖再拖。不养孩子是幸福的源泉，不养狗却让我和太太体会到持久的折磨和无尽的焦虑。我们一直希望自己能安排出一种适合养狗的生活方式，但想破头都没办法，膝下至今无犬子。

这表明我太自私了吗，大概真的像那些父母说的那样？好吧，这岂不就是混淆视听的错误命题？没有孩子被认为是极度自私的表现，好像有孩子就是无私奉献自我，为了确保我们这种濒危物种得以繁衍幸存并充斥这个人口稀少的广淼孤岛而无畏地牺牲。人们明明是因为想生养孩子才生养的，可他们总是强调这事儿有多难。“你以为把几个孩子拉扯大很艰难吗？”喜剧表演家戴维·克罗斯这样问过，“才不呢。说服你的女朋友一连三次去做人流——那才叫一个难！”这笑话激起几人大笑，几人惊恐。等观众们的喧嚣平复后，克罗斯才抛出最后的笑点：“我把这个命名为‘区分两类人的笑话’。”

游说你生孩子的父母们还会用另一套思路对你施加影响：你应当生孩子，否则等你老了肯定会后悔。这种说法看起来就不合逻辑，推理错乱：因为生活可能没有目的，但肯定有前因后果，其中一个后果就是累积而成的遗憾：数量庞大、百分百未切割的精纯遗憾。不管你有一个孩子、一打孩子还是没有孩子，人生都会有遗憾。说到后悔和抱憾，每个人都是大赢家！保证你中头彩。我想我第一次饱尝遗憾的滋味是在十四岁上下。我很想宣称那也是我最后一次感到强烈的后悔，但那不过是开胃菜，憾事的盛宴就此开始，无休无止。我从未忘却那种滋味，因为主菜——或是夹生、或是焦煳的成年后的悔意——口味极其独特。

因此，如果有人硬要说无法承担养狗的责任，并拒绝考虑生养是发育受阻、过度延长青春期的严重症状，我将全心全意地表示同意——也就是不同意。显然，我至今还未听到一种令人信服的理由能解释我为什么应该在我不想做的事情上耗费时间——每年最多十二个小时以上。那算不成熟吗？也许。但那是与高度发达、完全成熟的公民意识相匹配的不成熟。我是个很好的公民（你看我为了回收利用那些用过的网球费了多大劲儿！），也是一个值得信赖的朋友。我只是从头到尾都不想听到有人叫我爸爸，不想生活在到处散放着色彩鲜艳的儿童玩具的家里，不想举着网球拍对球网另一边的八岁孩子说：“好球！”——其实明知他只是碰巧接起球罢了。当然，如果我十六年前就有了个孩子——就像我们街区那些个小屁孩一样——为了他或她怒砸数千英镑的网球课费，现在的我也可能有个自家培育的、和我球技相当的完美搭档，那就不必像个该死的亵童犯偷偷摸摸地在圣马克街球场里转来转去，死盼着有人刚好路过能陪我打场球。我今年五十六岁，依然活得像十四岁时那样，没有兄弟姐妹，一天到晚想找个人陪我打球。

这么说来，我们好像不经意间触及了问题的核心。我敢肯定，如果我从小是和兄弟姐妹或宠物狗一起长大的，我肯定不会这么排斥生孩子或不情愿收养一条狗。可惜事与愿违，我家只有三人：我、我妈、恨死狗的我爸。现在我家只有我和我太太。如果说，生孩子的冲动在什么时候浮出表面，那应该就是 2011 年我父母去世时。那一年，摇摇欲坠的世界偏航游移，好不容易再次回到正轨。我太太四十七岁。她的父母双双健在；她的姐姐四十九岁，单身，没有孩子。所以，等我们都死了，这对各自的家族来说都是彻底的终结。无论庞大而复杂的血统可以回溯到多么久远，不管我们经历了多少挣扎和挫折、胜利和失败、欢乐和痛苦、出生和死亡、争吵和和解——所有这一切，都将随我们一起终结。不出三四十年，结局必将如此。彻底湮没，直至永远。从某个角度说，那将是历史的终结。如果存在“被彻底遗忘”这样的事，那么，我对其形态和感触已有了完美的认识。

如果你不是你，绝对是个好妈妈

M.G. 罗德

母亲去世后，我看不到颜色了。那时我十四岁，很害怕把这件事告诉别人，谁都不敢讲。我们家的草坪变成了灰白色，尽管以前也不算特别绿。我们家那栋战后建成的朴素的小楼曾是芥末色，现在褪成了褐色。我们家的道奇老车本来就是白的，现在还是白的——但冰川蓝的内饰看起来很苍白。我只能牢记一点：红色在光谱的上方，绿色在下方；没有这个念头，我简直活不下去。

我怀疑自己的神经系统出了问题，搞不好要去医院，这也让我害怕，因为我们根本看不起医生。我家破产了。母亲在 1970 年 3 月住进加州的长滩纪念总医院，医生们认为她活不到那年 4 月，但她一直撑到了 9 月初的劳动节。父亲的医保不能给付这么长时间。在她去世后，接踵而来的账单快把他压垮了，他不得不卖掉他和我母亲最珍爱的财产——那座位于拉荷亚的房子。作为他俩唯一存活下来的孩子，我就是在那栋房子的厨房地板上出生的，比预产期提前了五周。我曾在鳄梨树林掩映下的房前留影：复活节时戴着水手帽，圣诞节时戴着红袜帽。当父亲失去他在圣地亚哥的航空业的工作后，我们不得不告别那栋房子，搬到洛杉矶附近。

就是在那栋没有颜色的出租屋里，我领教到了当母亲的阴暗面：照顾一个六十五岁的老小孩，也就是我父亲。他曾为HL-10设计飞行控制系统，那是美国宇航局第一批航天器之一，太空梭的前身。但他说自己看不懂洗衣机上的操控面板，以及煤气炉、吸尘器、电熨斗上的各种操作键。就连最简单不过的洗衣篮，他都声称不知道怎么用。不管在哪里，他脱下袜子、衬衫就随手扔在地板上。诚心诚意地讲，我不相信他这么做只是为了折磨我。终其一生，总是有女人——他的母亲、我的母亲——跟在他后面帮他捡起衣物，再为他做饭。他根本没想过还有另一种可能性。我们雇不起保姆。有一次，我笨手笨脚地做完饭，有些食材烧焦了，还有些没熟透，吃起来让人恶心；我就问他，为什么他从来不试试自己下厨，凑合做一顿饭。他回答我说："男人不干家务。"

十几岁的孩子如果一心想要快点儿解脱，就可能染上毒瘾。但我有自己的计划。相比于做家务、照顾婴儿般无能的成年人，我有更高远的抱负。母亲对我的期待甚至更高；我知道她存了一笔钱让我读大学，父亲无权动用那个账户。也不知是怎么办到的，我竟然挤出了足够的时间编校报，担当高年级班长，熬过了累死人的游泳队训练，完成没完没了的家庭作业，最后考上了耶鲁，更有如神助的是——耶鲁远在长滩外三千英里之遥。

去耶鲁读书，彻底改变了我的人生。20 世纪 70 年代，很多人眼中的纽黑文无疑象征了城市病：破破烂烂，罪案频发，被穷凶极恶的公共住宅区包围起来。但于我来说，那儿却恍如彩色电影里的仙境。我记得，站在黄褐色的哈克尼斯塔楼石墙边望出去的天空，是明信片上才有的亮蓝色。我记得，老校区里的草地是深绿色的，守卫在莱特楼口的那对狮子是铜绿色的，十月里到处可见鲜红的树叶。我还记得，最喜欢的贝内克图书馆的大理石墙里泛着橙黄色的灯光。

母亲被诊断出癌症后，我第一次看到了彩虹——完整的、七彩的、壮丽的彩虹。每一天我都努力学习，惊喜地发现自己无需为三餐食谱而费脑筋，无需帮别人洗衣服，也不用猫在浴室里刷地板了。因为大学生有医疗福利，我第一次为此事去看了心理医生，还有一位神经科医生、一位眼科医生。各位专家就我的色彩视觉问题进行了探讨。他们没有发现我有生理或器质上的毛病。心理医生认为，导致我的视野突然变成黑白两色的可能是急性抑郁症。

之后的三十五年，我的视野一直保持五彩斑斓，尽管中间略有跌宕。三十五年，涵盖了事业上的跌倒再爬起，一段持续了十四年的婚姻，一次离婚，还有一次乳房肿瘤切除手术。三十五年，同样也包括离婚后的我决定和女人约会，还要把这种让人糊涂的状况告知某些好事的亲朋好友。三十五年，亦涵盖了一次从纽约到洛杉矶的长途搬家，那是为了工作。但即便跌入低谷，也没有哪次坠得那么深——深得足以剥夺我眼中的色彩。没有哪件事能让我有那么惨重的创伤，直到两年前，我当时的伴侣单方面决定要收养一个孩子——孩子的生母是从佛罗里达某所中学辍学的二十二岁女孩，孩子的亲生外婆在二十多岁时就因吸毒过量而身亡。

八年前，我遇到了海伦，我俩一拍即合。为了保护前任的隐私，我就在这里称她为海伦吧。对我而言，这种默契并不常有。她很聪明，受过高等教育，幽默，总能把我逗得哈哈大笑。当时我五十岁，她四十一。她本想删掉某个网站上的自我介绍，但不知怎的就给忘了，结果我回复了那个帖子。我记得很清楚，标题是《女高音寻找女中音》。我的回信署名是“奥克塔维安”，她一看即知我在暗指《玫瑰骑士》——我最喜欢的歌剧。经历过之前各种末日灾难般的错配盲约，我很明白这种默契罕见而珍贵，简直是上帝的旨意。

海伦对电影、音乐和艺术史都有研究。她曾为电影和电视剧担任音乐剪辑。我们有很多共鸣，痴迷于相同的对象。当然，说完全相同也未免夸张。即便是八年前，她就梦想着有朝一日成为母亲。我梦想的则是有朝一日获得出版结算公司①的大奖，最好再来一尊诺贝尔奖。谈及“梦想”我总是很轻率，我以为她也是有口无心。但她可不是说说而已。三年前，她开始很顶真地要圆梦。我们在很多项目上合作都很愉快，但突然间工作不再是最重要的事了，头等重大的新任务是得到一个健康无忧的后代——这实在让我意兴阑珊。

很多童年丧母的女性会在成年后当上母亲，一路都很顺遂。有些人声称，为人之母能治愈早年的伤痛。我也想成为那样的母亲。眼看着我的生活里真的会冒出来一个婴孩，我只觉得恐惧。但我想自己应该可以咬着牙挺过去，就此成为另一个人，一个更好的人。假想未来时，我眼中的自己并不像父母，而是一位慈祥可亲的老阿姨，确保海伦在照顾新生儿的时候能吃得好，偶尔也能好好睡。换尿

① 出版结算公司（Publishers Clearing House）是美国的一家杂志促销集团，经常通过媒体发布有奖广告。

布、喂奶之类的简单操作大概可以让我和婴儿建立起关联，以至于我最终明白并亲身感受到我曾不相信自己会有的依恋感。然而，我的身体却没有跟进这种想法，反而拖了我的后腿，每周都给足我十八小时的偏头痛。后来，身体动用终极武器，一下子就把我打败了——我眼中的色彩都不见了。身体让我别无选择。我不得不回望过去，搞明白自己为什么无法迈入未来。

哪怕在孩童时代，我就从来没想过当妈妈。我很讨厌洋娃娃，但更讨厌真实的娃娃。他们臭臭的，哭得撕心裂肺，还会干扰我最喜欢的消遣——阅读。上小学时，母亲会帮我背诵乘法口诀，帮我写读后感。她没有读完化学专业的研究生，也从未讲明过原因。但她很喜欢讲解科学知识。做鲜榨橙汁时，她会告诉我（橙子里的）维生素 C 和（阿司匹林里的）乙酰水杨酸的分子结构有何不同，她一心想把我塑造成书呆子，也就是我现在的样子。她自告奋勇当我们巧克力蛋糕童子军的先锋，为了教我打中棒球，还曾把我扣在后院整整一星期，不让我逃。她天生就是个运动健将，网球打得很好，她的女儿可不能成为校队最不想要的选手（结果我成为倒数第二名）。我深爱我的母亲，因为她做出了这些尝试，因为她很关注我。她去世后的那些年月很难熬，但我熬过来了，我知道那是因为我感受过她是如何深爱我的。

在家里，她谨从教规："女人最伟大的使命就是成为天主教的妻子和母亲。"但我感觉到，她其实很憎恶20世纪60年代的社会习俗：女人就该全职在家当贤妻良母。我三十多岁时，父亲把我小时候的芭比娃娃打包寄给我，母亲死后，我再也没有打开过那些盒子，任其尘封在储藏室里。就是在那些盒子里，我发现了母亲不幸福的证据。我的芭比世界就像一面明镜，照出了她的价值观。她从没对我讲过，婚姻可能是陷阱，但她不肯给我的芭比娃娃买婚纱长裙。她从没说过自己讨厌做家务；但她不肯给我的芭比娃娃买锅碗瓢盆。她常常挂在嘴边的话是："读书才会有本事。"好像生怕我太笨拙，领会不到这话的含义，她索性给芭比、肯和米奇买了各自的毕业服。

我还意识到一点：生养是你能想象到的最惨烈的事。人们常说母亲会"忘记（生育时的）痛苦"，但我母亲没有。她不太会告诉别人：生我姐姐时整整耗了三十六个小时，那孩子生下来就有唐氏综合征，两星期后就夭折了。但她常常会带着戏谑的口吻说起生我的故事，似乎是为了和我姐姐出生的故事做强烈对比。1955年11月，直觉告诉她快要生了，她就给妇科医生打电话，可是医生嗤笑了一通，说离预产期还有一个多月呢。结果，没过多久，我就扑通一声滑落到厨房地板的油毡布上了。隔壁邻居立刻跑来帮忙。可惜，那位邻居太太一看到血和羊水，自己先昏过去了。救护车抵达时，急救人员发现地板上躺着两个女人，就问：“我们该抬哪一个？”我母亲没有表示过：像我夭折的姐姐那样有发育障碍的婴儿本该可以被筛检出来。她终究不是社会工作者。她只是对我说：“如果主给你考验，你要勇于挺身接受。”但只有疯子和傻子才会接受毫无必要的考验。

做完第一次肠癌手术后，她只有四十九岁，每天早上，她都带我去做六点钟的弥撒。要说谁理应配得上神迹，那就该是她。十二岁的我挺喜欢天主教弥撒的那一套仪式，况且，日常用语中的很多谚语都根植于《旧约》和《新约》。但过了三年，经历了那么多手术，她的癌症仍被宣判为无药可治，我就对上帝发脾气了。这让她左右为难。但让我惊奇的是，她显然还没有失去她的信仰。在她去世的前一天，她叫我把耳朵凑到她嘴边。那时候，五英尺十英寸高的她只有八十多磅，浑身上下插满了导管，布满了淤青。她枯槁的手里攥着一串碧绿色的念珠，另一只手握住我的手。“我爱你！”她用粗哑、急促的声音说出这句话，因为被注射了吗啡，她几乎讲不出完整的词句。我强忍泪水。“上帝给了你天赋。要使用它们。还要记得，”

她虚弱的声音越来越轻，“上帝向你显现过一次大慈悲。在你出生前，祂就把你姐姐带走了。”

因为我那夭折的姐姐，我对生育之事完全没有美妙的遐想。正如生命中的大部分事情一样，生养也像赌博。金融界人士常用“蒙特卡洛算法”来评估投资风险——把风险控制在投资人可以接受的范围内。NASA 没有哪次发射可以保证零风险，但他们总会选择在爆炸概率最小的前提下发射火箭。

同样，当两个健康的年轻人孕育出一个新生命，新生儿也可能有各种各样的毛病——哪怕母亲在孕期不吸毒、不酗酒、不吸烟。但新生儿也可能很健康。

另一方面，我很清楚瘾君子的孩子患病的风险更高。但考虑到我的伴侣是那么渴望有个孩子——任何人的孩子——我也很想去相信：后天哺育会战胜先天不良。如果一个孩子没有基因上的优势，但能够在富于关爱和教养的家庭中生活，也会茁壮成长。这个念头抚慰了我——直到机缘巧合凑在一块儿，证明事情并不必须完美。

生活中常有些别有寓意的惊人巧合，让人很难相信宇宙万物是随机组合的。就在海伦想方设法领养孩子的一年后，我决定担任国家图书奖非虚构类作品的评审。为此，我必须细读一些本来不用细看，或者一直逃避的书——那些关注基因学、孕期生物学最近进展的专著，阐述决定行为方式的基因构造的专著，以及剖析毒品和酒精会对胎儿造成何种致命杀伤力的专著。

这些书令我警觉，迫使我去看那些从来不想去了解的知识，更可怕的是，这些知识一旦你看过就很难抛诸脑后。我知道香烟对怀孕的妇女有坏处，但以前不知道只需微量尼古丁就能导致孩子智障，或有攻击性行为。神经系统专家、犯罪学专家阿德里安·雷恩在《解析暴力：从生物学角度论述犯罪的根源》一书中写道："母亲在孕期抽烟，不仅对胎儿的大脑发育有不良影响，其后代行为失常和攻击性行为的概率也会增大。"（我们也不得不思考一下：现在我们对抽烟的孕妇颇有异议，但以前——比方说，60年代——不太会有人指摘她们，结果导致了多少无法确诊的行为失常案例？）雷恩继续写道："研究结果还显示出记忆力、选择性注意力方面的损伤，以及刺激性语言的增多。"更惊人的在后面："哪怕父母双方的反社会行为有所收敛，哪怕他们改进了拙劣的养育方式、改掉了其他生理性和社会性的恶习，吸入二手烟仍会导致后代行为失常。"

学者们研究了同卵双胞胎在不同环境下的成长情况：

一个在对其呵护有加、各方面条件都很优渥的家里长大，另一个在有虐待和暴力现象的家庭中。结果表明，两个孩子长大后几乎是一样的。决定他们成为什么样的人的是基因，而非养育他们的人。北欧的一项调查显示，所处的家庭环境的不同不会直接导致差异，不仅如此，罪犯的子女长大后也倾向于犯罪。雷恩的书以及类似的作品让我夜不成寐，噩梦连连。在一个无限循环、重复出现的梦境里，我看到了《解析暴力》书中的一幅插图：普通的大脑和有酒瘾的母亲腹中胎儿的大脑的核磁共振成像对比图。正常大脑上有线圈和螺纹图样；有胎儿酒精症候群的大脑却像一颗花椰菜。

尽管如此，我还是没有提出分手。我不想变成一个心怀恐惧的胆小鬼，满脑子都是无法面对却也无法忽视的知识，甩也甩不掉。我不想用这样的眼光去看世界。我想透过玫瑰色的、让人产生希望的屏障去看世界。我喜欢当某人的伴侣，我们一起烧饭、采购时，日常琐事也成了新鲜的历练。我喜欢和伴侣一起看《火线》《豪斯医生》这类精彩的电视剧，边看边讨论编剧们如何写出他们想要的效果。我喜欢和伴侣一起写作，分工合作。

如果我还是二十五岁，那该多好啊！二十五年前，也就是我和前夫结婚那会儿，我就很想怀个孩子，但没有成功。那时候，我觉得有血亲子嗣是天经地义的事——让孩子继承我的基因，哪怕我的血液里流淌着强劲的抑郁力，足以夺走他们眼中的色彩。但我已经五十岁了，精力旺盛的年月所剩无多，我最不想要的就是孩子——尤其是一个生下来就可能残障，甚至比我夭折的姐姐更不健康的孩子，坦承这一点简直让我无地自容。

21 世纪的头二十年里，西方流行文化格外关注非传统型家庭——由非异性伴侣担当父母，或是集体养育，“家人”皆为非血亲关系的成年人。要不要收养一个孩子？我不仅犹疑不定，而且一犹豫就会偏头痛，每周都发作好几次。看我这样难受，我的伴侣就提议：我们也可以试试团体抚养。等孩子来到我们中间，我可以住在“办公室”，那是我名下的一套顶楼公寓，我可以时不时地躲开照料新生儿的繁杂琐事。她还提议，我们可以联手一位关系亲密的友人，他住得很近，又渴望当父亲，这种方式还可以分担相关费用。

回首当年，我认为自己本该快刀斩乱麻，从这段关系里撤离出来。我本该听从自己身体发出的讯号。身体很清楚我是谁，也清楚最真的自我在崩塌之前所能抵达的最远处在哪里。但我的头脑——至少有一部分——却想要投身于这项社会性的实验。我的伴侣和那位积极响应的朋友约好了处理领养事宜的律师，几个月后，西海岸的一位生母和他们取得了联系。孩子的生父在监狱里服刑，但我们已经做好了应对这种消息的心理准备。我的伴侣早就说服我了：这种状况并不少见。这位生母选择让我的伴侣来养育她的宝宝，似乎挺开明的，令人敬佩。但和很多有类似处境的生母不同，她已过了二十岁，无妊娠经验，还是社区大学的注册学生。她很乐意服用产前维他命，接受孕期的毒品和酒精测试。因为她有觉悟，愿意尽责，我也就允许自己往最好的方向去想。

接下去的事也不稀罕。那位生母最终决定自己抚养孩子。她没有毒瘾，所以，将初生的女婴抱在怀里时，体内迸发出的强烈的母性荷尔蒙让她无法抵挡。我的伴侣悲痛欲绝——也许我们三个人都一样。我们已经落实了幻想，决意要为孩子创造“更好的”生活：有充沛的爱（主要来自我的伴侣），还有经济上的优势。我们不得不重振旗鼓。

失望过后，确定那位母亲会带走婴儿时，我却感到如释重负——你可以说我太过分了，我敢肯定会有人这样说。后来的几个月里，我们三人救了一条腊肠和猎犬生的混种小狗，大部分时间里，它住在那个朋友的家里。我要羞愧地坦承，自己曾一度希望小狗能满足海伦想要当母亲的心愿。

再后来，佛罗里达州的一个二十二岁的孕妇出现了。就连我的理疗师都觉得不对劲儿，要知道，她是那种能在任何事情里发现正能量的人。那位孕妇自十四岁辍学后，已经生过四胎了。看起来，她自己在抚养一两个孩子，有些人放弃了领养。就私人领养而言，未来的父母要同意支付生母的医药费，且不可能退还。尽管这位孕妇在孕期表现良好，产前药检没有显示出任何上瘾的迹象，但对于领养人来说，没有书面记录就该被视为红色警报。我的伴侣支付了她的一部分基础药检。检查报告出来后，我的伴侣给我发短消息说，“没有艾滋病，没有肝炎，没有毒品”——至少，在检查的时候是没有。“她抽烟，主要副作用是出生时体重较轻，但婴儿很正常。”

看到这段话，我好像被机关枪射中一样，不禁像胎儿一样蜷身倒在床上。我的伴侣明明知道我研究过尼古丁对妊娠的影响。我知道的有关产前嗜毒的所有危害，她也全都知道。可当我提醒她时，她却一笑而过。她还知道休·劳瑞扮演的豪斯医生每一集都会讲的台词：“每个人都撒谎。”

风险会让有些人感到刺激。没理由不刺激。但在一段情感关系中，双方对于风险的容忍度应该保持一致。借用《伊索寓言》里的至理名言："蚂蚁不该嫁给蝗虫。"我是单调乏味的蚂蚁——延怠满足感，虔诚地存钱，谨慎地投资。我的伴侣就是蝗虫——想要什么的时候就四处追索，不罢不休，不忌惮未来的危机。

当伴侣从洛杉矶飞去佛罗里达和那位孕妇见面时，简直充满斗志。整件事面临的风险，以及对成为母亲的渴望给她莫大的勇气。当我回到自己的顶楼公寓后，我觉得被抛弃了——因为我确实是被抛下了。我甚至不想打开电脑查看电邮。暮色依稀，我蜷在自己的床上，眼睁睁看着顶楼的天光和色彩渐渐消失。

清晨，太阳升起时，色彩没有回来。

黑白灰的世界，一星期，两星期。我一直保存着母亲临终前捏在手里的玉念珠。有时候，我盘腿安坐冥想时会握着它。现在，念珠在我眼里变成深灰色的了。

说来也怪，我们的关系并没有结束，只是我开始全身心地投入工作，和学生、同事们在一起，整天泡在我任教的大学里。关于自己丧失辨色能力这件事，我没有对任何人透露过。但偏头痛的问题，想捂也捂不住。我必须向大家解释，为什么时常不去开会。万幸的是，我不曾为此请假，害得学生们没课上。

有天晚上，夜课结束了，我终于对一个同事敞开心扉，把这段日子的艰难讲给他听。我们坐在校园附近的美食酒吧里。“做不到，”我对他说，“读完那些我从来不想读的书之后，知道了那些事情之后，我真的做不到。”导致偏头痛的是对风险的极度焦虑。我们当时有希望领养的第一个婴儿还挺好，生母有常规药检，让我颇感欣慰，很清楚胎儿不是在充斥着酒精和冰毒的羊水中长大的。但这次情况不同，这位生母没有长期而全面的完整病历，也不知道婴儿的生父是谁。孕妇自己的生母就死于吸毒过量。我绝望地说道：“我也想去相信后天哺育定胜先天不良啊。”

但他没有宽慰我，而是给我讲了个故事——他亲身经历的事，坦白地说，是那种不太轻易讲出口的家丑。他是同性恋，非常聪慧，在北卡罗来纳州长大，现在是一位成绩斐然的编剧。小时候，家里到处都是书，他从小就浸淫在音乐和艺术的氛围中。在他之前还有两个领养来的大孩子，他们对这些文化资源却视而不见、听而不闻。哪怕在学校里，他们也学不好，对学习压根儿没兴趣。但现在，他们都断然和有独特取向的弟弟划清了界限。

我并不想听到这种剖白。在真实生活中，先天因素真的会像科学文献中所写的那样强大——强大到顽劣的地步。我承认，每一个领养孩子的家庭都有一本难念的经，这只是他家的版本。而且，除了他慷慨与我分享的这部分情节之外，我不知道更多细节。然而，从某种角度说，这恰恰验证了我一直以来深深怀疑的问题，也恰恰是我当时需要听到的忠告：我不能假装维系这段情感关系了，因为我的另一半刻意而武断地忽视我的意见。

我们的关系结束了。头不痛了。世界再次恢复了色彩。

结果，海伦并没有领养到那个直接导致我们关系失和的婴儿。那个生母决意留下孩子，也可能是通过这种手法再找一家条件更好的领养人。最后，海伦去一个很远的州领养到了一个孩子。

我衷心希望这个孩子是健康的，快乐的。但我们的关系已无法弥合。我逃脱了。若我母亲在世，或许一眼就能看出来：上帝又一次允我逃脱折磨。

老掉牙的话，有时就是实话。比方说，养育一个孩子确实需要动用一个村的资源①，我的角色就该是导师。学生们都说我是个好老师。我也不只是在私人院校里给研究

① 源自非洲谚语：要一整个村庄才能养活一个孩子。

生授课。去年夏天，我去一所高中担任义务导师，给一些成绩很好但经济上有困难的高中生上写作课。既然他们愿意克服困难——家里从没人上过大学，甚至家人都不会讲英语——我就该帮助他们。我也想过，这个星球应当得到更负责任的治理——要不然，今天的孩子们长大了就无处可住了。所以，我也给海洋哺乳动物救助中心捐钱，做义工。免费教学也好，救助海洋生物也好，都不是什么大事儿，但能让我感觉好一点：面对这个经济不平等、环境严重损害的世界，我不再那么无助又无力了。

和前任分开后，有个朋友对我说，“要不是童年时经历了那些悲惨的事情，你肯定会是个好妈妈。”言者无心残忍，听者有意清醒：悲惨的事确实发生了，并且把我塑造成现在的样子——并不如假想中的那么完美，缺憾遗憾一大把，过得跌跌撞撞，但我终是尽力了：走过那个必须熬过的世界，再去求索更美好的天地，哪怕力有未逮。

最难的艺术

罗斯玛丽·马奥尼

2008年的一天，我在希腊的山间小道上健行，路遇一位骑着骡子下山坡的农夫。他戴了顶编织草帽，帽檐宽得离谱，在火辣辣的正午骄阳下形成了一处巨大的钟形荫庇，他浑身上下只有双脚和握着缰绳的双手暴露在阳光里。那农夫貌似六十多岁，眼睛蓝得像清洁剂，长胡子白得像碎冰。一左一右，胡梢儿神气活现、尖尖细细地两头翘。他横坐在骡背上。骡背另一侧挂了只满满的白色大口袋。

在那种偏僻的小路上撞见我，农夫似乎很惊讶。他喝停骡子，用非正式的日常语问候我。我看他大概比我大二十多岁，就用正式语回复他：下午好。他打量了我一番，然后开始提问，尽是上了年纪的希腊农夫会问的那种问题：你要去哪儿？

山顶，圣尼古拉奥斯教堂。

你打哪儿来？

美利坚合众国。

苍蝇绕着骡子的左耳朵嗡嗡嗡飞旋。你一个人吗？

你看这条路上除了我还有谁？

农夫哈哈大笑，随身自带的钟形荫庇也跟着抖动起来。你结婚了没？

结了。

结了才怪。但相比于我去过的其他国家，婚姻在希腊特别管用，堪比金钟罩铁布衫，能让你立地成圣，猜忌或冷眼都伤不到你。

你有几个娃？

若是平常，为了省时省事，我在这个问题上会继续撒谎。但我挺喜欢老农夫那张脸，所以讲了实话：没，我没有娃。

他耸了耸肩，将棕栗色的双手举向高悬在上的日头，出人意料的用一种兼带遗憾、同情和顺服的温柔口吻说道："ΌτιθείλειΟΘεός. 反正都是上帝的意愿。"

在希腊（我简直可以说"在整个宇宙里"），女人不想要孩子就是不正常的、变态的，足以让人起疑，所以我不可能向他解释清楚：我没生孩子和上帝的意愿毫无关系，只和我本人的意愿有关。身为人类种族中健全的一员，生养既是个体的生物需求，也是必要的职责，如果你主动选择不生养，逃脱传宗接代的宗旨，那就是远离主流。和希腊老人谈论这个话题，十有八九是老生常谈，还谈不出个所以然来，因此我也把双手举向天空，说道："对。上帝的意愿。"没想到，当我问起老农夫是否有子嗣时，他的回答也是：没有。他的理由是：我一直没娶到老婆。

我们道别前，我问老农夫，袋子里装的是什么？

"Mizithra." ① 他说。山羊奶酪。

"你自己做的吗？"

他咧嘴一笑，又细又翘的胡梢儿都快戳到凸起的颧骨了。他朝四周的麦田和橄榄树园摊开双手："你看这儿除了我还有谁？"

我们哈哈大笑，然后各走各路。

我决定不要孩子，是一段漫长而曲折、时而忧虑重重的探寻的最终结果，在这段过程里我差一点就和别的女人一样生儿育女。大半辈子里，我始终坚信自己会有孩子。年轻时，我常做白日梦，幻想自己的孩子会有怎样的面容，那种想象太美妙了，简直让我欲罢不能，但最终发现自己其实已和那些面容失之交臂。我决意投身写作，这种职业需要无数次的跨国旅行，随之而来的工作繁多而又耗时，忙完后也剩不了多少时间去干别的事，即便如此，我

① Mizithra 是希腊的一种风味独特的奶酪，由经过巴氏杀菌的绵羊或山羊奶或两者和乳清的混合物制成。

依然确信自己将来会有孩子。我也一直在揣测：该如何把这种确凿的信念转变为现实？也反复想过：像我这样习惯孤独，过于敏感，缺乏耐心，偏执顽固，容易受伤，爱走极端的人，该如何当好母亲？我以前的想法是：船到桥头自然直。

三十七岁那年，我偶然读到一篇文章，其中罗列的数据证明女性生育能力会在三十五岁以后急剧下降，那让我紧张起来，又急躁又焦虑。那时，我和我爱的男人住在一起。我们从没讨论过生孩子的事，但事实上我们都尽力避免怀孕。当我好歹提起这茬儿了，他却避之唯恐不及。他没做好准备。他不确定自己到底想不想有孩子。为了宽慰我，他会说“快了”，但几个月过后，他还是无法做出决策。就这样，两年过去了，我意识到，他的拖拖拉拉其实就是在消极地要求我做不二选择：要么是他，要么是我的生养机会。他有权让我来选。但他没有权利忽悠我，就当没这码事。我觉得那是极不尊重我的表现。熬到最后，我要求他给我一个明确的答复，得到的却是更多的借口，更明显的逃避，我气急了就扇了他一巴掌，打得自己的手都麻了。感觉真的很爽，但只维持了十秒钟，之后我就觉得自己蠢到家了。事情变成这样，也要怪我自己。我太投入工作了，任由岁月飞逝，根本没有正儿八经地考虑过怀孕的事，更要命的是，也没有想过养育子女需要做好什么准备。和他一样，我也会用“快了”这样的回答来敷衍自己。

那个男人和我分了，分手这种事总会比你预想的要慢——分分合合好几个月，公开宣称情事已了，之后一段时日不再来往，然后复合，共度的那几夜比之前任何时候都美好，最后慢慢走向真正的终点，双方明白一切都已结束。等我们彻底分手了，我立刻就知道，遇到我会再次深爱，而且和我一样着急要孩子的男人的概率相当相当低。我把女人独自生养的各种可能性都琢磨了一番，最后在四十岁那年走进了代理国内精子银行的一家波士顿诊所，参加了一场介绍会。一屋子十八个女人中间，我年龄最大。在场的大多数是单身，还有两位是因为丈夫的精子数太少。我们听取了一系列数据和案例分析，在某些会让我们迟疑的问题上也得到了非常直截了当的回答。只有百分之十二的超过四十岁的女性采用冷冻精子技术成功受孕。随着年纪增长，女性卵子外膜会变厚，精子穿透这层外膜就更难。在这家机构操作的所有成功受孕案例中，年纪最大的女性是四十三岁，但那属于特例。不，捐精者不是无家可归的流浪汉。大多数是高校学生，以期自食其力读完大学。是的，所有捐精者都进行了彻底检查：身体、基因、病史，所以真的无需担心。

我想象来捐精的男性，也就是我在波士顿街头经常看到的大学生们。这座城里到处都是学生——成群结队的麻省理工生，脸上密布的青春痘像星云爆炸，几天没洗的长刘海油腻腻地垂在厚眼镜片前，那些年轻人的心思全花在科学天赋上了，以至于他们在与人交流时愚笨不堪。我想要他们中的一员成为我孩子的父亲吗？撇开收益不谈，那些大男孩到底出于什么样的初衷来捐精呢？喷射大量精液后，他们永远也不会知道会从中滋生出多少孩子，这么做只是为了几十美元，他们怎么不觉得别扭呢？满不在乎，肆意挥霍自己的基因，不管不顾——在我想来，这就是他们最让人不满的地方。

我自己呢？我不可能放弃自己的孩子，一个都不肯，别说几十个了。我们在会上得知，每一个捐精者都受到数量上的制约：一个男人通过合法授精让别人受孕成功的总数不能超过二十。在美国的部分州，如果捐精者已经在当地让太多女性受孕，他就会被禁止出售精子。原因不言自明：你在某个地区有很多匿名的儿女，他们很可能在数学课上相遇，相爱，最后不知不觉地进入婚爱阶段。这种事很可能发生，哪怕生父对此一无所知。

我前面说过，我这个人没耐心，一丁点儿都没有。我非常厌烦繁缛的人工授精步骤，那些必须预约，也必须忍受的体检，在精子银行挂号登记，挑选捐精者，会诊咨询，验血，为一小瓶精液付四百美元——而那大概是世界上最廉价的、大多数男人都乐于免费发放的东西，之后三个月里，我每天早上都要测体温，算准排卵日期，等待结果。毫无人情味且繁琐的医学步骤累积成山。一想到要完成这么多手续，我就痛恨无比。但我要争取一次机会。我想，总归要争取把自己的孩子带到这个世界上，如果连试都不试，我很难走好未来之路。

我开始研究捐精者的资料，有些问题下面的手写答案非常详细深入，仔细看完至少要半小时。我可以知道捐精者的身高、体重、头发颜色、种族、兄弟姐妹的数量、自己的病史、所有已知亲属的病史、职位、文化程度、高考分数……许多人的坦诚让我诧异。有位捐精者承认他有阴虱，还有一位男士已婚并有三个孩子，还有一位经历过创伤后抑郁综合征，目前自认“还行”，还有一位的姐姐是“智力低下”，还有一位的父亲死于西班牙内战，还有一位的母亲死于捕猎时的“意外”，还有一位的父亲嗑药成瘾，还有一位的弟弟出生四小时后即夭折，还有一位罹患癌症，还有一位是高度近视，还有一位年轻时曾因酒驾入狱，还有一位是保安，显然他不太会拼写。

有些候选人让我感兴趣的是他们的家族故事，还有一些纯粹是因为他们自身。我不相信那些声称自己家族内的所有成员在各方面都没有问题的捐精者，瞥一眼就弃置一旁。我反而相信那些坦承自己用过药物、高度近视、牙齿不好，有过自杀行为，或有较高患糖尿病风险的人。我知道最健康的孩子来自最宽泛的基因组合，所以我也会放弃那些与我种族近似的候选人：所有爱尔兰人，大部分英格兰人和苏格兰人，还有好些肤色苍白的北欧男士。我深知搞艺术的人日子难过，所以我倾向选择科学家、数学家，也就是受教育程度最高的捐精者。我仔细阅读他们亲手写的简介。如果写得不好，这个人的所有资料都会被我归入“不接受”的行列。

选择范围逐渐缩小，最后我选定了一位。一个六英尺高、蓝眼睛的伊朗裔美国人。他在旧金山附近的某个铜管乐交响乐团里吹小号，还在斯坦福大学获得了核物理专业的博士学位，整个家族看起来挺健康，最棒的是，他的自我阐述文章写得很好，有想法，很机智。我买了一小瓶他的精液，接着又开始琢磨：我怎么才能确定送到我家的精液就是他的呢？万一我收到的不是伊朗裔的，而是我根本没有订购的蒙古人的精子呢？（顺便广而告之：我所支付的四百美元不能退款。）

整个过程差强人意，我很不喜欢那种盲目顺从的恍惚感，好像失去了自主力，连怀疑都是含糊的。一切都太不真实。怀孕本该是自然发生的，水乳交融，不用费劲，但我舍近求远，用了最麻烦的方法。当然，我已经让自己走到这一步了，最终也要强迫自己去思考该如何单身抚养孩子。

英国诗人菲利普·拉金言之凿凿，他不喜欢小孩，因为“他们吵，他们脏，他们爱吹嘘，他们爱顶嘴，他们残忍，他们愚蠢”。我也一样，孩子身上的这些特点我统统不喜欢。（难道有人喜欢？）孩子会是顽劣、疯癫、让人难以忍受的小混蛋。但我还是爱孩子的。我爱他们——尤其是小不点儿们——爱他们情绪起伏自如，喜怒哀乐溢于言表，你一眼就能看穿。他们不会欺瞒也不会使诈，不会刻意掩饰自己的感受。用不了多久，你就能看清他们的真面目。

我很喜欢一个三岁半的小男孩，他叫纳特。我去他家拜访他父母时，他会跑到门口来说：“罗斯，你愿意陪我玩儿吗？”我基本上都愿意。我俩噔噔噔跑到二楼他父母的卧室去看《我的小马》——这档儿童电视节目在主题上没什么独特性，但画面要比《天线宝宝》更加多姿多彩。

主角是一群粉蜡笔画的卡通小马，马背上有翅膀。它们飞起来的时候轻飘飘的，可以悬停在空中浮上浮下，颇有旋转木马的迷幻气息。按照纳特的要求，我坐在床上看。他紧靠着我站着，怀抱一只公仔——仿照剧中小马做的填充玩具。他告诉我，手中的小马名叫“天仙公主”。公主的毛发颜色和质感都很像棉花糖。她的身体紧紧包裹在亮晶晶的有内衬的布料里，很像宇航服。纳特说：“她有一只独角兽的角。”

确实有。像尖头的欧洲萝卜从她的前额伸出来。我说：“噢！原来她是独角兽。”

“不，她是小马。”

“但这里有些小马有角呀。”

“是有，罗斯，”听他那口气，好像我还有救，“是独角兽的角。”

“所以咯，他们就是独角兽。”

那张又嫩又滑的小脸蛋拉长了，不高兴了。他朝我逼近一步，眉头紧皱，分明是在警告：愚昧的我缺乏理解力，即将败坏他的美妙夜晚。“不对！他们都是小——马！”他瞪大眼睛的方式预示着泪水即将冲破堤坝。我立刻投降。“那好吧。我懂了。他们是长着独角兽的角的马。”

瞬间平息下来的纳特回过头去盯着电视看，仿佛被催眠了一样目不转睛，魂儿都被勾走了。一群小马慢悠悠地走过罂粟花海，他开始把它们的名字一一告诉我：“黎明星光”“稀罕宝贝”“蓝血王子”。我渐渐搞明白了，头上长角的那些小马不会飞。“那是‘彩带心愿’，”纳特接着介绍，“她哥哥是‘昏暗闪电’……”

厌倦感说来就来。《我的小马》只能让一个有理智的成年人忍受到这个程度。等了好半天，我觉得已经很给他面子了，就站了起来，提议我们带着天仙公主下楼，去厨房找他爸爸妈妈玩儿。“不行，罗斯！”他尖叫一声，跳到床上使劲蹦跶，“不许走！陪我看《我的小马》嘛！”他又跳到地板上，抓住我的手，把我拽回床上，我刚坐下来，他立刻用一只胳膊勾住我的脖颈，三分像拥抱，七分倒像尼尔森擒拿术。他的呼吸喷在我的鼻头。为了把我留在那儿，他已经用尽招数，巴不得能和别人分享他喜欢的东西。

“看，罗斯，看啊！那是‘甜心贝拉’！看到没？看啊看啊，罗斯！还有富勒姆和富莱姆，还有‘露娜公主’和‘夕阳微光’，还有……”

那种疯狂的喋喋不休是为了把我牢牢地摁在房间里。这让我想起读过的一段话，最早读到的时候，我就被那种强烈的真实感震慑住了。著名作家纳撒尼尔·霍桑在日记中描述了妻子索菲亚有事外出的两周内他如何独自照顾五岁的儿子，结果把自己搞得精疲力竭：

> 大男孩正骑在木马上来回摇动，还用极快的语速和我说话，再快一点儿他的舌头就要打结了。可怜的我啊，有哪个男人曾像我这样，被小孩的言语频频击中，无处可逃！在他喋喋不休的胡言乱语的最深处，藏着他企盼得到理解和关怀的渴望。他期望他的喜悦也能抵达他朋友的心田，从而丰富他自己享受到的一切。

谁能怪他呢？不管是孩子还是大人，都想与朋友——懂得关切的见证人——分享并丰富自己的体验，我们都渴望如此。我们都希望别人说，“你喜欢的那样东西太好玩、太给力了，我也必须喜欢上它”。孩子们的需求、渴望和成年人的需求、渴望没有太大不同；唯一真正的区别在于孩子们还没有被完全制约，不像成年人那样。孩子们还不用被迫去适应环境，去随大流，去规范自己的一言一行。他们还没有学会羞耻于自己的真情实感，压抑自己的自然表达，克制骄傲，掩饰真相。他们还没有学会始终伪装成逆来顺受的模样，以便在这世上畅行无阻，哪怕明明感受到了一切，却装得好像没啥感觉。他们打骨子里就爱撒谎，但也有无邪的坦诚。五岁的孩子走进教室，对他的老师说："史密斯夫人，你的脸为什么那么扁呢?"他的问题是天真的、直接的，但也不太懂事。史密斯夫人的脸是不太有立体感，小男孩想知道为什么，但还没有学会世故，面对她那引人注目、甚至有点不招人——他——喜欢的相貌藏好他的好奇心和真实感受。如果史密斯夫人反应够快，她就会说"哎呀，吉米，我们都要接受与生俱来的相貌"，然后，在片刻停顿中，她会用犀利的眼光打量他的脸，再补一句：就连你也要！于是，吉米的小脸蛋就会耷拉下来，因为他被迫觉察到一个事实：别人也可以像他评价史密斯夫人的脸孔一样，对他的相貌说三道四。如果他像别的孩子那样，就会紧张兮兮地跑到离他最近的镜子前，只为了看看别人到底会从他脸上看到什么。别人会接受他的相貌吗？他安全吗？这张脸能充分代表他是谁吗？不安全感、不确定感、自我意识……与全世界为敌的这场仗要打足一辈子，就在这时开火了。人不得不屈服或克制自己的意愿，以趋从社会的意愿，世界就是这样构成的——人们也是在童年时期就获得对世界的这种朦胧的理解的。这就是我喜爱孩子的原因：我同情他们。这也是我没有孩子的主要原因。我在童年时期就发现社会的意愿太沉重了，难以承受，所以格外同情在进退两难中受苦的孩子们。

我在很多方面都很强悍，但一碰到孩子和他们的苦痛，我就顿时变弱了。看到我喜欢的孩子在受苦，我根本受不了。每当看到十几岁的外甥女和外甥们因侮辱、怠慢或拒绝而哭泣时，我都会在几秒之内感到那种痛苦从冷到热再变冷。特别难受的无助感，还夹杂着我自知永远无法付诸实际的责任感。我常问我的兄弟姐妹，他们怎么能让自己的小孩清晨独自去上学？这世上到处都有恶棍和娈童者、烂醉的司机，甚至边开车边放乱枪的家伙啊。如果是我，必须等我的孩子满三十周岁、戴好头盔，我才肯放他独自出门。不管他去哪儿，我必须跟着他，充当保镖，挡开一切可能伤害他、让他遭罪的玩意儿。他所面临的危机会让我抓狂，不惜对他过度保护，我担心我会就此毁了他，也毁了我自己。有一天，我读五年级的外甥（他明白自己的取向，但仍会极力掩饰，不想让外人知道）泪眼婆娑地回到家，因为他班上有几个男生尾随他回家，一路朝他扔石头，骂他“基佬”。我姐姐是个高大、强壮的女人，正义感爆棚，她问儿子是哪个男生带头做这种欺负人的坏事。我外甥刚说出那个男生的名字，她就跳进车里，冲到他家门口，摁响门铃。开门的正是那个男生，她说：“嗨，鲍比。你妈妈在家吗？”鲍比说不，他妈妈现在不在家。我老姐本打算用符合社交规范的方式将此事告知鲍比的妈妈，但这时候索性采用了位列第二的最佳方案。她揪住鲍比的衬衫衣领，死命地摇晃起来，保管他此生难忘。几粒纽扣顺势弹落，那男孩的牙齿上下打战，棒球帽飞离脑袋。她停下来，用食指指着他，只差半英寸就戳到他颤抖的嘴唇了，然后大吼一声："看你还敢不敢再欺负我儿子！"

在我想来，这种惩罚简直弱爆了。如果有人凌辱、奚落我的儿子，我恐怕会以牙还牙，让鲍比之流在乱石阵中痛不欲生。虽然这种想法本身是很过分的，非常不对，但时隔二十年，我还会偶尔产生冲动，想捡块石头去扔那个坏小子。

孩子很快就能明白，他们可以，但只能从父母那里得到无条件的爱。为了反复确证那种爱可以让他们安全无忧，他们会试探、施压、权衡，以身试法去验证那种爱是否可靠。父母是他们唯一可以对抗、骚扰的对象，再怎么闹，哪怕天天闹，都不至于得到最后通牒：你给我滚下地狱，再也别回来。我哥哥有个四岁的儿子，他对小孩子的行为方式困惑不解，曾咬牙切齿地对我说过一次："有时候你真想抓条鞭子，在自个儿孩子的脸上抽一下。"他眼看着儿子穿着昂贵的新校鞋淌水涉过纳拉甘赛特湾，哪怕爹妈告诫他不下六次：别那么做，否则新鞋就废了。那个念头瞬间闪过之后，他又说："不过，你不会抽他的。这是当然啦。你太爱他们了。你不得不爱，不管他们干了什么破事儿。这一切都是进化机制定好的。"

当我在人工授精之路上越陷越深的时候，我开始意识到，让自己担忧的正是那种不可避免的、盲从的、由进化机制决定的奉献。我很清楚自己无力反抗。我肯定会变成——说出来真不怕丢脸——彻底的奴隶。我会变成自己孩子的受害者，反过来，他也将是我的牺牲品。霍桑的妻子索菲亚曾详细列举善育子女的父母所需的素质："无限的耐心，无限的温柔，无限的宽宏——少一点都不行，而我们必须在有限的能力所及范围内锻炼这些品质。"她说得对，毫无疑问，但她界定的无异于超人状态。我知道，有些人真的可以达到这种高度。我也知道自己不行。我连半个超人都做不到。我太敏感，太紧张。再小的琐事都可以让我几天不安稳。我是那种有过量的时间用于独处且故意为之的人，因为与他人太频繁的交往会让我不安。只要屋子里还有别人，我就不可能安心工作。我的注意力很容易被分散，所以也很容易闭门谢客，宅到天荒地老。

说这些，听起来有点矫情，孩子气，太任性。但事实恰恰相反，相信我。这是一份坦白书，来自一个有充分自我认知的沮丧的成年人。我绝不可能对自己的孩子说："我坐在书桌旁了，你出去两星期吧。"（事实上，连"出去两小时"这样的话我都觉得难以启齿。）在我看来，为了成全个人的野心或渴望而撒手不管孩子——像很多父亲（以及不少母亲）所做的那样——就等于犯下了最恶劣的罪过。把孩子带到这世上的人有责任给孩子一切，把孩子列在第一位。

我刚过完四十一岁生日，医生就给我打电话，我正好在开车，要去接外甥女放学回家。我怀孕了。我把车子停在马路正中间，就为了听她讲话。她再三劝我相信那是事实："嘿，克服万重阻碍，你赢了！"突然之间，我懵了。怀孕？那意味着什么？我试图去揣测那些赢了乐透彩的人会有什么感受——这么大的幸运砸到头上，岂不是吓傻了？简直没法接受，更不能确定未来的生活会发生多大的变化。费了那么多周折，耗了那么多时间，不就是为了怀上吗？别人肯定认为我早就准备好了。但我没有。第一天，我乐得忘乎所以，满怀期待地在家里瞎晃悠，那期待如在雾中，朦胧又喜人。但第二天我却在惊恐中醒来，起床后凝望窗外，对街就是一所小学，我心想：这是超极大错。但过了一天，我又兴奋得难以自持，差点儿就把这消息告诉每一个陌生人了。可隔天又开始恐惧。

就这样持续了几周，从狂喜到惊恐，我对怀孕这件事的反应起起落落。我去诊所做常规体检，医生问我要不要听胎儿的心跳，我好惊讶，这才意识到那么早就能听到心跳了。我戴上听诊器，真的听到爱尔兰和伊朗的混血胎儿发出低沉而又生机勃勃的心跳声时，脑袋不自觉地后仰了一下。咚咚咚的声音又脆弱又快速，就像士兵的军靴目标明确地踏在木桥上。我被吓了一跳，继而领悟到：不比一颗核桃大多少的小胎儿是那么拼命地要活下去。这让我深爱他，也前所未有的激动。

然而，第二天，我的兴奋劲儿又不见了。我担忧、怀疑、焦虑，一整天都处在泪崩的临界点。但现在，孩子已是那么真实的存在，我渐渐想明白了，虽然比我糟糕一百倍的人都当上母亲了，但我还是不能胜任养育孩子的重责，更不用说只能靠我自己。日子一天天过去，我始终在幸福和恐惧的两极剧烈摇摆。熬过了十三周，我却流产了。我有了巨大的失落感。所有堪称奇迹的基因生物医学手段本该缔造出一个个性鲜明的小生物，却竟这样夭折了。我觉得，这绝不亚于一整个宇宙的终结消失，同等的悲剧，同等的重大。这件事让我好多天痛心疾首。但当医生终于用热情洋溢的口吻来问我，要不要再试一次？我万分确定地说了“不”。非要等到差一点就能和自己的孩子面对面了，我才终于明白：我不想也不相信我能成为任何人的母亲。

但愿我能更镇定，但我不可能是别人，我只能是我。生命是如此复杂，变幻莫测，一辈子眨眼就过去，很难有真正完整的体验，恰恰是因为生命里充满了千万种选择，千万种样貌。我决意用自己的方式过好余生，哪怕极端，哪怕不平衡，我的孩子也不用忍受我的神经过敏和万般忧虑了。

我认为，为人父母是最高级的艺术，也是最难的艺术。擅长此道的人寥寥无几。当我意识到那天在诊所里听到的无畏踏过木桥的足音，也许有一天真的经过我身边时，我曾有过清晰无比、转瞬即逝的预见：我必会有不可遏制的渴望，想把那孩子永远留在我的臂弯里，让他根本不用走一步路。我不可能知道，假如我当初坚持下去而最终得到一个孩子，结果会怎样。但我现在五十三岁了，我知道的是：当我独自走上山间小路的时候，我没有任何遗憾。

只当阿姨

艾利奥特·霍尔特

去州立精神病院的时候，你该穿什么？探访者指导手册上这样回答：穿着不能太暴露，不要有涉嫌暴力或淫秽画面的服饰。我穿的是黑色灯芯绒长裤和中性的灰色毛衣。黑色匡威板鞋。没戴耳环，没涂口红。我把头发编成了一条长辫。这是一个冬天的傍晚，还没到六点，却早就没有日光了。在第一道门岗，要我出示身份证的保安有俄罗斯口音。“Gavorite po-russki?（你说俄语吗？）”我把驾照递过去的时候用俄语问道。他的眼神一亮，“Da（是啊）。”接着，他用母语向我解说去医院该怎么走：右转，沿着茱萸路直行——对一条阴森又偏僻的车道来说，这个路名真是太美好了——然后经过第二道门岗，前面就是新建病院的黄铜色正门口。到了前台接待处，迎接我的是个热情爽朗的女人。我来这里是担任一个女性写作小组的志愿者。“很抱歉我迟到了，”我说，“刚才有点儿吃不准方向。”有一个佩带武器的保安带着善解人意的笑容说：“你不会想在阿拉巴马大道迷路的。”我热络地附和说：“没错，我才不想呢。”圣伊丽莎白精神病院在阿拉巴马大道东南端，位于那卡斯提亚河的那一边，而我所熟悉的华盛顿在河的这一边。我是在华盛顿特区的西北部长大的，住在这个树木葱茏、豪宅隐蔽的区域里的大多是白人和富人。相形之下，东南部这一带简直像另一个城市。保安挥手示意我通过金属探测仪，还打开了我的背包。不过，这感觉并不像是机场里的安检。这里的保安人员都很热情，开着玩笑，很快就和我有说有笑了。也许是因为他们意识到我很紧张吧，或者，他们只是想提醒我：我们都是清醒的正常人。他们的言外之意似乎是：我们和里面那些人可不一样。

这个病院里的很多病人都属于NGBRI：因有精神病症而被判无罪的人[①]。他们有人格障碍和间歇性精神失常的病史。他们住在这里，是因为他们对自己和他人都有潜在的危险。我是和住在里面的那些人不一样，但我也有复杂的精神病史，正因为这一点，我才会来此担当富有好奇心和同情心的志愿者。我从来没有发过疯，也从没遭受过脱离现实的妄想或幻觉的折磨。然而，长久以来，阴郁的情绪一直让我精神不振，切实的恐惧让我动弹不得。我这一生已经历过好几次严重的抑郁时期，最近的一次发作了将近两年，特别骇人。

---

① NGBRI是“not guity by reason of insarity”（因有精神病症被判无罪）的缩写。

我没有孩子，这并不算是三思而行的后果，更像是崩溃后的结局。当我三十六岁时，也就是生育力日趋衰退时，也就是该把生儿育女——如果我真的想要孩子，就必须抓紧时间，不管是与伴侣携手还是独自一人生养——放在第一位的时候，我却陷入了极深、极深的抑郁情绪中。现在，没有孩子这一点让我非常宽慰。最近，我要照料刚出生的小外甥，试着推婴儿车慢跑，结果发现这样跑步非常别扭，只能很慢很慢地跑，我发誓以后再也不这样干了。我不希望孩子们妨碍我快跑时的箭步——或任何别的事物。每当有人问我为什么没有孩子，有时我这样回答："我四十岁了，那趟车早就开走了。"有时又那样回答："我专心致志造书，而不是造人。"有时也会这样说："养大一个孩子，这事儿我一个人承担不了。"这些回答都是大实话，但都是以偏概全罢了。

三十岁出头时，我以为自己是想要孩子的。大多数朋友都在生孩子。（2006 年到 2010 年间，我主办过五场庆生派对，参加过至少二十五场。我花了好几千美元去买那些迷人的小衣服、可爱的小玩具。）眼看着朋友们结婚生子，而我依然单身无子，这让我觉得自己很像是外国交换生：我听得懂那些为人父母的或是长期同居的伴侣们在说什么，但那些话显然不是我的母语，我要费点劲儿才跟得上他们谈话的内容。“有孩子会让你有未来的愿景。”有个朋友曾这样回答我，带着一点儿自命不凡的口吻，在他看来，我担忧的都是小问题。但不只是他让我觉得自己没孩子就像是有人格缺陷。我可以感受到生养的压力从四面八方向我袭来，更糟的是，偏偏我又住在布鲁克林的公园坡——生儿育女简直是这个街区的招牌特色。

我猜想，我会成为一个好母亲的。我是家里的老大，一直在照看妹妹们。我教小妹妹认字、骑自行车。七年前，我的第一个外甥女出生时，我就在病房里，目睹她滑溜溜地来到这个世界激发出我所有本能的母性。当时我三十一岁，一个月后，我和男朋友分手了，就是因为他不想要孩子。

我是个很尽职的阿姨。现在，我有三个外甥女和一个外甥。我换过很多纸尿布；我讲过很多睡前故事。我参加过学校的家长会，为了包圣诞礼盒也熬过夜。我帮外甥女们正确读出课本里的新单词，也提醒她们吃东西时要闭拢双唇。外甥女们很依赖我，要我安慰，要我解答，好像我是她们父母之外的第三个家长。但当我陷入写作的紧要关头时，我不必非得停下工作去照看孩子。我在书桌前一口气忙碌十二个小时也不必向任何人道歉。（手中握笔时，我觉得自己最像真正的自己。）当我担心入不敷出时——和大多数我认识的写作者一样，我总在担心钱不够，也总想找更多的撰稿工作来做——也很清楚自己财务不自由、不稳定的事实不会害孩子们吃苦。我不用担负学费或儿科医生的账单。我可以不带一丝负罪感地离开一个月，去参加艺术家驻校项目或艺术家乡间聚会。只需要用心创作的艺术家是最自由自在的。但最重要的是：如果再有一次让人崩溃的抑郁症发作，我也不会伤害到哪个孩子。至今为止的每一次抑郁，我都熬过来了。但万一以后抑郁到了一个临界点，我实在难以忍受精神上的痛楚了，那可如何是好？

“我的诊断结果是什么？”去年我这样问过心理医生。这么多年来，我一直害怕问出这个问题。我看过很多心理医生和精神病专家。所有医生都会在医保账单上写一个符号，代表一种诊断。但我从没想过去问清楚：那些符号到底是什么意思。十几岁时，有个医生诊断我为“焦虑/抑郁”。我幻想自己盘旋在那个斜杠符号上——在忧虑和忧郁之间的一道游移不定的界线。但在其后的那些年里，我一直不愿追根究底地去问那个诊断是否依然成立。我知道自己很焦虑，并有抑郁的倾向，但我总担心自己脑海深处还潜伏着更恶劣的病根。老天保佑，万一我有人格障碍，而且对此不自知呢？心理医生给我的回答是："情绪抑郁，伴有适应障碍症状。"简而言之：我不太适应改变。医生还说，考虑到我童年时期家庭生活缺乏稳定性，这些症状是合情合理的。我需要让自己的生活稳定恒一。至于情绪上的障碍，我的情况还算好。"你认为自己有精神疾病吗？"我的医生曾经这样问过我。我反问他："你认为我有精神疾病吗？"他的回答是："不。"（这个答案对我而言不啻为大新闻，但话说回来，给我下最坏评语的人总是我自己。）但我缺乏应对变化所需的韧性。搬家、分手和生活里别的变化都可能导致我的抑郁发作。

我经历过的最严重的一次抑郁是由分手引起的。我无法解释为什么偏偏是那段感情的终结让我那么痛苦。有部分原因在于：我纵容自己坚信和那个男人会有未来。他总是口口声声地说"等我们结婚了……"或是"和你生个孩子肯定会有美妙的惊喜"。但和他分手也是致命的，因为我不仅失去了他，也在很大程度上失去了自我。那段爱情滋养了我的自我——从没有人那样主动地追求过我，或者说，那样渴望得到我——但当这段感情像十四个月前突然开始那样，突然走到尽头时，我只觉得被压垮了、被抛弃了。我也觉得备受羞辱。我们的关系崩裂，有部分原因在于我做梦都想结婚成家，生儿育女；而他已经有一个孩子了，正在办理离婚手续，对我的两大梦想都无甚兴趣，这也是可以理解的。我有不切实际的期待，但这不是他的错。当时我快三十七岁了，很清楚自己如果想要为人母，已没多少时间可以浪费了。可是，当他提出分手时，我感觉自己坠入了无尽深渊，根本没把握还能不能把自己救出来。

现在我明白了，当时捱过的痛苦只能用"神经紧张到崩溃"来形容。我就是紧张——紧张到了食不下咽的地步，体重一下子少了近二十磅——也确实崩溃了。崩溃的不止是我的心，尽管那是裂缝的源头之所在。崩坏的还有我的脑。我无法清晰地思考，无法入睡。我很确定自己活该接受这种惩罚。他当然要离开我啦，我这样想，他明明可以找到状态更稳定、神采更飞扬的伴侣，为什么还要跟我在一起呢？到了夜里，我经常会吞下医生开给我的催眠药，希望自己一觉睡过去，再也不要醒来。我沮丧之极，睡觉前甚至无法下床去刷牙。让牙都烂光好了，我就是这样想的。反正我都不在乎了。我常常梦到身体逐渐败坏的征兆：自己的牙齿碎裂并掉落。

那段日子里，我常常泡热水澡。我会随手拿本书——书始终是我最可信赖的伙伴——浸到爪脚浴缸里去。看书，直到热水变温，再把书扔到地板上，然后历数自己的罪过。我仰面朝天，任头发像海草一样散开。闷到水下时，我假想自己在游泳——我的泳技高超，哪怕在大海里游也很厉害——但总会有几个刹那出现闪念，意识到我这样做很容易溺亡。我可以就此放手。让体内充满水，胀得发青。

弗吉尼亚·伍尔夫在自杀前的遗书中写道："我敢肯定我的病又要发作了。我觉得我们无法再多承受一次那种痛苦的经历。这次我好不了了。我开始出现幻听，而且没有办法集中注意力。所以，我将做我认为是最好的事情。"每次读到这段话，我都为伍尔夫没有孩子而感到庆幸。（她和我一样，是个宠爱晚辈的阿姨。）但我也很庆幸自己不曾有过幻听。我愿意从这个角度去想：我的痛苦并未演化为疯狂，哪怕好多次我都觉得自己快疯了——失去清晰且专注的意识。而且，在那段最黑暗的抑郁时期，会有好多天——事实上乃至几个月——我觉得日子变得太可怕，以至于我完全能理解伍尔夫在遗书中所说的"我再也扛不住了"。

我没有撒手而去，因为我无法忍受让家人们痛心。也因为我收养了一条狗，它每天早上都能把我从床上叫起来。我必须出去遛狗，必须喂养它。它对我的爱是无条件的，照料它也拯救了我。当我千辛万苦地（在妹妹们、心理医师、抗抑郁药，以及和我的狗在森林中长时间散步的共同协助下）从抑郁的黑洞中爬出来后，我发誓再也不要把自己的幸福建筑在和男人的情感关系上。我领悟到自己更在乎写出一本书，而非有个孩子。我不再为爱情辗转愁思，而是聚精会神地写完我的长篇小说。自从那段恋爱结束后，我至今都没有新的恋情，但我出版了一本书。

我第一次去精神病院是在 1988 年，并不是出于自愿。当时我读八年级，父母认为我有自杀倾向。记忆中，他们决定送我去病院的那天晚上很模糊，大部分情景都被主观屏蔽掉了。但我知道自己到病院的时候穿着一条新买的牛仔裤，应该是盖尔斯牌的吧？牛仔裤是我苦苦哀求我母亲给我买的，其实我父母根本没有闲钱去买品牌店的衣服。但我真的好想要，在那个年代，“想要”的就是盖尔斯或贝纳通这类名牌货。和同龄孩子相比，我瘦削得惊人：十四岁的体重还不到八十磅。牛仔裤要穿 0 号，必须用腰带束住。到了病院后，我的腰带、鞋带和一罐诺克西玛牌乳霜都被没收了。显然，在意志坚决的病人手里，哪怕一罐乳霜都会变成自残的武器。有自杀倾向的人必须接受监察，意味着时时刻刻都有人监视你。所有的门都必须敞开，你甚至不能在没人陪同的情况下独自去洗手间。于是，我在病院的第一个夜晚是在囚禁状态中度过的，早上醒来时发现自己身在一群疯狂的病人中间。

我所在的重症加护病房里还有五个未成年人和十多个成年病人。有个男孩比我大不了几岁，看起来真是够疯的。他把手腕上的累累疤痕给我看，全都是他试图自杀而留下的。还有个中年女人看到我裤腰上的三角标志就问道："是盖尔斯吗？牛仔裤？"我准是承认了（我也准是提着裤腰回答的，因为已没有腰带了）。"你家肯定很有钱。"她这样说。我不想费事去解释：在我们学校里，我根本算不上富人家的小孩。那些对我很残忍的孩子才是有钱人家的。（我至今都记得五年级的一场睡衣派对上，那些女孩不停地说"艾利奥特你真恶心"，而我只能躲在睡袋里哭。）同班同学们会炫耀去牙买加或阿斯彭度假。她们的父母开着梅赛德斯和玛莎拉蒂接送她们上下学。而我的父母要为凑足我们姐妹几个的学费而担忧。我九岁后，我爸爸就没有长期稳定的工作了，他总是说"我该自杀，你们就都能用保险费过上好日子了"这样的话。我那时还太小，不知道他只是说说而已，并不是当真要自杀。我爸很聪明，也很善良，我从不怀疑他可以为我们做任何事。但他很孤独，而且束手无策，只能凭借一己之力照料三个女儿，我妈妈很少在家。

我妈很体贴人，也很幽默，但她每年有四个月待在东非。她是世界银行的财务分析师，主攻基础建设项目，完成这些“任务”（银行内部的说法）至少要花费一个月的时间，其间几乎与世隔绝，我们完全联络不到她。那时候没有互联网；没有卫星电话。实际上，我和两个妹妹每年都有四个月不能在妈妈身边。她出任务的时候，我爸会早早地去卧室睡觉，他会说，“我去躺一会儿”。我和妹妹们会发现他和衣躺在铺盖上面，蜷缩成胎儿的姿势。半夜，等我们都睡着了，他就醒来，去杂货店，在凌晨三点的乔治镇喜互会连锁超市灯光通明、空空荡荡的货架间用他的方式挑三拣四，每次想起这个场景都让人心痛。

父母宣称要把我送进精神病院时，一开始只是吓唬我。我威胁他们说我要自杀。他们就对我说，会把我送进病院，我就越发不依不饶威胁他们我要自杀，就在厨房里，我当即从厨台上抓了一把餐刀。刀是道具，但我用得像模像样，不得不令他们信服。我一直都是个戏精，作天作地。和很多青少年一样，我并不是真的想死。我想让大家都惦记我。我构思的并非自杀场景，而是可能为我举办的葬礼。我喜欢去假想同学们受到了惩罚。我喜欢去设想，如果我死了，每一个欺负我的人都会自责和难过。那个记忆模糊的夜晚是一整年积累的恶劣情绪的剧烈爆发。

那一年，我时常哭泣，因为悲伤而愤怒。我想念妈妈。我被同学们拒斥在外。校园生活变得痛苦不堪，我也不再做功课了。一直都是优秀学生的我竟然在期终考试前完全不复习，明知肯定会考砸。当时已近学年末期，我从四岁开始就在那所学校念书，想到即将去新的学校，我就紧张得不得了，绝望地企求有人来帮我。“你病了。”我母亲这样说。我们相持到深夜，我不再抵抗，瘫软地倒在厨房地板上，听任小狗舔着我泪湿的脸庞。我不知道是爸爸还是妈妈把餐刀拿走了。但我知道我终于同意上楼去收拾行李。

在精神病院里看到别人那么疯癫倒让我如释重负了。我心想，我肯定没有疯，因为我没有周围病友们的那些表现。第一次参加青少年小组心理治疗时，我什么都没说。我不想让一屋子陌生人知道我的真实感受。医生告诉我，如果我不在“小组”面前发言就永远别想出院。第二天，我父母来探望，我就要他们让我出院，因为我知道自己并不属于那个地方。我父母肯定也知道这一点，因为他们亲手把我送进去之后两天就亲自接我出院了。那就是我第一次，也是最后一次住在精神病院。

我母亲警告我：永远不要告诉任何人我在疯人院里待过。她担心那会带来耻辱。我母亲最崇尚理性。谈起我外婆时，她常说“她太感情用事了”“她不太理智”。我很崇拜我妈妈，也知道自己对外界的反应和情感太强烈，必会令她失望。我不怪她送我进精神病院。她很害怕；如果我的孩子抑郁到那种程度，我大概也会做出同样的事。但当她真的把我送进精神病院后，我觉得自己被放逐了。而当她警告我要对这件事保守秘密后，我又从心底深处觉得羞耻。从那以后，我一直觉得自己有什么地方不正常。与其说入院治疗的切实体验让我觉得自己糟透了，还不如说是我妈妈对这件事的反应让我更觉挫败。

在别的阶段，我的抑郁症状也发作过几次。十年级时，我没办法写完英文课的学期论文。我攒了一大沓笔记卡片，全部是我阅读汤姆·哈代的《德伯家的苔丝》时记下的笔记和文摘，但就是无法集中注意力去写论文。那是我要交出的第一篇长文章，我希望它是完美的。眼看着截稿日越来越近，我慌神了。我睡不着觉。我熬夜到很晚，却只是在看《尼克的晚间生活》里的黑白老片重播。我看过《天才小麻烦》、《唐娜·里德秀》和我父母小时候看过的其他幼稚的节目。天亮了，妹妹们起床准备去学校，我仍旧歪在太阳房楼下的沙发里。等她们坐下来吃早餐时，我关掉电视机，上楼去睡觉。交学期论文的截稿日就这样过去了。我父亲向学校请假，说我病了，我确实是病了。

但那不是身体上的小毛病，是我的精神备受痛苦。一连好几个星期，我都熬到很晚才睡，一睡就是一整天。那篇论文到头来也没写出来，所以那个学期我的英文课只拿了个D。我非常确信自己亲手毁掉了大好前程。大学时代，我也有一个学期过得很不安稳，我没有准备艺术史的考试，结果在考卷上写满了披头士《无情的浣熊》的歌词，回首去看那种举动是多疯癫啊，我自己都难免大吃一惊。可当时，我只觉得那样做很好玩。

但后来，二字头的后半段和三字头的大部分时间，我都在尽力避免情绪失控。我在莫斯科、伦敦和纽约的广告公司工作，业绩斐然。我在布鲁克林大学的夜校拿到了艺术硕士学位，白天还在曼哈顿的广告公司里全职上班。我在规定时间内完成了所有任务，得到晋升，还赢得了奖项。我有过忧郁的时期，但没有像青春期时那样崩溃到自我怀疑、无以为继的地步。甚至当我三十一岁，我母亲因癌症而去世时，我也没有被抑郁压垮。我很悲恸，但我能够自制。（在很大程度上，这多亏了我在母亲去世后立刻开始服用抗抑郁药。对我来说，持续服用抗抑郁药的效果是之前未曾预料到的。如果我早一点开始吃药，在校时期的平均学分绩点肯定会更高。服用左洛复之后，我的精神状态好了很多，所以再也不想停药了。）事实上，抑郁人群在二十到三十岁期间服药的效果最好。但随着年纪增长，抑郁症状会变得越来越难治疗。就像皮特·D. 克雷默[①]在《对抗抑郁》一书中所写的：“抑郁症的发作会越来越频繁。后期会有自发性的发作，不需要有明确的诱因，持续时间更长，对任何干预的反应都很差，（当症状有所缓解时）缓和期也会更短。”现在我四十岁了，抑郁症很可能对我的健康带来更多危害。我是一个素有焦虑和抑郁病史的女人，很有可能出现产后抑郁症状。自杀是导致产妇死亡的头号原因。我还是别冒这个险了。

前不久，我帮四岁的外甥女洗澡时，她说：“我不知道我想不想生小孩。我只想当个阿姨。”我不知道是什么因素让她得出这种结论。难道她感觉到了养育孩子需要付出多么大的代价？就像我四岁时一样，这个外甥女花了很多时间编故事和儿歌。她特别擅用语言，是个天生的说故事大王，也与生俱来地拥有掌握叙述节奏的能力。她已经开始组织具有艺术感的句子了。我很想知道她长大后会不会也投身于写作。“你现在不需要决定要不要生孩子，”我

① 皮特·D. 克雷默（Peter D. Kramer, 1948—），美国最知名的精神专家之一，著有《倾听百忧解》等，专攻临床抑郁症的诊治，认为抑郁症亦是严重生理机能的衰退。

说，“等你长大了，只要你想，就会生的。”

我会成为什么样的妈妈呢？毫无疑问，是操碎心的那种母亲。我总是高度紧张，妹妹们和我常拿这件事开玩笑。二十岁出头时，小妹曾对我说：“只有当你能够坚持每天跑步了，你才能生小孩。”对我来说，运动始终是控制情绪的重要手段。（在最后那段倒霉的恋爱阶段，我停止了规律性的跑步。我敢确凿地说，如果我在那次分手之后马上恢复跑步，情绪肯定不会崩溃到那种程度。）规律性的事情对我很有好处，所以我肯定会让孩子们也坚持一套有纪律的生活方式：准时就寝，以及很多提前规划好时间地点的活动。孩子成长发育的重要节点也肯定会让我紧张得抓狂（“她这个年纪是不是应该学会读写了？”），而且，就像我们争强好胜的父母那样，我也肯定会过度自豪于孩子们取得的成绩。我是完美主义者，所以很害怕会对自己的孩子要求过高。但我愿意每天给孩子们读书，哪怕他们还在襁褓中。我也很愿意像我妈妈那样唱《冬娜冬娜冬娜》《我和鲍比》这样的催眠曲。

我的两个妹妹都是好妈妈。有个妹妹有三个女儿，也是全职妈妈。和许多父母一样，她每天都忙于接送孩子，去学校，去生日派对，上游泳课，去参加球赛。纵是不情愿，她还是当上了小箱车的司机。我妹妹对孩子们尽心尽力，说起来，那有一部分是对我们童年时代的回应：她试图为自己的孩子们提供我们小时候缺失的安定感。而我，向三个外甥女展示了全然不同的女性范本——专注于事业的艺术家，没有经济上的保障，可能一辈子都买不起自己的房子。外甥女们在书店里见过我写的书。最大的外甥女曾骄傲地告诉她一年级的同学们，她的“阿姨是个作家”。我希望外甥女们明白一点：职业女性也能同时当好妈妈，但我做不到，当不了这种榜样。正如我四岁的外甥女已然领悟的那样：不是所有女孩长大后都能当妈妈。

如果我不曾觉得被亲生母亲抛弃，如果我在爱情方面更幸运一点，如果我出版处女作的时间再早一点，如果我天生不是这么敏感，而能再自信一点，也许我就会尝试生儿育女了。但我不能抱怨什么。我活得好好的，也越来越有奔头。就算没有孩子，我也有很多关于未来的愿景。

在圣伊丽莎白精神病院里，写作班上的一个女人握住我的手，问道：“你怕什么？怕黑吗？”这是她的第一个问题。她没有问我哪个学校毕业，做什么职业。她不在乎我是不是结婚了，有没有孩子。在精神病院，我们立刻回归到最原始、最没有差别的人类本性。从某种程度上说，我们不是都害怕黑暗吗？

终　结

蒂姆·科瑞德

前不久，我看到老同事伊万·布鲁内蒂为《纽约客》创作了一张封面插画，画面虚构了一对衣着光鲜的夫妇在时髦的小饭馆里艳羡地看着一对中年夫妇领着几个万圣节装扮的孩子，他们手托打包好的披萨盒，打算回家吃晚餐。一开始，我以为那是站在父母的立场画的，他们一厢情愿、自得而天真地以为别人都会羡慕他们。但一两天后，我恍然大悟：虽然插画的视角属于时髦夫妇，但确切地说是从那对父母的情感立场出发的——让他们宽慰的是：自己可以挺着肚腩傻乐，乐颠颠地回家享受外卖和糖果，陪孩子们共度良宵，而不用非得打扮得漂漂亮亮去网红店约会，为一餐看似傲娇却吃不饱的小食付昂贵的饭钱。这一点我很能理解。

身为父母，他们可能时常带着羡慕嫉妒恨回看那些没有孩子的人——不用负担养家重任、尽可放纵自我的生活；但反过来说，我对他们的生活从没有过同等的羡慕嫉妒恨：当爹妈的人都很焦虑，有无穷尽的烦恼：到处乱扔的玩具，发出噪声，宝宝的尿渍和尖叫，他们永远没办法一口气看完一本书，没办法用成年人的方式好好交谈，没办法形成连贯又深刻的思考。我曾在一篇随笔中写过：身为父母就好比加入了一个邪教组织，“生活在惊人的污秽和退化的环境中，听命于任性又疯癫的教主的各种奇思怪想”；但数量多到惊人的父母们告诉我，他们热爱这种邪教。然而，很难想象那些自主选择不要孩子的人会对其生活的不近人情的描述产生同等热烈的反响。这是因为当上父母的人依然记得像我们这样生活时的感受，但我们无法想象他们那样的生活是什么样子；他们的阅历涵盖了我们的人生体验。我承认，有孩子的人比我拥有更深切、更复杂的人生历练，我觉得这挺好的。有很多生命的体验是我乐于不去体验的，生养孩子就是其中之一，还包括：分娩，打仗，被关在监狱里一晚上，观看《阿甘正传》。如果人可以不经历死亡就过完一生，我也很乐意跳过死亡这件事。

这个星球上的一切生物都有一项由两部分构成的使命：一、活得够长久，以便实现第二个使命；二、自我复制。故意不繁衍的人实在是很复杂的动物，可以说是为了自身利益而过度进化，因而有意识地拒绝履行最基本的一项生物指令。比故意不繁衍更违逆常情、更不自然的举动只有自杀了。有些哲学家——脾气特别坏的那几个，比如叔本华——把自杀定义为道德选择和自由意志的终极行动。暂且不提一些容易引发歧义的野史奇闻，这显然算是智人独有的一种特权。我想你可以这样说：选择不要孩子和自杀一样，是只有人类才会干的事。事实上，要说有什么可以展现自由意志的可能性，那就是：人类会在生活中故意让某种预设功能失效。

当然，给“不要孩子”冠以“自由意志”之名可能有点儿浮夸。在生育问题上分庭抗礼的两派人都有一种自吹自擂的倾向，但让我们诚实地说吧：两派人各自鼓吹的所谓选择，其实都超出了他们自主自觉的掌控力，就像继承了大笔遗产的人自认为有资格获得那笔财富。反正，当父母的人需要证明自己是对的，他们判处自己生活在孩子的口水和黄痰、交不完的学费，还有颇有讽刺意味的辱骂教训之中，因而，他们需要冠冕堂皇的理由，声称养育儿女会带来不可言喻的满足感、无尽的福祉——比如这样说，除非你有了孩子，否则就不可能明白什么是真正伟大的爱；或是，生儿育女是生命的终极目标，诸如此类。

把生养繁衍作为存在的理由，在我看来，这必将引发关于存在的终极命题。如果你生命的终极目标是你的孩子，那你的孩子们的生命的终极目标又是什么，生养你的孙辈吗？每个人生命的终极意义难道不在于其本身吗？如果不是，那无限繁衍下去又有什么意义？毕竟，

$0 \times \infty = 0$。简直像是细菌和病毒都能攀上的低配版终极目标。更新世末期，人口总数遭遇了接二连三的骤减，最终只留下少数智人，也就是当今人类的祖先。远在更新世，大部分智人也像我们一样觉得自己的生命是重要而有意义的。仅仅因为那些智人没有后代，他们的存在就该被忽视吗？

不管怎么说，生孩子都不能保证你永生不死——从基因层面说，不过是缓期死刑或刑期延长罢了。到最后的最后，智人这一物种终将灭绝，就算我们躲过太阳膨胀成巨大红球这一劫，就算我们能在另一个星球上建立殖民地，就算我们可以把意识存储到机器里，就算我们能靠自身进化成纯粹的生命能量形态，到最后的最后，（根据现有的共识）宇宙本身也会在无趣的热寂后毫无波折地渐渐熄灭，每一个人——你的孩子，孩子的孩子，你的二十三代曾孙，莎士比亚，贝多芬，林肯，尼采，黑泽明，以及我——都将彻彻底底不复存在，比被他人彻底遗忘还要彻底，因为到那个时候，甚至没有他人会将我们遗忘了。

另一方面，没有孩子的人很喜欢说，他们比那些无助而盲从地听命于DNA独裁指令的无脑民众活得更有自我意识。[顺便说一句，不要孩子的激进派自称“无子派”（childfree）这个词显然是从smokefree（无烟的）、

diseasefree（无病的）衍生而来的，free作为后缀时前面的词通常是带贬义的名词。］他们会列举迫在眉睫的危机——人口过剩、全球变暖、石油峰值……别忘了，还有核战——对于不生养的人来说，这些人尽皆知的事实都算得上极其正当、颇具说服力的理由，但我压根儿不信有哪个人不生养的真实原因是某种世界危机。我们不生养的真实原因或许没有父母们所说的生养的理由那么堂皇（顺便再说一句，我们喜欢把那些当父母的人称作“受孩子诅咒的人”），但我敢肯定：我们的理由也一样无意识，一样发自本能。自愿不生养的人越来越多，就和生育力下降、同性恋增加一样，可能是一种针对人口过剩①的进化适应性的表现。考虑到不生养的现象在西方社会更普遍，这也可能是物质财富富足带来的效应。（在贫苦的环境中，拥有更多子嗣是个人进化优势的表现，哪怕这对整个物种来说是灾难性的，也害得里约、加尔各答等地沦为太阳系中最没人要的房产投资对象。）也可能，这是人类文明在衰落时期的症状：缺失了活力，或者说，乐观的希望。也可能，就像吸血鬼制造下一代那样，恶劣的教养方式随着新

① 自20世纪50年代以来，人类生育率一直在下降，即使在第三世界也如此。科学实验已显示，在人为制造的鼠量过剩的环境中，新生代老鼠的同性恋行为有所增加，但人类社会中的同性恋发生率是否同样会上升尚无法推测。——原注

生世代而呈指数倍增长，结果，拥有糟糕童年经历的人越来越多，并都听从了菲利普·拉金最著名的严厉劝告：“你别生孩子。”

生子派和无子派都鼓吹各自的人生更理性、更满足，抑或是在道德上更有优越感，在我看来，这场争论中最精彩的部分俨如另一场经久不衰，同样有趣的口舌之战——议题是“养狗好还是养猫好”。在我们的生活中，大部分最重大的决定从深层意义上说都是非理性的，是由我们几乎不肯承认的下意识决定的，因此，最糟糕的决定（结第三次婚、和你老婆的妹妹私通、在你婚姻触礁时偷偷终止避孕措施）都是最让人难以启齿的，你不可能讲给别人听。拒绝一切鼓吹孩子让人生有意义的狂热言论是没有用的，因为那种说法显然极其合理，就好比人们实施催眠疗法时都能给出的极其理性的理由。众人生子的理由之一即为：人生来就有生养功能。不管他们给出什么样的理由——无私，想把一些东西传给下一代，有太多的爱可以付出——我都不相信他们选择生子的动机会比赤裸皮毛的鼹鼠决定挖地洞更高一筹。说到底，人类的构造庞大又复杂，就像鲁布·戈德堡发明的奇妙的机械装置，只不过人类是靠基因的自我复制完成构建的，类似建造清真寺、创作怪诞喜剧、启动星际探险等事件都属于计划外的副作用。

就我本人而言，我很清楚，不要孩子的决定并非我深思熟虑的必然结果，并不是考虑到全球人口总数、我惨淡的财务前景、我没本事照料其他生物——只要比猫要求更多，我就没辙了——之后做出的决定。事实很简单，只是因为我想都没想过去生孩子，更不可能想到的事只能是加入海岸警卫队或学习巴西柔术了。我从没有搞明白，为什么会有人真的去做这件事。迫使别人都去生儿育女的究竟是什么？我始终没搞懂，原因似乎应该是很好玩，或很有满足感，或别的什么？好像我逃了一节课，而别人都在那节课上一致同意，那是毋庸置疑、显而易见要去完成的事。天知道我为什么缺乏这种近乎普世的人性冲动？我一直想成为艺术家，但当我畅想未来时，从没梦想过有个老婆或孩子——当然，这种解释非常个人化，很容易被质疑，毕竟，世上还有那么多艺术家都有家有口但安之若素，也像全职工作的父母们那样免不了被孩子们分心。我得到了很好的教养，尽管在我出生后几天就被领养了，后来我在书中读到过，这种事会对孩子造成很大的影响。我母亲告诉我，我历来不喜欢孩子，哪怕我自己还是个小孩时就不喜欢。到今天也一样，不管何时何地，如果有人问我要不要抱抱宝宝，我总是回答“不用，谢谢”。有人告诫过我，这种应答很不明智。不久前，我的朋友佐伊硬要我抱着她一岁大的宝宝，还要给我拍照。小腿乱蹬的孩子坐在我膝头时，我强颜欢笑，立刻体会到女性被男朋友们连哄带骗装扮成天主教学校的女生或是莉雅公主，沉浸在某种跟她们自身毫无关系的幻想中时的感受。佐伊后来还把照片作为“证据”发给我，好证明我好歹还不是个太坏的男人。我看着这几张合影，只觉得自己抱着某种我闻所未闻，但别人向我保证它没有危险的南美洲小动物。

不用多说，这件事在我和女人们的关系中会成为麻烦，因为大部分女人或早或晚都会想生孩子。到了三十多岁时我学乖了，总是预先让女友们知道，我对生孩子毫无兴趣，也从没想过那么做，一秒钟都没想过，未来也绝无可能改变心意，就算所谓的天命之人出现，我在这一点上也不会动摇。看上去，我在这个问题上肯定是死硬派，而且固执得毫无必要，但从我的经验看来，人们总有一种无底线的幻想力，自欺欺人地觉得伴侣终会改变。这种预警策略并没有导致某段恋爱告终，但确实排除了某些潜在的对象，并且/可能限制了和另一些人的交往。然而，不管这种策略让我陷入了怎样的尴尬境地，我的痛苦终究无法和不想生养的女性受到的令人窒息的社会压力相比拟。毕竟，不想要孩子的男性拥有一种角色范本，或者说，现成的模板——铁杆单身汉，恶搞又暴躁的 W.C. 菲尔兹[①]。讲到底，我们会得到的最差评价不过是自私或不成熟；但不想要孩子的女人们却被认为是不正常的，就算不至于背叛整个人类物种，至少也算是女性集体内部的叛徒。不要孩子的男人们顶多得到蔑视的白眼，但人们得知女人不要孩子时却多半要问：*你有什么毛病吧？*

不证自明的是，生养孩子显然是更不合理的决定——极其昂贵，极其不便，始终有研究结果表明，不管对于个体还是夫妇关系，孩子都会增加他们的压力，减损幸福感。我有个朋友刚写了一本小说，写的是有孩子的人和没有孩子的朋友之间的隔阂日益扩大，于是，没孩子的主人公请求有孩子的朋友帮忙解释一下生养孩子有何诱人之处。反对的理由昭然若揭；他纳闷的是：赞成又是为何？有孩子的人都承认：没错，生养孩子让人精疲力竭，孩子们会逼得你想发疯，你永远不得闲，但他们仍会说，“当你的孩子笑吟吟地看着你时，一切就都值得了”。他实在难以理解他们到底在胡说什么。他说，平心而论，他们好像都明白自己只能拾人牙慧，用最滑稽的陈词滥调来描述

① W. C. 菲尔兹（William Claude Dukenfield，1880—1946），美国喜剧演员、作家，因其擅演爱喝酒、讨厌狗和孩子的角色而广为人知。

那种体验："他们像是在拼命解释嗑了迷幻药后觉得万事万物皆有天理是什么感觉，哪怕他们知道你必须亲身体验才会懂。"那显然是一种不可言说的事，或是因为太重要而无法诉诸言语。

当然啦，大多数人在一切议题上都会词不达意，尤其是这类意义深重的话题；所以，不妨听听最善言词的作家们是如何谈论为人父母之事的，那应该会有启发性。就连最乖僻的科马克·麦卡锡也似乎在老年得子后发生了巨变。众所周知，他的长篇小说《路》从头到尾都沉浸在荒凉凄绝的末日感中（书中有婴儿的身体被烤焦的骇人情节），但在这部作品中，这是他第一次令人信服地描绘了一段真正的爱的关系（但和那种爱上命运多舛的美艳妓女、双双为爱而死，或是男孩持久深爱着他养的狼的故事截然不同）：无名无姓的主人公深爱着怎么教都学不会野蛮的弱小儿子，那种爱，是即便面对灭绝也能拯救世界的爱。如果他不是神谕，上帝就从未言语。这本小说探讨的最基本的问题是：如果人生举步维艰，所有人都难逃一死，那还有什么——如果有的话——能让生命值得跋涉？他找到的唯一的答案就是这个孩子。

鉴于大多数人做出的选择并无乐趣可言，他们的人生动力显然不是快乐原则。他们渴求的是被需要，每天都有不容推托的理由逼他们起床。如果说生养孩子未必就有意义，但也显然可以成为行之有效的办法，让人们在青壮年时不用纠缠于——或至少推迟处理——意义的问题。你可能清晨四点醒来，想到这个月又要缴房贷就莫名恐慌，隔天又可能不想去上班，宁可悬梁自尽，这都没关系；你只能一步一步迈出去，因为你的孩子指望你养活。对没有负担的人来说，关于“人生到底是什么”这类问题的胡说八道都是奢谈。对所有那些对生存怀有焦虑和怀疑的人来说，孩子们充当了无可辩驳的反例。恰如某位知名的美国哲学家所言：“等到有人爱你，你才不再是无名之辈。”

第一次见到和我有血缘关系的人时，我年纪已经不小了，当时我有过某种闪念，有点像是面对自己孩子的父母的感受。与我共有半边血统的姐妹们聪明、有趣、心地善良，单纯从作为人类的角度来说，我非常喜欢她们，我们在很多方面很相像，我可以从心底深处感到她们很亲切（我以前不曾从词源学的角度注意到：“亲切”和“亲人”有关联①）。我以一种澎湃、生猛、无条件的方式喜爱她们，这和她们是谁毫无关系，有关系的只是她们对我来说是怎么样的人。就算她们是瘾君子、共和党人，或觉

① 英文中亲切是 familiar，亲人是 family。

得我很怪而根本不想和我有任何瓜葛，我也会喜爱她们的。每当我在车里或派对上瞄到她们中的某人，我都会感受到一种似有催眠效应的、温暖的爱意，乃至偷偷地激动起来。如果她们中有谁需要一只肾脏，我会贡献自己的；如果她们中间还有人需要，我还会奉上自己的另一只肾，哪怕会有点遗憾。仅仅知道世上有她们存在就让我如此快乐了，可想而知，就算襁褓中的小毛头平常无奇，爷爷奶奶看到自己的孩子生下了孩子也会乐得忘乎所以，对此，我几乎可以感同身受了。这让我对生养孩子有了些许洞见，也略微领悟到我将会成为怎样的父亲——极尽溺爱和纵容之意，爱孩子爱到多愁善感的可怜地步。而且，我必须对自己坦承：虽然我不想当父亲有许多堂皇的理由——诸如我知道自己善变，情绪易于波动，一会儿让人压抑得透不过气，一会儿又轻忽大意，而且，我永远也付不起骑马课或戴牙箍的钱，更别说大学的学费了——但其中的一个原因是，我害怕。我怕自己万一有了孩子，肯定会爱得很痛苦，那种爱足以将我的灵魂一扯两半，也怕自己一醒来就担忧孩子们有个三长两短，因而永远不再有无忧无虑的清晨。我有朋友几年前失去了年幼的女儿，包括我在内的大多数人都根本无法想象他们受到了多大的打击。

那么，等到老无所依、孤独临终的时候，我会不会后悔当初没生孩子？有孩子的人最喜欢用这个问题来拷问我们这些没孩子的人，就好比福音派信徒总喜欢幻想你在沾满泪痕的病床上痛悔前非，或索性在地狱里尝尽迟来的悔悟。反正，我做过的或没做成的其他事情都会让我后悔，所以我不认为这件事可堪例外。没错，就像所有的事那样，等一切都太晚了，我肯定终将明白，自己没做成那件属于我分内的蠢事，那是我在这个星球上须臾过往时本可以完成的事，一份无数真菌、扁虫和笨蛋千古以来都能担负的职责。也许，我会在最后关头说服一位好心的花痴护士——按照我的理解，那是大多数医院里的标配人员——帮我怀上一个，且不管我备受摧残的染色体能造出什么样的娃。但我知道，长久以来，我都在必定以遗憾告终的道路上作不懈的求索。现在我已经太老了、太怪了、太自私了，经不起初为人父所带来的焦虑和疲惫，也没法再假装对独奏会、露天表演和足球比赛有热情，更不能毫无怨言地被拖去看皮克斯动画片、去查克奶酪游乐城①，或去美国女孩连锁店买童装。

在当今的世界形势下，不要孩子显然比要孩子更理

① 查克奶酪游乐城（Chuck E. Cheese's）是美国的一种以电玩为主题，融美式快餐、游戏和娱乐为一体的大型连锁家庭娱乐中心。

智、更负责任，这是不容置疑的，但我们也别假装自己真的是出于理智或责任的原因才不要孩子的。如果没有孩子的人觉得真有必要宣称自己比有孩子的人更有道德优越感，那拿得出手的只有这一点美德——不拿自己开玩笑。让我们诚实一点吧：我们就是不自然的——和衣服、医药、农业、艺术或是直立行走一样不自然。因为没有子嗣，我们剥除了自己将在后代身上延续下去的幻想，也不得不更深刻地投身于更严苛的另一种幻想：我们的生命本身自有其意义，也可以通过艺术、思考或正直的行为，通过教育、帮助他人或改变世界，来确保让自己获得某种形式的永生不朽。也许，我们是适应性的进化表现，我们用更有效率、对环境破坏更小的繁衍方式播撒文化基因，而非生物基因。我们在思想空间繁衍再生，而非雪上加霜，在人口已然过剩的星球上再添新丁。

上个世纪，有史以来第一次相当比例的人类试图不带永生的妄想而活，也有相当数量的人类自愿弃绝繁衍权，放弃家族兴旺所带来的虚假慰藉，这也是有史以来的第一次。（有时候我会想，现世西方国家人口呈现负增长或许和信仰的消失有潜在的关联。）不论从医学层面还是社会层面来说，只是在最近的五十年里，不要孩子才变成切实可行的选择。在此之前，没有孩子的人被视为悲剧性的个体，只有神职人员才会自愿选择不要孩子，理论上说，他们是依靠宗教将性欲升华了。我们这些人自愿不要孩子，可以说是人类历史上前所未有的一项实验。出于显而易见的原因，我们是不可能成为主流的。就像那些同样拒绝服从繁衍规则的基督震教徒，我们这些个体将注定灭绝。话说回来，每个人都会灭绝。但作为一种选择、一个念头存在下去，谁知道呢？我们可能被广泛流传，遍及四海。对这个物种的其余成员来说，我们就是实物教学课——既定法则，证明某个命题是可以成立的。哪怕听起来又会显得浮夸而骄矜，我仍要冒险进言：不管是出于蛮勇还是怯懦而不要孩子，我们这些人终究构成了先锋式的存在，因为自己的选择，比起其他人，我们被迫带着更少的妄念，或者说是更少的安慰，去面对存在的本质问题，我们每天都必须重新向自己证实：灭绝不会否定生命的意义。

致　谢

身为本书编撰者，在此感谢皮卡多出版社的各位：娜·德·弗里斯、P.J. 霍洛斯科、斯蒂芬·莫里森和安德里亚·罗格夫。谢谢你们的贤明指教，令这本众轮推动的合集顺利走上正轨。特别感谢柳原汉雅启动这一程文字之旅，并指引我们驶向平安但并不太遥远的未来。

作者介绍

梅根·多姆

编辑、作家，现居洛杉矶。已出版四部著作:《不可言说之事》(FSG出版社，2004年)，散文集《我虚度的青春》，长篇小说《生活质量报告》，回忆录《如果住在那栋屋日子该有多完美》。近十多年来还为《洛杉矶时报》撰写专栏，文章散见于《纽约客》《哈珀斯》《她》《时尚》等杂志。

考特尼·侯德尔

图书编辑、怀丁文学奖总监。曾就职于维京出版社、兰登书屋、哈珀柯林斯美国分社及英国分社，现于FSG出版社担任执行编辑。艾尔莎·西蒙·侯德尔的姑妈。

劳拉·吉普尼斯

作家、教授。已出版《男人：持续调查笔记》《如何成为丑闻》《女性之物》《违爱》等作品。在西北大学广播影视系教授电影制作课程。现居纽约和芝加哥。

凯特·克里斯滕森

作家，现居缅因州的波特兰市。已出版《蓝盘特辑：我的食欲自传》《美食家的悲哀》等六部小说，并凭《了不起的人》荣获2008年度美国笔会福克纳小说奖。散文和评论散见于《纽约时报书评版》《她》《奥普拉杂志》《玛莎·史都华生活杂志》《书坛》等刊物。最新作品《如何烹制一头麋鹿》将由Islandport Press出版。关于新英格兰餐饮生活文化的文章连载于katechristensen.wordpress.com网站上的个人博客。

保罗·利斯基

著有《草坪男孩》《著名建造者》《燃烧的房子》《未建项目》等作品，曾得到美国国家艺术基金奖、哥白尼协会詹姆斯·米契纳奖、普罗温斯敦艺术中心的奖励和奖项。除了写作，他还从事过景观设计、音乐创作、服装店销售员等职业，并担任过创意写作课教授。现任教于罗格斯大学卡姆登分校艺术硕士班，在费城、迈阿密和普罗温斯敦三地生活。最新的回忆录《窄门》于2016年出版。

莱昂内尔·施赖弗

高产的作家和记者，已出版十一部长篇小说，包括畅销作品《到此为止》《生日后的世界》，以及获2005年橘子小说奖的《凯文怎么了》，同名改编电影已于2011年公映。最新作品《大哥》(2013年)关注肥胖症的话题。作品已被翻译成二十八种语言。

西格莉德·努涅斯

已出版《神息上的羽毛》《最后一个她那样的人》《救世城》等六部小说，并著有《苏珊·桑塔格传记》。

安娜·霍尔姆斯

作家，已出版《怒火地狱：情事后的女性书写》和《耶洗别之书》，后者是她2007年创建的热门网站文章合集。现任《融合》杂志编辑，并为《纽约时报周日书评》撰写专栏。

米歇尔·休内芬

作家、编辑。已出版《责怪》《逾规》等四部长篇小说。现任《洛杉矶书评》小说版高级编辑，同时任教于加州大学洛杉矶分校教授创意写作课程。现居加州阿尔塔迪纳，和丈夫、狗、猫和非洲灰鹦鹉一起生活。

丹妮尔·亨德森

自由撰稿人，生于纽约州，现居西雅图。为《卫报》、《时尚》以及“秃鹫网”、“鲁奇在线杂志”等媒体供稿。在彻底离开校园之前她就创建了知名博客，并结集成书《女权主义者瑞恩·高斯林》。她希望女友的孩子一旦入狱，第一个就会给她打电话要保释金，也会第一个问她如何避孕。

帕姆·休斯顿

著有两部长篇小说《或已改变的内容》和《猎犬之见》；两部短篇小说集《牛仔们是我的软肋》和《与猫共舞华尔兹》；以及散文集《关于我的另外一些事》。其著作均由 W.W. 诺顿出版公司出版。作品曾收录于欧·亨利文学奖选集、2013 年小推车奖年度选集和二十世纪最佳美国短篇小说集。目前在加州戴维斯大学英语系担任教授，并担任非营利作家写作项目的总监。

珍妮·赛佛

拥有四十年精神分析学家的经历，并著有五部关于人人都想过、但没人敢说的“禁忌话题”的作品：《超越母性：选择没有孩子的人生》《宽恕和不宽恕：为什么有时不宽恕更好》《正常的那个：与不健全的兄弟姐妹共同生活》《死亡福利：失去父或母，怎么会让成年人的生活变得更好？》《该隐的遗产：解救困于愤怒、耻辱、隐秘和悔恨的兄弟姐妹》。她的丈夫是历史学家、政治记者理查德·布鲁克塞泽，他们现居纽约市，目前撰写的新书主题关于爱的本质、从不求付出的爱，到圆满完美的爱。

杰夫·戴尔

英国作家，已出版《然而，很美》《潜行者》《人类状况》《杰夫在威尼斯，死亡在瓦拉纳西》等作品。

M.G. 罗德

著有《意料之外的女权主义者：伊丽莎白·泰勒提升了我们的自觉，我们却被她的美吸走了注意力》《永远的芭比娃娃》，以及描述冷战时期航空行业的家庭传记《阿斯特罗特夫尼》。现居洛杉矶，任教于南加州大学。从耶鲁大学毕业后，曾在《新闻日报》任职十二年，负责政论漫画版。目前重拾画笔，创作一部绘本长篇小说，背景设定在她所认为的完美世界，所有人物都是拟人化的动物。

罗斯玛丽 · 马奥尼

著有《沿尼罗河而下》《渔船上的孤身客》《与莉莲 · 海尔曼共度一夏》《发自盲人世界》等六部非虚构作品。毕业于哈佛大学、约翰 · 霍普金斯大学，获得2011年古根海姆奖、国家艺术基金会和怀丁文学奖的奖项与奖励，曾被提名美国书评人协会奖、大西洋评论奖、哈佛大学查尔斯 · E. 霍尔曼文学奖。作品广泛刊登于《纽约时报》《华尔街日报》《伦敦观察家报》《华盛顿邮报 · 图书世界》《纽约时报周日书评》《纽约时报杂志》等媒体。现居罗德岛。

艾利奥特 · 霍尔特

短篇小说家、散文家，作品屡见于《纽约时报》《维吉尼亚书评季刊》《格尔尼卡》《肯庸评论 · 在线版》等媒体，作品也被收入2011年小推车奖年度选集。她的第一部长篇小说《你是其中之一》（企鹅出版社，2013年）荣获《纽约时报周日书评》编辑特选殊荣，并进入美国国家图书评论界的首届约翰 · 伦纳德奖决选之列。

蒂姆 · 科瑞德

散文作家、漫画家，著有《我们什么都没学到》《混蛋的曙光》《他们为什么要杀我？》《痛苦何时终结？》等作品。经常为《纽约时报》、纽约客网站、半岛电视台和《男性周刊》供稿。现居纽约市和切萨皮克湾某秘密居所。新作《我写此书是因为我爱你》于2018年由西蒙和舒斯特出版公司出版。